AF632956

नदिया गहरी, नाव पुरानी

नदिया गहरी, नाव पुरानी

अमृतलाल वेगड़

अनुवाद

मीनाक्षी जोशी

वाणी प्रकाशन

प्रकाशन के उत्कृष्टतम 63 वर्ष

vaniprakashan.com

सजिल्द पहला संस्करण : 2026

वाणी प्रकाशन

4695, 21-ए, दरियागंज, नयी दिल्ली-110 002

फ़ोन : + 91 11 23273167, 23275710

शाखाएँ

अशोक राजपथ, पटना-800 004, बिहार

कॉफ़ी हाउस कैम्पस, महात्मा गांधी मार्ग, प्रयागराज-211 001, उत्तर प्रदेश

महात्मा गांधी अन्तरराष्ट्रीय हिन्दी विश्वविद्यालय, वर्धा-442 001, महाराष्ट्र

sales@vaniprakashan.in
vaniprakashan@gmail.com

Nadiya Gahri, Naav Purani
by Amritlal Vegarh
Translated by Meenakshi Joshi

ISBN : 978-93-7348-326-9
Memoirs

© लेखकाधीन

मूल्य : ₹ 695

इस पुस्तक के किसी भी अंश का किसी भी माध्यम में उपयोग
करने के लिए प्रकाशक से लिखित अनुमति लेना अनिवार्य है।

जी.एस. ऑफ़सेट, दिल्ली-110 095 में मुद्रित

निवेदन

कटार-लेखन अर्थात् त्वरित लाभदायक। बात ख़ुद सामने चलकर आये तो लेखक इनकार नहीं करता, किन्तु मैंने विनम्रतापूर्वक मना किया। यह मेरे बस का काम नहीं, मैं इतना बड़ा लेखक नहीं कि प्रति सप्ताह नया लेख लिख सकूँ। परन्तु हाल ही में शुरू होने वाले दैनिक 'दिव्य भास्कर' के साहित्य सम्पादक वीनेश भाई अंतानी पर मेरी 'न' का कोई असर न हुआ। बड़े प्रेम से बोले–"आप निश्चित ही लिख सकेंगे। कॉलम का शीर्षक भी तय कर लें"।

उनका आत्मविश्वास देखकर आश्चर्य हुआ और अपने प्रति उनके स्नेह से अभिभूत। उन्होंने अस्वीकृति की राह बन्द कर दी थी, इसलिए शीर्षक के विषय में सोचना शुरू किया। मैं नर्मदा से जुड़ा हूँ और हिन्दी भाषी प्रदेश में रहता हूँ। शीर्षक में इन दोनों बातों का संकेत होना चाहिए। अत: विचार में आया शीर्षक 'नदिया गहरी, नाव पुरानी। इसमें एक बात और शामिल हो गई कि प्रति सप्ताह लेख लिखना मेरे लिए 'गहरी नदिया' है और मेरा वृद्ध शरीर 'नाव पुरानी' है।

यह देखकर बहुत ख़ुशी होती है कि लोगों को मेरी पुरानी नाव में बैठना रास आ रहा है। एक ही उदाहरण देना चाहूँगा।

समर्पण आर्ट्स एंड कॉमर्स कॉलेज, गांधीनगर में मेरा व्याख्यान था। वहाँ गुजराती के अध्यापक स्वप्निल मेहता मुझसे बोले "मैं भी कॉलम लिखता हूँ, मेरी पत्नी उसे कभी नहीं पढ़ती पर आपका कॉलम ज़रूर पढ़ती है"।

अखण्ड सौभाग्यवती हो बहन! इसका श्रेय 'दिव्य भास्कर' को जाता है। उसके कारण ही ये लेख लिखे गये और उसी ने मुझे विलम्बित लेखक से द्रुत लेखक बना दिया।

—अमृतलाल वेगड़
1836, राइट टाउन,
जबलपुर म प्र

आमुख

ये अमृतलाल वेगड़ तो बहुत कमाल के इन्सान है। पहली नज़र में तो बड़े सीधे-सादे लगते हैं, अधिक-से-अधिक नसीबदार!

शान्ति निकेतन में अध्ययन करने मिला। नन्दलाल बोस के प्रिय विद्यार्थी और नर्मदा के मुग्ध प्रेमी। उनकी परिक्रमा चलती ही रहती है। एक नहीं कई रूपों में। "नेच्छया स्पृष्टोपि दहत्येव हि पावक:"। भूल से भी यदि एक बार उनके समीप पहुँच गये तो छूटना लगभग असम्भव। निरन्तर उनकी आन्तरिक समृद्धि की परत एक के बाद एक खोलते चले जाइए, देखिए आपके विस्मय और आनन्द का ठिकाना न रहेगा।

एक ही व्यक्ति 'परिक्रमा नर्मदा मैया की' तथा 'सौन्दर्य की नदी नर्मदा' के माध्यम से गुजराती साहित्य जगत में प्रवेश करे और प्रथम पंक्ति में स्थान पा ले, तिस पर हिन्दी, मराठी, बंगाली और अंग्रेज़ी के पाठकों को उपकृत करे, देखते-ही-देखते ढेर सारे पारितोषिक, सम्मान, पुरस्कार प्राप्त कर ले, यह बात तो चकित करने वाली है पर मजे की बात तो यह है कि जिस प्रकार कमल के पत्तों पर जल की बूँदें ठहर नहीं पाती, उसी तरह यह सारे मान-पान अमृतलाल वेगड़ जी के मन से झरते चले गये। उनकी यह पुस्तक पढ़ने के बाद नि:संकोच कह सकते हैं कि जैसे न किसी महामहिमावान लेखक का ग्रन्थ वाचन किया है, अपितु किसी परिचित मित्र के साथ बैठकर आराम से बातचीत कर रहें हैं।

'नदिया गहरी, नाव पुरानी' शीर्षक के स्पष्टीकरण में वे कहते हैं कि उनका वृद्ध शरीर 'पुरानी नाव' है, लेकिन पुस्तक पढ़ते हुए मालूम होता है कि एक मौलिक विचारधारा रखने वाला कवि हृदय ही इतनी सरलता से कह

सकता है 'मोक्ष कैसा और बात कैसी'? वे समापन भी ज़माने की बातों से करते हैं "आज मैं बड़ी होशियारी की बातें कर रहा हूँ पर मुझे ज़रा बूढ़ा होने दो फिर कहूँगा कैसा घोर कलयुग आया है"। यानी यह कहने में कोई संकोच नहीं कि मैं अभी बूढ़ा नहीं हुआ हूँ। एक तरह से यह अच्छा ही है कि पुस्तक पढ़ते हुए हमें इस ज्ञान वृद्ध, अनुभव वृद्ध, चिरयुवा सौन्दर्य दृष्टि और हास्य से परिमार्जित शैली के अत्यन्त कोमल तथा स्नेहसिक्त हृदय को बार-बार महसूस करते हैं।

पहले मुझे लगता था कि केवल नर्मदा मैया ने ही उनकी कलम और कूची को मोहक बनाया है पर जब शान्तिनिकेतन सम्बन्धित उनके संस्मरण पढ़े तब लगा कि गुरुदेव टैगोर, क्षितिबाबू तथा नन्दलाल बोस जैसे गुरुओं का भी उन पर प्रभाव है। कूची की चन्द लकीरों से व्यक्ति का रेखाचित्र बना देने वाला कलाकार थोड़े से शब्दों की रंगोली से अलग-अलग व्यक्तियों के अत्यन्त सजीव और रोचक रेखाचित्र भी दे सकता है इसमें कोई आश्चर्य नहीं।

दैनिक अखबार में कटार (कॉलम) लिखना सुप्रसिद्ध लेखकों के लिए बहुत कठिन काम है। अनेक प्रकार के पाठकों को ख़ुश रखना और भीतर के सर्जक, आलोचक को नाराज़ भी न करना नट की डोरी पर चलने जैसा कार्य है। अमृतलाल वेगड़ ने यह काम बड़ी सरलता और सफलतापूर्वक सम्पन्न किया है। इसका एक कारण बहुश्रुत होने के बाद भी वे बच्चे के समान सरल हैं। दुनिया की परवाह किये बिना अपने अभिप्राय दे सकते हैं। चुनाव के स्थान पर नीलामी की योजना का खयाल उन्हें आता ही कैसे और आये तो उसे सार्वजनिक करने का साहस कहाँ से आये?

शौर्य का गुणगान करते उनके लेखों में कहीं भी अतिशयोक्ति नहीं, शब्दों का आडम्बर नहीं। बिल्कुल आँखों देखी सच्चाइयों को लेखक की कलम ने स्पर्श किया है। पढ़ने के आनन्द के साथ-साथ लगता है कि मात्र नर्मदा नीर ही नहीं, संसार सरिता का नीर भी उन्हें इतना ही आकर्षित करता है। वे उनके वर्तुल, प्रवाह, ललित गति और प्रचंड स्वरूप सभी से परिचित हैं। निडरता से अपनी लय बनाए रखते हैं। निसर्गदत्त सौम्यता और सन्तुलन कभी नहीं खोते। कितने प्रसंगों को पढ़ते हुए आँखें नम हो जाती हैं तब समझ में आता है कि लेखक के लिए यह लेखन कितना पीड़ादायी रहा होगा। आपको कहीं भी

कमजोर पड़ना या झूठी आत्मीयता दिखाई नहीं देगी। वास्तव में ऐसी लेखन कला दुर्लभ है। इसका मर्म पढ़ने वाला और लिखने वाला ही जान सकता है। 'नदिया गहरी, नाव पुरानी' में पात्र सृष्टि की विविधता के बावजूद लेखक किसी एक के पक्ष में बह नहीं जाते, तटस्थ भाव से सब देखते हैं। उनकी दृष्टि मर्मगामी फिर भी वत्सल है। सबसे बड़ी बात उनका लेखन केवल दिमाग की ही उपज नहीं है, बड़े दिल से लिखा है और इसलिए वह हमारे दिल को छूता है।

ऐसा बहुत कम होता है कि किसी अखबार का स्तम्भ लेखन पुस्तक रूप धारण करे और तब भी वह प्रासंगिकता के दोष से मुक्त होकर साहित्यिक गुणवत्ता के कारण चिरस्थायी बने। पर ऐसी विरल घटना यहाँ देखने मिलती है।

'कथा' शीर्षक में शामिल लेखों को पढ़कर डर लगता है कि कहीं लेखक अपनी लाक्षणिक शैली को छोड़कर कथा साहित्य की ओर तो नहीं मुड़ जायेगा? पर हमारी चिन्ता व्यर्थ है। यह बार-बार गति और स्वरूप बदलती इस रस भरी नदी की तरह वेगड़ जी की कलम का अविभाज्य अंग है। वे चाहे जितना स्वैरविहार करे अन्त में सन्तुलन बनाकर लक्ष्यवेध करेंगे ही।

यद्यपि हास्यरस की ओर भी उनका स्वाभाविक आकर्षण देख यह आशंका भी निर्मूल नहीं कि अपनी कलम से सूक्ष्म, परिष्कृत और सहज विनोद करने वाले इस मनमौजी लेखक को किसी दिन कोई हास्य-व्यंग्य के बाड़े में खींच कर ले जा सकता है। यदि ऐसा होता हो तो भी पाठक कुछ खोयेंगे नहीं। फ़िक्र तो करेंगे हास्य जगत के जागीरदार कि यह कौन भागीदार जाग गया?

संक्षेप में, वृद्धावस्था जिसको छू नहीं सकी सरल सहज कलम चलाने वाले लेखक अमृतलाल वेगड़ जी को मेरा अनेकानेक अभिनन्दन तथा गुजराती पाठकों की ओर से उनकी आगामी पुस्तक के लिए शुभकामनाएँ।

—धीरूबेन पटेल

भूमिका

अमृतलाल वेगड़ जी को सबसे पहले मैंने नर्मदा पर किये गये उनके रेखांकनों से जाना। किन्तु उन रेखांकनों में सिर्फ एक नदी का प्रवाह भर नहीं देखा था। देखा था एक समूचा जीवन प्रवाह ऋतुओं, मौसमों, वन्य और लोकांचलों में जीता-जागता, अपने संघर्ष और पौरुष की जुगलबन्दी करता हुआ। आनन्द और उल्लास की क्रीड़ा में मगन। मैं उन रेखांकनों का साक्षात्कार करता हुआ, एक दिन उनकी पुस्तक 'सौन्दर्य की नदी नर्मदा' तक जा पहुँचा जिसे मध्यप्रदेश हिन्दी ग्रन्थ अकादमी ने ससम्मान छाप रखा था। उसे पढ़ते हुए नर्मदा के साथ-साथ आसपास के उस जीवन का साक्षात्कार करता रहा जिसे नर्मदा ने माँ की तरह पाला-पोसा था और अब भी जो उसी की क्रोड़ में क्रीड़ारत था। अब तक मैं यह जान पाने में सक्षम हो चुका था कि शब्दों से खेलना हर किसी के लिए आसान है पर उन्हें जीवन का पर्याय बना सकना किसी-किसी से ही सम्भव हो पाता है। और वेगड़ जी ने अपनी प्रिय नदी के साथ यह सम्भव कर दिखाया है।

यह वह समय था जब शब्दकर्मियों के बीच मैं अपनी पहचान बना चुका था। फिर भी जीवन को देखने की अदा और कला जैसी वेगड़ जी में थी, उसका अनुभव कर मैं एक नये कला-बोध के समीप से गुजरने लगा था। एक ऐसा कला-बोध जहाँ जीवन कला और कला जीवन की पहचान और पर्याय बन बैठती है।

उन्हीं दिनों एक दिन मध्यप्रदेश साहित्य परिषद (अब मध्यप्रदेश साहित्य अकादमी) के बुलावे पर जबलपुर में आयोजित गजल की गोष्ठी में आमन्त्रित वक्ता के रूप में शामिल हुआ, स्थानीय लेखकों, कवियों, शायरों की एक

चुनिन्दा उपस्थिति सामने थी। गोष्ठी समाप्त हुई तो अनेक श्रोताओं ने अपना सन्तोष जताया और भीड़ छँटी तो एक वयोवृद्ध सज्जन, सफेद कुर्ते पायजामे, चप्पल में थे, एकदम सामने आकर खड़े हो गये। हाथों में छाते की मूंठ थी फिर भी हथेलियाँ नमस्कार के लिए जुड़ी हुईं। होंठों से प्रतिद्वन्द्वी की चुनौती देने की कोई मुद्रा नहीं थी–'मुझे अमृतलाल वेगड़ कहते हैं।'

भीड़ अब तक छँट चुकी थी। परिषद के सचिव कवि आग्नेय प्रबन्धन की व्यवस्था में लग गये थे और मैं चकित-विस्मित कि इतना महत्त्वपूर्ण लेखक और चित्रकार मेरे श्रोताओं में था। मुझे जितनी खुशी संगोष्ठी में अपनी भूमिका के निर्वाह की थी, उससे दोगुनी खुशी गोष्ठी के बाद घट रही इस मुलाकात से हो रही थी। परिचय सुनते ही मैंने विनम्र भावन प्रणाम किया तो स्थिति सहज हुई और उनका वाक्य कानों में पड़ा-भोपाल तो आना-जाना रहता है मेरा। इस बार आया तो मिलूँगा। उन्होंने यह वचनबद्धता निभाई भी। वे आये तो मुझे अपनी स्नेहपूर्ण स्थिति से इस तरह भरकर गये जैसे कोई किसी खाली पात्र को भर कर जाता है। फिर तो उनके लेखन का एक नियमित पाठक बन गया और जब उनकी दूसरी किताब अमृतस्य नर्मदा आयी, मुझे प्रतिक्रिया में विभोर होकर कहना पड़ गया नर्मदा में सचमुच अमृत बहता है। ऐसा अमृत जिससे गुजर कर लगता है जीवन दुख की कथा नहीं, उल्लास का संगीत है।

ऐसे लेख़क को पढ़ना, उसे उस नयी पीढ़ी तक लेकर जाना यह दायित्व भी मैंने निभाया जब अपने संस्थान (उच्च शिक्षा उत्कृष्टता संस्थान, भोपाल) के छात्रों के लिए 'सौन्दर्य की नदी नर्मदा' को एक जरूरी पठनीय पाठ के रूप में निर्धारित कर दिया ।

यह तो बाद में जाना कि वेगड़ जी की मातृभाषा गुजराती है और वे उसमें भी अपने अनुभवों का प्रसाद बाँटते रहते हैं। इस तरह वे एक द्विभाषी लेखक हैं। पर गुजराती, मराठी या बंगला आदि भाषाओं की शब्द-सम्पदा में कोई बहुत अजनबियत नहीं है। इन सबका मूल तो कोई एक कॉमन सी शब्द- सम्पदा है, कुछ स्थानीय बोल-चाल के शब्दों को छोड़कर। फिर भी जैसे एक ही भाषा- बोली में उसका व्यवहार करने वाले की स्वतन्त्र अदाओं के चलते प्रत्येक की शैली भिन्न हो जाती है, प्रत्येक के व्यक्तित्व की छाप की स्वतन्त्र अहमियत और पहचान भी होती है। अनुवाद-कर्म में इस अहमियत

और पहचान का बना रहना, लेखक विशेष कर्म की सार्थकता नहीं है, बल्कि लेखक विशेष के सृजन की सार्थकता भी है।

कौन नहीं जानता अनुवाद-कर्म कैसा चुनौतीपूर्ण जोखिम है। इसे करते हुए सिर्फ स्रोत भाषा के शब्दों के लक्ष्य-भाषा में पर्याय नहीं ढूँढ़ने पड़ते, स्रोत-भाषा के शब्दों के पीछे के सांस्कृतिक जीवन और आशयों के मर्म- संकेतों का बोध भी पहचानना जरूरी होता है। जानने वाले जानते हैं कि शब्दों की अपनी ध्वनियाँ होती हैं, अर्थ-संगीत भी। फिर अमृतलाल वेगड़ जैसे मौलिक सर्जक् की भाषा का मर्म तब तक कैसे ग्रहण किया जाना सम्भव होगा जब तक उनके सृजन को उन भंगिमाओं को न पहचाना जाये, जो केवल उनके भाषा-विधान में हैं, अपितु उनके जीवन को देखने, उसे रचने के रहस्यों को न जान और पहचान लिया जाये। यह केवल भाषान्तर का खेल हो तब तो सचमुच खेल ही होगा।

मीनाक्षी जोशी के लेखन-कर्म को मैं लगातार दो दशकों से देखता रहा हूँ। वे एक समर्पित लेखिका हैं। गुजराती उनकी मातृभाषा है किन्तु वे लेखिका हिन्दी की हैं। महाराष्ट्र में रहते हुए मराठी भाषा के वैभव से भी वे सुपरिचित हैं। यह कहने में कोई संकोच नहीं कि उनका प्रेम और निकटता तीनों भाषीओं से है। इस तरह के कई लेखकों को मैं जानता हूँ जो एक साथ तीन या चार भाषाओं में सहज भाव से काम करते हैं। स्वभावत: मीनाक्षी जी ऐसे ही लेखकों की श्रेणी में गिनी जायेंगीं।

यह सुखद है कि वेगड़ जी भी गुजराती भाषी होकर हिन्दी में उसी सहजता और निर्द्वन्द्वता से लिखते रहे। मीनाक्षी जी ने इसीलिए वेगड़ जी को अपनी अनुवाद-कला में उसी निर्द्वन्द्वता और सहजता से प्रस्तुत किया है, जैसे कि सचमुच वेगड़ जी थे।

वेगड़ जी का केन्द्रीय व्यक्तित्व एक बौद्धिक का नहीं, सर्जक का था। अपने चतुर्दिक के जीवनानुभवों को लेकर उनकी जैसी रचनात्मक प्रतिक्रियाएँ उनके लेखन में सुरक्षित हैं, वह उनकी भाषा के प्रत्येक शब्द में प्रतिबिम्बित है। मीनाक्षी जी ने वेगड़ जी की इन भंगिमाओं को जिस गहराई से ग्रहण किया और रचा है, वह हमारे सामने मूल लेखक को ही जैसे प्रस्तुत करता है। मेरा

पक्का विश्वास है कि पाठक को मूल कृति पढ़ने जैसा आस्वाद मिलेगा। अनुवादिका ने मूल भाषा की लय को ही नहीं, उसके अर्थ-संगीत को भी अपनी कोशिशों से साकार कर दिया है।

—विजय बहादुर सिंह

भोपाल
9 मार्च, 2025

अनुक्रम

विचार

विनोद

कथा

शौर्य

पतझड़ के पत्ते

विचार

अपने हाथ में पतवार है, हवा नहीं

कई वर्षों से प्रात: सैर पर जाने की आदत है। घर के पास ही स्टेडियम है, वहाँ अनेक वृद्ध घूमने के लिए आते हैं, पर मैं वहाँ नहीं जाता। स्टेडियम से डेढ़ कि मी दूरी पर एक सुन्दर पार्क है। वहीं जाता हूँ। आँखों को ठण्डक पहुँचाने वाली यहाँ की हरियाली मुझे बहुत पसन्द है। हरे-भरे वृक्ष, कोमल घास, पेड़ों की आपस में उलझी हुई डालियों से गुजरती हुई ठण्डी हवा, रंग-बिरंगे फूल, सब मेरा मन मोह लेते हैं। यहाँ कितने तो 'छोड़ (जड़) में रणछोड़' देख लेते हैं। मैं अभी वहाँ तक नहीं पहुँचा। यदि एक दिन भी यहाँ न आऊँ तो उस दिन ऐसा लगता है जैसे जीवन में कुछ कम हो गया है। शस्य श्यामला वसुन्धरा की एक झलक मुझे जीवन देती है।

अभी बसन्त चल रहा है। वृक्षों की हलचल में तेजी आ गयी है। प्रकृति नयी-नयी वेषभूषा में सज रही है। पक्षियों के कलरव के साथ कोयल की कूक सुनाई दे रही है। एक जगह सँकरे फुटपाथ के दोनों ओर वृक्षों की फूलों भरी लताएँ इतनी पास आ गयी हैं कि लगता है मानो हरियाली की सुरँग से गुजर रहें है। पार्क में एक सेमल का वृक्ष भी है, पर्णविहीन, फिर भी पूरा पेड़ लाल केसरी फूलों से लदा है। सेमल के वृक्ष में काँटे बहुत होते हैं पर अभी मेरा ध्यान काँटों की ओर नहीं फूलों की ओर है।

पार्क के बाहर कन्या विद्यालय के प्राँगण में भी एक सेमल का पेड़ है। पुराना, वटवृक्ष की तरह विशाल और पूर्वजन्म के किसी भ्रष्ट योगी जैसा। जब उसे देखता हूँ तो आह निकल जाती है। इतने बड़े वृक्ष में एक भी फूल नहीं, एक भी पत्ती नहीं! जहाँ पार्क का सेमल फूलों से लबालब भरा है वहीं ये बुज़ुर्ग तो गहरी नींद में सो रहा हैं। आधा बसन्त तो निकल भी गया फिर

भी इसमें क्यों कोई हलचल नहीं? वह सूख गया होगा? रोज उसे देखकर मेरी निराशा बढ़ती जाती है। गर्मी का मौसम आने वाला है और वह अब भी उसी तरह निर्विकार, निष्प्राण खड़ा है। क्या उसकी वृद्ध होती दुनिया शुष्क और जीर्ण बन गई होगी? या फिर उसकी जीवनलीला सिमट गई होगी?

तभी एक दिन सबसे ऊपर की डाल पर कुछ फूल झाँकते नजर आये। जो वृक्ष मूर्छावस्था में चला गया था उसका श्वासोच्छ्वास फिर शुरू हो गया था। कुछ ही दिनों में जिस तरह बूँद-बूँद से सागर भरता है, उसी तरह फूल-फूल से तरुवर भर गया। डालियाँ लाल-लाल फूलों से जगमगाने लगी जैसे वृक्ष के हर कोने में दिये जल उठे हों। पार्क का वृक्ष युवा था इसलिए आगे निकल गया, यह वृद्ध था सो पीछे रह गया, बस। मुझे लगा वृद्ध सेमल यानी मैं खुद। वह मेरी ही कहानी कह रहा है।

स्कूल के मेरे सहपाठी खूब होशियार। फर्स्ट डिवीजन तो आते ही थे, कोई मेरिट भी आता। कितने ही स्कॉलरशिप लेकर विदेश गये। वहाँ से बड़े इंजीनियर बन कर आये और बड़ी-बड़ी कम्पनियों में ऊँचे पदों पर आसीन हैं। कितने तो बड़े डॉक्टर बन गये।

एक तो हाईकोर्ट में न्यायाधीश है, एक मिलेट्री में मेजर जनरल बन गये और एक जिला कमिश्नर। मैं मास्टर का मास्टर ही रहा। स्कूल से आर्ट कॉलेज में आ गया, बस इतना ही।

परन्तु पचास वर्ष की उम्र में नर्मदा की पदयात्रा शुरू करते ही मेरे वृक्ष में फूल आने लगे। पचास वर्ष तक जो पेड़ मात्र पल्लवित था वह अब पुष्पित भी होने लगा। चित्र बनने लगे। उनकी प्रदर्शनियाँ होने लगीं। लेख लिखे जाने लगे। पुस्तकें प्रकाशित होने लगीं, गुजराती और हिन्दी दोनों में। पुरस्कार भी मिलने लगे। 77 वर्ष की आयु में गुजराती पुस्तक 'सौन्दर्य नी नदी नर्मदा' को साहित्य अकादमी पुरस्कार मिला। अकादमी के पुरस्कार 22 भाषाओं के लेखकों को दिये गये। इनमें कोंकणी भाषा की लेखिका की उम्र 42 वर्ष थी। जो पुरस्कार उसे 42 की उम्र में मिला, वही मुझे 77 की उम्र में मिला। मेरे वृक्ष में फूल देर से आते है न!

आधी जिन्दगी बीत गयी और मैं कुछ विशेष कर न सका। सोचने की बजाय मैंने दोगुने उत्साह से काम करना शुरू किया, और तब मुझे पहले फूल,

फिर फल भी मिले। कर्म श्रमसाध्य है और फल समयसाध्य। चेष्टा से उसकी गति बढ़ाई नहीं जा सकती। इसमें अधीरता, जल्दबाजी काम नहीं आती। देर से आये और शायद न भी आये। सफलता का समय पत्रक नहीं होता, किन्तु श्रम का समय पत्रक अवश्य होना चाहिए। नियमित आठ घण्टे तो काम करना ही चाहिए। जब हवा आयेगी और अपनी नाव के पाल को हिलोरें देगी तब वह तेज गति से बहने लगेगी। तब तक पतवार चलाते रहिये क्योंकि हमारे हाथ में पतवार है, हवा नहीं।

बाली के बाबूजी

सुन्दर श्यामल चेहरा और बड़ी-बड़ी आँखों वाली बाली मेरे लिए खाने की थाली लेकर आई है। अपने विशाल बंगले में अकेला ही हूँ। घर के अन्य सदस्य भतीजे की सगाई में कल्याण गये हैं। घर में मेरा एकछत्र राज्य है। इन दिनों मैं एक समय ही भोजन करता हूँ। हमारे घर के सामने महाराष्ट्रीयन परिवार रहता है। बाली उनकी ही बेटी हैं। बाली की छोटी बहन ईशिता मेरी पोती जूही के साथ पढ़ती है। दोनों मेरी बेटी जैसी है। दोपहर का भोजन मुझे पहुँचाने की ज़िम्मेदारी बाली ने सहर्ष स्वीकार की है। उनके यहाँ के भोजन में मिर्च बहुत अधिक होती है। बाली जानती है कि मुझे तीखा खाना नहीं चलता, इसलिए उसने कान्ता (पत्नी) से कहा "बाबूजी के लिए मैं खुद खाना बनाकर लाऊँगी"। दोपहर के बारह बजे कि बाली की पुकार सुनाई देती–"बाबूजी चलो खाना खा लो"। साथ में बंगाली मिठाई लाना नहीं भूलती। सब परोसने के बाद मेरे भोजन समाप्त करने तक वह बैठी रहती, ताकि मैं अकेला न पड़ जाऊँ। तीसरे दिन मैंने कहा–"बाली पहले लोग बेटी के घर का पानी तक नहीं पीते थे, मैं तो खाना खा रहा हूँ। हाँ पानी तो मैंने भी नहीं पिया"। आज सब लोग वापस आ जायेंगे, कल से बाली को खाना नहीं लाना पड़ेगा।

बाली की माँ तो है पर पिताजी नहीं है। दस वर्ष पहले उन्होंने हमारे घर के सामने वाला मकान खरीदा था और उसे फिर से नया बंगला बनवाने का निश्चय किया था। बाली के बाबूजी वास्तुशास्त्र में गहरा विश्वास रखते थे। आर्किटेक्ट से नक्शा बनवाने के बाद कितने लोगों से सलाह ली, ताकि वास्तु दोष न रह जाये। यही चिन्ता उन्हें सताती रहती। मकान का निर्माण कार्य शुरू हुआ। तब भी वे सशंकित रहते की खिड़की, दरवाजे किसी ग़लत दिशा में

तो नहीं खुलते। इसी शंका के चलते एक बार तो निर्मित एक हिस्सा तुड़वा भी डाला। इन्हीं सब चिन्ताओं के कारण वे बीमार पड़ गये और अन्ततः चल बसे।

बाली के बाबूजी ने आत्मघाती भूल की थी। एक अच्छे आर्किटेक्ट से नक्शा बनवाया था और वास्तुशास्त्र के अनुसार उसी की देखरेख में मकान बन रहा था। सारी चिन्ताएँ आर्किटेक्ट की थी उनकी नहीं पर उन्होंने उस पर भरोसा नहीं किया। ठीक है किसी को काम देने से पहले उसे अच्छी तरह जाँच लेना चाहिए, उसकी योग्यता को परख लेना चाहिए, किन्तु एक बार काम सौंपने के बाद उस पर भरोसा करना चाहिए। अनावश्यक चिन्ता, तनाव, अनिद्रा, हमारे जीवन के मौलिक अधिकारों के लिए खतरनाक बन जाता है। मकान बनाते समय अपनी आवश्यकताओं को ध्यान में रखे, धूप, हवा, प्रकाश की सुविधा का विचार करें, पास-पड़ोस की सुविधा-दुविधा का खयाल रखें, मेरे लिए तो इतना वास्तुशास्त्र पर्याप्त है। इतना कराते हुए कोई नियम टूटता है तो टूटने दो। कोई आसमान नहीं टूट पड़ेगा। इस दृष्टि से मेरा मकान करोड़ों में एक है। मान लीजिए वास्तुशास्त्र में आपका बहुत विश्वास है पर इस विषय में आप कुछ नहीं जानते तो फिर जानकार को जिम्मेदारी देकर निश्चिन्त क्यों नहीं हो जाते?

एक विमान मौसम की ख़राबी के कारण हवा में लड़खड़ाने लगा। सभी यात्री घबराहट से काँपने लगे। एक व्यक्ति पूरी निश्चिन्तता से अपनी जगह बैठा था। कारण पूछने पर उसका जवाब था–यह मेरी समस्या नहीं है। विमान चालक को इस कार्य के लिए अच्छा वेतन मिलता है तो यह चिन्ता वही करे।

एक व्यक्ति का खतरनाक ऑपरेशन होने वाला था। जान बचे न बचे। डॉक्टर चिन्तित थे पर रोगी बेफिक्र था।

किस्मत से ऑपरेशन सफल रहा। जब रोगी होश में आया तो सर्जन ने उसकी बहादुरी के लिए शाबासी दी।

"परन्तु डॉक्टर, मुझे तो कोई घबराहट नहीं थी" "अच्छा, मेरा तो बुरा हाल था"

तब रोगी कहता है–"लेकिन डॉक्टर, जब आपने बिल पकड़ाया तब मेरा बुरा हाल था"

जिन्हें हम कोई काम सौंपते हैं, उस पर विश्वास करना चाहिए और अपना बोझ हल्का करें। शंकाओं के जाले बुनकर अपने ही दुर्भाग्य का कारण न बनें। 'आ बैल मुझे मार" तो न करें।

जहाँ प्रेम वहाँ सौन्दर्य

बादशाह ने लैला मजनू का किस्सा सुना। उसे लैला के लावण्य को देखने की इच्छा हुई। लैला को देखने के बाद उन्हें लगा कि इससे अधिक सुन्दर तो मेरे हरम की सबसे कुरूप बाँदी होगी। मजनू राजा के मन की बात समझ गया। उसने कहा–"ओ शाह! लैला की खूबसूरती देखनी हो तो मजनू की आँखों से देखो"। यही बात उसने अंग्रेजी में कही होती तो Beauty lies in the eyes of the beholder. सौन्दर्य देखने वाले की आँखों में होता है, सच कहा जाये तो आँखों में भी नहीं दिल में होता है। आँखों में दिखने वाले सौन्दर्य की छाप हृदय में रहने वाले प्रेम तक पहुँचती है।

सभी पति को अपनी पत्नी और पत्नी को अपना पति सुन्दर लगता है, कम-से-कम शुरू के वर्षों में तो जरूर। फिर प्रेम में कम ज्यादा होने पर सौन्दर्य भी कम ज्यादा लगता है। मैंने बहुत सुन्दर पति-पत्नी के बीच भी झगड़े होते हुए देखें हैं और सम्बन्ध विच्छेद होते हुए भी। प्यार का प्रवाह सूख जाने पर सुन्दरता भी समाप्त हो जाती है। कोई व्यक्ति सुन्दर है इसलिए उसके प्रति प्रेम जागता है, यह बात उतनी ही सच है जितनी कि जिन्हें हम प्रेम करते हैं वह हमें सुन्दर लगता है। प्रेम और सौन्दर्य के बीच लेन-देन चलती रहती है। हाँ, जिससे हमारी उत्कट इच्छा की पूर्ति होती है वह तो हमारे लिए सुन्दर ही है।

एक बार एक एक व्यक्ति ने अपने मित्र को भोजन के लिए आमन्त्रित किया व्यक्ति संगीत प्रेमी था। उसने मित्र को तरह-तरह के वाद्य बजाकर सुनाये। इधर मित्र का भूख से बुरा हाल था। व्यक्ति ने मित्र से पूछा–तुम्हें कौन-सा वाद्य सबसे सुरीला लगा? सितार का या वीणा का? मित्र ने जवाब

दिया—इस समय तो मुझे कढ़ाई-करछुल की आवाज दुनिया की सबसे सुरीली आवाज लग रही है।

वर्षों के प्रयासों के बाद किसी लेखक की जब पहली रचना प्रकाशित होती है तो उसे अप्रतिम सौन्दर्य नजर आता है उसमें। जबकि, वही रचना किसी खोमचें वाले को सेव-गाठिया की पुड़िया बनाने के योग्य लगेगी। प्रत्येक माता-पिता को अपनी सन्तान सबसे सुन्दर लगती है क्योंकि उन पर प्रेम है उनका। यदि प्रेम होगा तो सन्तान को अपनी वृद्ध माँ का झुर्रियों भरा चेहरा भी सुन्दर लगेगा और प्रेम नहीं होगा तो युवा पत्नी का चेहरा भी सुन्दर नहीं लगेगा।

दो महिलाएँ एक ट्रेन में यात्रा कर रही थी। सहज ही बातचीत करते हुए दोनों में मित्रता हो गयी। इनमें से एक का गंतव्य स्टेशन आने ही वाला था इसलिए वह टॉयलेट में गयी और कुछ ही देर में बढ़िया साड़ी पहन, तैयार होकर आयी। दूसरी महिला ने कहा—तुम कितनी भाग्यशाली हो बहन, तुम्हारे पति तुम्हें देखते हैं कि तुमने कैसी साड़ी पहनी है। इसलिए तुम उनकी पसन्द की साड़ी पहन कर आयी हो। मेरे पति तो कभी देखते ही नहीं कि मैंने कैसी साड़ी पहनी है? मैं क्या ओढ़ती-पहनती हूँ इस तरफ उनका कभी ध्यान ही नहीं रहता।

पहली स्त्री ने जवाब दिया—बहन मेरे पति अन्धे है। फिर भी मुझे लगता है कि वे मुझे देख रहें हैं। उन्हें मेरी साड़ी का रंग तक दिखाई देता है। इसलिए मैंने साड़ी बदली।

यदि प्रेम है तो अन्धे पति को भी पत्नी का सौन्दर्य दिखाता है और प्रेम न हो तो आँखें होते हुए भी नहीं दिखता। हमारे राग-द्वेष, पसन्द-नापसन्द, संस्कार आदि सामने के व्यक्ति का सौन्दर्य आँकने में महत्त्वपूर्ण भूमिका निभाता है। इसमें सबसे प्रमुख है—प्रेम। मोती से भला सुन्दर और क्या होगा? परन्तु मोती भी हनुमान को सुन्दर न लगे क्योंकि उसमें उनके अभीष्ट राम का नाम न था। इसी प्यार के कारण ज़मीन केवल ज़मीन नहीं 'मातृभूमि' है। गंगा केवल नदी नहीं, बल्कि 'स्वर्गारोहण वैजयन्ती है। हिमालय मात्र पहाड़ नहीं देवात्मा है।

'शाकुन्तल' में कहा गया है कि देवदार को भगवान शिव ने अपना पुत्र माना था और जब शकुन्तला पति के घर जा रही थी तब वर्णन के अनुसार,

शकुन्तला अलंकार प्रेमी होने के बाद भी वह वृक्ष का एक पत्ता भी नहीं तोड़ती थी क्योंकि उसके लिए शकुन्तला के मन में प्रेम था।

सच्चा सौन्दर्य तो वही जो कभी बासी न हो। यदि प्रेम बासी हो जायें तो सौन्दर्य भी पुराना पड़ जायेगा। यह प्रेम बड़े जतन से सम्हालने की वस्तु है। जब तक प्रेम का झरना बहता रहेगा, सौन्दर्य का बाग हरा-भरा रहेगा।

जो है वह कहता नहीं, जो कहता है वह है नहीं

मेरे छोटे भाई जवाहर ने तीन वर्ष न्यूज़ीलैंड में रहकर पेथालोजी में पीएच. डी. किया। उसके गाइड बहुत परिश्रमी थे। वे विद्यार्थियों से भी अच्छी मेहनत करवाते। जवाहर भी जन्मजात परिश्रमी। कठोर परिश्रम से गुरु को प्रसन्न किया। वहाँ से लौटकर यहाँ कॉलेज में प्रोफेसर बना। जी-जान से पढ़ाता। पढ़ना और पढ़ाना बस यही दो उसके काम। काम को उसने पूजा की हद तक पहुँचा दिया। रिटायर्ड हुए दस साल हो गये फिर भी उतनी ही मेहनत। पैथोलॉजी पर चार महत्त्वपूर्ण पुस्तकें प्रकाशित हो चुकी हैं। पहली पुस्तक की दूसरी आवृत्ति आने वाली है। पहली आवृत्ति दस वर्ष पहले प्रकाशित हुई थी। इन दस सालों में उसकी नयी जानकारियाँ बहुत आगे निकल गईं। विषाणुओं सम्बन्धित नया ज्ञान कहाँ से कहाँ पहुँच गया। इसलिए पुस्तक को अद्यतन अपडेट जरूर करना ही चाहिए। तो भाई दिन-रात पुस्तक में जोड़ने-घटाने के काम में लगे रहते।

मेरी हिन्दी पुस्तक 'सौन्दर्य की नदी नर्मदा' का छठवाँ और 'अमृतस्य नर्मदा' का चौथा पुनर्मुद्रण चल रहा है। ये पुस्तकें जैसी थी वैसी ही छप रही हैं। एक भी शब्द नहीं बदलना पड़ा न कोई नया शब्द जोड़ना पड़ा। गुजराती में 'परिक्रमा नर्मदा मैया की' पुस्तक की पाँचवीं आवृत्ति भी ज्यों की त्यों हो रही है। अपडेट की आवश्यकता नहीं, क्यों? क्योंकि वह अपडेट ही है और आज से पचास-सौ वर्षों बाद भी अपडेट ही रहेगी। कारण, भाई की पुस्तक विज्ञान की है जो पग-पग पर आगे बढ़ रहा है, जिसे हम प्रगति कहते हैं। यह प्रगति टेक्नोलॉजी क्षेत्र की है। मेरी पुस्तक साहित्य की है। साहित्य और कला जरा धीमी गति से आगे बढ़ते हैं। विज्ञान-युग के दस वर्ष यानी पुराने समय के सौ वर्ष। इसलिए अपडेट करना बहुत जरूरी है।

कला और साहित्य के सर्जक कभी आउटडेटेड नहीं होते। उसे काल नुकसान नहीं पहुँचाता। वाल्मीकि और व्यास आज भी खूब पढ़े जाते हैं। राम, सीता, हनुमान आदि पात्र हमें अपने परिवार के सदस्यों जैसे वास्तविक लगते हैं। श्रीकृष्ण ने सवा पाँच हजार से भी अधिक वर्षों में गीता का उपदेश दिया था, पर संसार के कुरुक्षेत्र में हर अर्जुन को राह दिखा रहें हैं। होमर और शेक्सपियर, कालिदास और रवीन्द्रनाथ आज भी अपने समकालीन लगते हैं। बीस हजार वर्षों के बाद भी हम आज प्रागैतिहासिक मानव द्वारा बनाये गये शैल चित्रों को विस्मय-विमुग्ध होकर देखते हैं। साहित्य और कला की श्रेष्ठ कृतियाँ कालातीत होती हैं, शाश्वत होती हैं। उसकी एक्स्पायरी डेट नहीं होती। वह 'थिंग ऑफ ब्यूटी इज़ ए जॉय फॉर एवर' है। कवि ने उसे 'फॉर एवर' कहा है।

विज्ञान क्षेत्र की स्थिति बिलकुल अलग है। इलेक्ट्रिसिटी की खोज माइकल फेराडे ने की, परन्तु इस विषय पर लिखी गयी उनकी पुस्तक कब की आउटडेटेड हो गयी। आज कॉलेज का विद्यार्थी फेराडे से बहुत अधिक जानता है। वह इस विषय की लेटेस्ट पुस्तक पढ़ेगा, फेराडे की नहीं। प्राचीनकाल में राजा अपने नगर की रक्षा के लिए किले बनवाते थे। आज कोई किला नहीं बनवायेगा। उसकी उपयोगिता ही नहीं रही। आगरा का किला अब आउटडेटेड है, पर ताजमहल का आकर्षण चिरकाल तक वैसे का वैसा ही रहेगा।

विज्ञान विभक्त परिवार जैसा है। जो सदस्य वृद्ध हो जाये जिसकी उपयोगिता समाप्त हो जाये उन्हें शिष्टतापूर्वक वृद्धाश्रम में भेज दिया जाता है। कला संयुक्त परिवार की तरह है। उसमें नये-नये सदस्य आते रहते हैं पर पुराने सदस्य भी साथ रहते हैं, बोझ बनकर नहीं, सहारा बनकर। कला नित्य नूतन है। हजारों वर्ष पहले भी नयी थी, आज भी नयी है क्योंकि कला का सम्बन्ध मुख्यतः हृदय के साथ है और हृदय के भाव हर्ष-शोक, आशा-निराशा, विषाद-वेदना, क्रोध, ईर्ष्या आदि आज भी वही है जो हजारों वर्ष पहले थी। हमारी भावनात्मक आवश्यकताएँ वही की वही है, परन्तु आदिमानव की बुद्धि और आज के मानव की बुद्धि में जमीन आसमान का फर्क हो गया है। विज्ञान का सम्बन्ध बुद्धि से है। बुद्धि में प्रगति के साथ-साथ विज्ञान में भी प्रगति हुई और होती रहेगी। हृदय के भाव नहीं बदले, इसलिए साहित्य कला में प्रगति नहीं होती, उनमें वृद्धि होती है।

विज्ञान में प्रगति, साहित्य कला में वृद्धि। मजे की बात यह है कि जिसकी प्रगति हो रही है उस विज्ञान के क्षेत्र में कोई वैज्ञानिक स्वयं को 'प्रगतिशील वैज्ञानिक' नहीं कहलवाता और जहाँ प्रगति नहीं है उस क्षेत्र के बिरादर खुद को 'प्रगतिशील कवि' कहलवाते हैं। किस मजबूरी के कारण वे ऐसा करते होंगे? शायद इसलिए कि कुछ लोगों को दूसरों का कोट पहनना अच्छा लगता है फिर उससे भी अच्छा कोट क्यों न हो।

आत्मा और शरीर के बीच प्रेम जागे तो कितना अच्छा हो!

वन जाने से पहले महर्षि याज्ञवल्कय ने अपनी दोनों पत्नियों को बुलाकर सम्पत्ति का बँटवारा कर दिया। कात्यायनी तो अपने हिस्से को लेकर सन्तुष्ट थी पर मैत्रेयी खुश न थी। बोली–"भगवन, पृथ्वी की समस्त सम्पत्ति मुझे मिल जाये तो क्या मैं अमर हो जाऊँगी?" नहीं, धन-दौलत से अमरत्व की आशा नहीं कर सकते "तो यह धन-दौलत लेकर मैं क्या करूँगी? आप तो मुझे वह ज्ञान दीजिए जो मुझे अमरत्व दिला सके"

संसार में आरम्भ से दो प्रकार की विचारधारा रही है। एक बड़े वर्ग के लोगों के लिए धन-दौलत, जमीन-जायदाद ही सर्वस्व है पर एक वर्ग ऐसा भी है जो इतने से ही सन्तुष्ट नहीं होता क्योंकि धन-दौलत से हमें जो कुछ मिलता है वह मुख्य रूप से शरीर के लिए होता है। यदि आत्मा को उसका प्राप्य नहीं मिलेगा तो वह दुखी ही रहेगा। उसकी आवाज बहुत धीमी है। सहजता से सुनाई नहीं देती। शान्त नीरव रात्रि के एकान्त में आत्मा कहती है–मैं आपको दिखती नहीं पर इसका अर्थ यह नहीं कि मैं नहीं हूँ। पानी की सुविधा यह है कि गागर भी दिखती है और उसके अन्दर भरा पानी भी। मुझे यह सुविधा नहीं है। शरीर दिखता है उसके भीतर की आत्मा नहीं। इसलिए कितने तो इस भ्रम में ही हैं कि आत्मा होती भी है या नहीं तो फिर हमें ऐसी कपोल कल्पित आत्मा के लिए क्यों परेशान होना चाहिए?

ठीक भाई, तो फिर मनुष्य और पशु में क्या फर्क? पशु खाता, पीता, सन्तान उत्पन्न करता और मर जाता है। हम भी यही करेंगे क्या? अपना रक्षण दूसरों का भक्षण और लोहार की धौंकनी की तरह श्वास लेते-छोड़ते रहेंगे और

चले जायेंगे? भीतर से जरूर कोई विरोध करेगा। कहेगा–तुम पशु अवश्य हो पर मात्र पशु नहीं हो। तुम्हें पशु-सुलभ धरातल से ऊपर उठना चाहिए। उससे आगे बढ़कर मनुष्य बनना चाहिए। यह आत्मा ही कहती है। आत्मा के गुण हैं प्रेम, दया, सहानुभूति, परदुखकातरता, सेवापरायणता। आत्मा दिखती नहीं पर जब हम दूसरों के दुख में दुखी होते हैं, उनकी मदद करते हैं, दूसरों से प्रेम करते हैं, तब इन्हीं कृत्यों में आत्मा प्रगट होती है। यही आत्मा का प्रकाश है।

शरीर और आत्मा में इतना ही अन्तर है कि शरीर लेने में सुख का अनुभव करता है, जबकि आत्मा को देने में आनन्द आता है। शरीर केवल अपने बारे में ही सोचता है और आत्मा दूसरों की चिन्ता करती है। इस बात को अंग्रेजी में और अच्छे से कहा जा सकता है, SUN और SIN लगभग समान लगाने वाले शब्द। सन अर्थात् सूर्य, जीवनदाता सूर्य, सिन का अर्थ पाप अर्थ में जमीन आसमान का अन्तर क्यों? जवाब शब्दों में ही निहित है। SUN में U है यानी तुम, और SIN में I मतलब मैं। जब हम दूसरों की चिन्ता करते हैं तब सन, सूर्य (प्रकाश) के निकट होते हैं और जब केवल अपने बारे में सोचते हैं तो सिन, पाप के निकट होते हैं।

'आयी' से 'यू' तक पढ़ लीजिए। यही है मानव की जययात्रा। भोजन के बिना हम जीवित नहीं रह सकते, किन्तु भोजन दो तरह से खाया जा सकता है–बाँटकर और छीनकर। खाना प्रकृति है, बाँटकर खाना संस्कृति है और छीनकर खाना विकृति है। जो केवल अपने विषय में सोचता है उसे छीनकर खाने में कोई संकोच नहीं होगा। जब दूसरों के बारे में भी सोचेंगे तो बाँटकर खाने का मन होगा। यदि आत्मा न होती तो चाहे जैसा पाशविक कार्य सरलता से हो सकता। आज की ज्वलन्त समस्या यह है कि मनुष्य फिर से पशु बन रहे हैं, हिंस्र आर्थिक पशु। हमारे अन्तर्मन की आवाज बहुत क्षीण हो गयी है। जब हम आत्मा की उपेक्षा कराते हैं तब आत्म-सौन्दर्य के विशाल संसार से वंचित रह जाते हैं।

बात शरीर की उपेक्षा करने की नहीं है, उसकी देखभाल भी करें, किन्तु अनावश्यक लाड़ न करें, आत्मा को भूलाकर तो बिलकुल भी नहीं। हमें दोनों की जरूरत है। जैसे 'शरीर विहीन आत्मा' सम्भव नहीं वैसे 'आत्मविहीन' शरीर भी नहीं होना चाहिए। सूरदास के एक पद के अनुसार 'बरसात होने लगी

तो कन्हैया ने अपनी कमली राधा को ओढा दी, ताकि राधा भीग न जाये और कृष्ण भीग न जाये इसलिए राधा ने अपनी नीली चुनरी कृष्ण को ओढा दी। आत्मा और शरीर के बीच ऐसा प्रेम जागे तो कितना अच्छा हो।

संयुक्त परिवार : ढाई आखर प्रेम का

क्या नहीं किया था उन्होंने अपने बच्चों के लिए। प्यार से पाला-पोसा, अच्छी शिक्षा दिलवाई, धूमधाम से विवाह करवाया, वे अच्छा कमाने लगे। अब उन्हें माता-पिता की जरूरत नहीं है। वे उनकी उपेक्षा करने लगे। एक दिन अलग रहने भी चले गये। जहाँ माँ-बाप ही नहीं चाहिए वहाँ संयुक्त परिवार की बात ही कहाँ रही। सोलहवीं सदी के फ्रांसीसी विचारक मोंतेइन ने कहा था कि बहुत से लोगों का विवाहित जीवन सुखी नहीं होता, इसलिए समाज के लिए परिवार अनावश्यक है। परिवार जैसी कोई संस्था ही नहीं होनी चाहिए। इसके बावजूद विवाह भी होते हैं और परिवार का अस्तित्व भी समाप्त नहीं हुआ है। क्योंकि दोनों उपयोगी और आवश्यक हैं।

बच्चें अलग रहने इसलिए चले गये कि वे स्वतन्त्रता का अधिक आनन्द ले सके और उनकी कमाई में कोई भागीदार न बनें। परन्तु इससे सच्चा सुख मिलता है क्या? धन से खरीदी गयी सुविधाओं से खुशी मिलती तो है, किन्तु आन्तरिक सुख तो आपसी सम्बन्धों से ही मिलता है। धन कितने दुखों से हमारी रक्षा नहीं कर सकते। ऐसे समय में परिवारजनों के स्नेह और साथ की जरूरत होती है। वे ही आघातों से हमें उबार सकते हैं। बाँटने से दुख आधा होता है और सुख दोगुना। आखिर मनुष्य सामाजिक प्राणी है। उसका जन्म अकेले रहने के लिए नहीं हुआ। यहाँ तक कि यदि उसे स्वर्ग में भी अकेला रहना पड़े तो वह नहीं रह सकता।

परिवार की नींव है प्रेम। बिना प्रेम के संयुक्त परिवार तो क्या, पति-पत्नी भी साथ नहीं रह सकते। तलाक की स्थिति आ जाती है और यदि प्रेम होगा तो जिनका स्वभाव पसन्द नहीं, परिवार के वे सदस्य भी साथ रह सकेंगे।

अमेरिका के एक ग़रीब किसान ने शहर की अमीर लड़की से विवाह किया। उसे बार-बार अपनी सास से अपमानित होना पड़ता था। अलग होने की स्थिति में थे नहीं। इसलिए वह पत्नी सहित सास के यहाँ ही रहने लगे और 33 वर्षों तक साथ रहे। इसके बाद लड़का व्हाइट हाउस में रहने गया तब अपनी सास को भी साथ ले गया। वहाँ भी उनकी सास का ही दबदबा रहता। बहुत सालों बाद उसकी बेटी मागरीट ने बताया कि मेरे पिता मेरी नानी को सहन कर सके क्योंकि वे मेरी माँ से बहुत प्यार करते थे।

प्रेम के कारण ही हम अपने परिजनों को उनके गुण-दोष के साथ स्वीकारते हैं। यही प्रेम पूरे परिवार और जीवन को हरा-भरा रखते हैं। सच्चा प्रेम निःस्वार्थ होता है। एकल परिवार में रहने वाला पुत्र केवल पुत्र ही होता है, जबकि संयुक्त परिवार का पुत्र, दादा-दादी का पौत्र, काका-काकी बुआ-फूफा का भतीजा, भाभी का देवर भी होता है। कितने बुज़ुर्गों का स्नेह उसे मिलता है। अन्य बच्चों के साथ रहने से मानसिक विकास भी अच्छा होता है। किसी भी व्यक्ति के लिए नम्रता, भद्रता, सहनशीलता, सेवा परायणता आदि गुणों के विकास के लिए संयुक्त परिवार आदर्श पाठशाला होता है। लोग अपने जन्मजात गुणों से उतने उदार नहीं बनते जितना उसके अभ्यास से बनते हैं।

मनुष्य जिस तरह बुराई देखकर बुराई करने के लिए प्रेरित होता है उसी तरह भलाई देखकर भलाई के लिए।

संयुक्त परिवार में चार बर्तन टकरायेंगे भी, कभी मन खट्टे भी होंगे लेकिन यदि हम थोड़ा सहन करना सीखें, अधिक अपेक्षा न रखें तो थोड़े समय में सब आपके हिस्से में होगा। हमारा संयुक्त परिवार है। हमारे घर में 21 सदस्य हैं। रसोई एक ही है। घर में कभी ताला नहीं लगता क्योंकि कोई न कोई घर में रहता ही है। हमारे ऋषियों ने 'वसुधैव कुटुम्बकम' का आदर्श प्रस्तुत किया था। पूरा विश्व ही अपना कुटुम्ब। यह अन्तिम छोर है। इसका आरम्भ हम अपने घर से करें। खुद की कार में अकेले घूमने से अच्छा संयुक्त परिवार की बस में घूमना अधिक आनन्द देगा और यात्रा आसान होगी।

जो बच्चें दादा-दादी के प्यार से वंचित रहते हैं वें जीवन की अनमोल सम्पत्ति गँवा देते हैं। यह सब होते हुए भी नयी पीढ़ी में अलग रहने की प्रवृत्ति बढ़ती जा रही है। एक युवती अपनी सहेली से कह रही थी 'मुझे ऐसा पति

चाहिए जिसके माँ-बाप, भाई-बहन, काका-काकी न हों"। सहेली ने जवाब दिया–बहन, ऐसा पति तो अनाथालय में मिल सकता है। इस बात में विनोद के साथ वेदना भी है। हम प्राकृतिक पर्यावरण के होने वाले नुकसान के प्रति तो सचेत हैं पर टूटते संयुक्त परिवार से होने वाले सांस्कृतिक पर्यावरण की क्षति से बेपरवाह हैं। महानगरीय सभ्यता की घुसपैठ तेजी से बढ़ रही है। इसके साथ कितने परम्परागत मूल्य नष्ट हुए हैं। इनमें संयुक्त परिवार का टूटना प्रमुख है। दुनिया छोटी हो गयी है। कितने आश्चर्य की बात है जहाँ सभी देश निकट आ रहें हैं, वहीं परिवार के सदस्य एक-दूसरे से दूर जा रहें हैं। परिवार के साथ रहने का प्रयत्न करें। अलग तो कभी भी हो सकते हैं।

क्या जमाना आया है

वृद्ध पीढ़ी वर्तमान की निन्दा करते थकती नहीं। वे अपने जवानी के दिनों की प्रशंसा कर आनन्दित होते हैं। उनका मानना है कि हम लोग तेजी से रसातल की ओर जा रहे है। कोई भी युग हो वृद्धों का हमेशा यही कहना रहता है। किन्तु सच तो यह है कि किसी भी काल में ऐसा नहीं था कि सब अच्छा ही अच्छा रहा हो, कुछ भी ख़राब न था। राम के समय में क्या राक्षस नहीं थे? मन्थरा और धोबी नहीं थे? महाभारत काल में शकुनि, दुर्योधन, दुशासन नहीं थे?

आजादी से पहले हमारे देश के करोड़ों लोग गुलामों की जिन्दगी जी रहे थे। प्लेग में गाँव के गाँव खाली हो जाते थे। लाखों लोग मृत्यु के मुँह में समा जाते थे या अपंग, अन्धे कुरूप हो जाते थे। आज महामारियाँ समाप्त हो गई हैं। अनेक जानलेवा बीमारियों पर काबू पा लिया है। आजादी के बाद देश में कोई बहुत बड़ा अकाल नहीं पड़ा। आजादी के समय हमारी औसत आयु 30-32 वर्ष होती थी जो बढ़कर आज 65 हो गयी है। पहले लोग पदयात्रा अथवा बैलगाड़ी में यात्रा करते थे। आज यात्राएँ कितनी आसान हो गयी हैं। आज यदि थोड़ी देर के लिए बिजली चली जाये तो हम कितना परेशान हो जाते हैं। अब सहज कल्पना कीजिए कि लालटेन युग में लोग कितनी कठिनाइयों का सामना करते होंगे। पानी लाने के लिए महिलाओं को नदी, तालाब जाना पड़ता था। आज हमें पानी के पास नहीं जाना पड़ता, पानी हमारे घरों में आता है। यह सच है कि गैस पर बनाई गयी रसोई में लकड़ी या कोयले की आग पर पकाये गये खाने जैसा स्वाद नहीं होता, परन्तु ईंधन जुटाने और आग जलाने की माथापच्ची नहीं करनी पड़ती थी। यह सब देखते हुए लगता नहीं क्या वह स्वाद हमें बहुत

महँगा पड़ता था? गाँव के मेधावी विद्यार्थियों को अपनी प्रतिभा के विकास के लिए कोई अवसर न थे। आज छोटे-छोटे शहरों में कॉलेज खुल गये। इतना ही नहीं, हमारे हजारों प्रतिभा सम्पन्न विद्यार्थी इंग्लैंड के ऑक्सफोर्ड-केंब्रिज तथा अमेरिका के हार्वर्ड जैसे विश्वविद्यालयों में अध्ययन कर रहें हैं। पहले कोई विदेश जाता तो महीने भर उसकी कोई खबर न मिलती और हम चिन्ता में घुलते रहते। आज हम जब चाहें उनसे बात कर सकते हैं।

जीवन के लगभग सभी क्षेत्रों में प्रगति हुई है। अभी तक जो सुविधाएँ केवल उच्च वर्ग के रईसों को मिलती थी वह ग़रीबों तक भले ही न पहुँची हों, मध्यम वर्ग तक तो पहुँच ही गयी है। जीवन-शैली में ज़बरदस्त परिवर्तन आया है। गरीब अब केवल ज्वार बाजरा की मोटी रोटियाँ नहीं, गेंहूँ की रोटियाँ भी खाते हैं। इनमें से कितने साइकिल से कूद कर स्कूटर या मोटरसाइकिल पर आ गये हैं। जिन झोपड़पट्टियों में पहले घोर विपन्नता थी वहाँ आज रेडियो और टीवी चल रहें हैं। थिगड़े वाले कपड़ों की जगह अब पॉलिएस्टर ने ले ली हैं। खेतों में उत्पादन बढ़ा है और कृषि ने अब उद्योग का रूप ले लिया है। देश में हरित क्रान्ति आने के कारण हम अनाज के क्षेत्र में आत्मनिर्भर हो गये हैं। स्त्रियों की स्थिति भी अब पहले जैसी दयनीय नहीं रही। वे आत्मनिर्भर हो रहीं हैं। राजनीति में भी आगे आयी हैं। बच्चों को पहले की तुलना में अधिक पौष्टिक भोजन मिल रहा है।

ऐसा नहीं कि आज के युग में कोई बुराई नहीं हैं। बुराइयाँ हैं और घोर बुराइयाँ हैं। कामचोरी, भ्रष्टाचार, स्वार्थलोलुपता, देशभक्ति की भावना का अभाव, नैतिक मूल्यों का पतन आदि बुराई पहले की अपेक्षा कई गुना बढ़ी हैं। जनसंख्या विस्फोट तो देश को कुरूप बना रहा है। परन्तु कुछ अच्छा भी है, इसी तरह पुराने समय में बहुत कुछ अच्छा था तो कुछ खराब भी था। वृद्धों को केवल अपने युग का ही अच्छा और आज के समय में सब बुरा दिखता है। क्या हम उनको पूछ सकते हैं कि आपको अपने समय की बुराइयाँ क्यों याद नहीं आती? इसका एक ही जवाब है–उम्र। जब हम युवा होते हैं तब हमें यह दुनिया सुन्दर, खुशियों से भरी लगती है। उम्र बढ़ने के साथ-साथ हमें बुराइयाँ नजर आने लगती है और वृद्धावस्था में तो यह असहय लगने लगता है। आज मैं बड़ी अच्छी-अच्छी बातें कर रहा हूँ पर मुझे बूढ़ा होने दो तब मैं भी कहूँगा 'घोर कलयुग' आया है।

कैसा मोक्ष और कैसी बातें

मुझे समझ में नहीं आता कि लोग मोक्ष क्यों चाहते हैं? मोक्ष यानी जीवन-मरण से मुक्ति। माना जाता है कि जीव को 84 लाख योनियों से गुजरना पड़ता है। अनेक लोगों के अनुसार यह बहुत बोरियत भरी थका देने वाली यात्रा है। यदि मोक्ष मिल जाये तो इस यन्त्रणा भरी यात्रा से बच जायें। यह तो समझ में आता है कि 84 लाख किलोमीटर बहुत लम्बी यात्रा है, किन्तु यह समझ में नहीं आया कि यह बहुत त्रासदायक और उबाऊ है। मुझे तो अपनी जिन्दगी कभी उबाऊ नहीं लगी। जो जिन्दगी पीछे छोड़ आया हूँ और भविष्य में जो जिन्दगी जीने वाला हूँ, वह तकलीफ़देह थी या आने वाली जिन्दगी त्रासदायक होगी ऐसा भी नहीं लगता। तो फिर मैं मोक्ष की कामना क्यों करूँ?

मजे की बात यह है कि धर्म के 84 लाख वाले सिद्धान्त को विज्ञान का पूरा समर्थन है। विज्ञान कहता है कि अमुक लाख वर्षों पहले हम वानर योनि में थे। उससे पहले वनस्पति योनि में विज्ञान का मानना है कि जीव या जीवन आरम्भ समुद्र तल में अति सूक्ष्म जीवाणु के रूप में हुआ। धीरे-धीरे उसका विकास हुआ और अन्तत: मनुष्य योनि में आये। यहाँ तक तो धर्म और विज्ञान एकमत हैं। मतभेद आना बाद में शुरू हुआ। विज्ञान कहता है कि जीव उत्तरोत्तर विकास करता हुआ, वनस्पति, कीट-पतंग, मछली, पशु योनि से होता हुआ अन्त में मनुष्य के रूप में विकसित हुआ। इस प्रक्रिया को उत्क्रान्तिवाद कहते हैं। अर्थात् मनुष्य के वापस जाने की, फिर से वानर या अन्य जीव-जन्तु बनने की सम्भावना नहीं है। जायेगा तो आगे ही जायेगा।

परन्तु धर्म ऐसी कोई गारन्टी नहीं देता। बल्कि, वह तो कहता है कि भविष्य में हमारा जन्म वानर, सर्प, डुक्कर, गदर्भ किसी भी योनि में हो सकता

है। इसलिए शायद इस भ्रमजाल से मुक्त होने के लिए मोक्ष का प्रयत्न किया गया है। मेरा तो मानना है कि अन्य योनियों में हमें खुशी-खुशी जाना चाहिए। यदि भगवान वर ह (डुक्कर), मत्स्य (मछली), कच्छप (कछुआ) आदि योनि में जन्म ले सकते हैं तो हम क्या भगवान से बढ़कर हैं? मनुष्य योनि का ही हठ क्यों? जो भी योनि मिले उसे सार्थक करें, बस बेवफा इन्सान होने से अच्छा तो वफादार कुत्ता होना बेहतर है। धर्म और विज्ञान में और एक अन्तर है, विज्ञान के पास ऐसा कोई हिसाब नहीं कि समुद्र के जीवाणु को मनुष्य बनने तक कितनी योनियों से गुजरना पड़ा। धर्म के पास तो निश्चित आँकड़ा है–84 लाख। मुझे आश्चर्य होता है कि यह संख्या कैसे प्राप्त हुई होगी?

हमें नहीं पता कि 84 लाख पायदान वाली सीढ़ी के किस पायदान पर हम खड़े हैं। यह पायदान आरम्भ का हो सकता है, अन्त का या मध्य का भी हो सकता है। हमारे लिए तो जो है वह नया है। हो चुके जन्मों की कोई स्मृति हमारे पास नहीं है तो किस आधार पर यह कहा जाये कि जन्मजन्मांतर की यात्रा कष्टदायक है। इससे मुक्ति दिलाओ। पूर्वजन्म की कोई याद हमारे पास नहीं, न कड़वी न मीठी।

मान लीजिए कोई व्यक्ति पूर्व जन्म की मीठी यादें लेकर आया है कि पिछले जन्म में मैं मुख्यमन्त्री था, इस जन्म में नौकर हूँ। या पूर्वजन्म में मुझे अत्यन्त सुन्दर और सुशील पत्नी मिली थी और इस जन्म में न जाने कहाँ से यह फूहड़ मिली। जन्म मरण के ऐसे ही कितने भ्रमजाल से मुक्ति पाने का मन हो तो अब भी कुछ समझा जा सकता है, पर ऐसी कोई स्मृति तो है नहीं हमारे पास फिर मुक्ति की कामना का क्या कारण? हमारा चाहे एक ही जन्म होता हो या 84 लाख। एक-एक जन्म का स्वागत करें। मान लीजिए कि हमें केवल जन्म का क्रमाँक याद रहता और हमें पता चलता कि यह हमारा 82 वाँ लाख जन्म है तो हम दुखी हो जाते कि अरर! अब तो मात्र दो लाख जन्म ही बाकी रहे।

यमराज ने एक सेठ से कहा कि कल शाम को तुम्हारी मृत्यु हो जायेगी और तुम्हारा जन्म कचरे के ढेर पर रहने वाले सूअर के यहाँ होगा। निशानी के तौर पर तुम्हारे माथे के ठीक बीच में एक सफेद बिन्दु होगा। सेठ ने अपने बेटे से कहा कि यदि ऐसा होता है तो तुम मुझे बन्दूक से मार डालना। मैं

सूअर बनकर जीना नहीं चाहता। अगले दिन सेठ मर गया। बेटा बन्दूक लेकर कचरे के ढेर की ओर गया। वहाँ सचमुच माथे पर सफेद निशान वाले सूअर का जन्म हुआ था। जैसे ही वह बन्दूक चलाने वाला था कि सूअर का शिशु बोला—मत मारना मुझे। मैं तो यहाँ बहुत सुखी हूँ। मेरी माँ है, बाप है। भाई-बहन है। मैं जीना चाहता हूँ। मुझे मत मारो! कैसा मोक्ष और कैसी बात कैसी।

हिन्दी तो है जगन्नाथ का रथ

किसी भी स्वतन्त्र देश के लिए तीन बातें आवश्यक हैं–राष्ट्रध्वज, राष्ट्रगीत और राष्ट्रभाषा। ये तीनों ही देश की एकता और अखण्डता के प्रतीक हैं। बिना राष्ट्रभाषा के देश गूँगा है। 14 सितम्बर, 1949 को भारतीय संविधान सभा ने देवनागरी लिपि में लिखी जाने वाली हिन्दी को राजभाषा घोषित किया। वह केवल हिन्दी भाषियों की ही नहीं, पूरे राष्ट्र की भाषा हुई। यद्यपि, इससे बहुत पहले ही अन्य भाषा-भाषी के लोग भी हिन्दी का समर्थन करते आये हैं। आश्चर्य की बात है कि बंगाल से आज हिन्दी विरोधी जो स्वर सुनाई दे रहें हैं, वही बंगाल हिन्दी को राष्ट्रभाषा के रूप में स्वीकार करने में अग्रणी था।

1838 में राजा राममोहन राय, 1874 में केशवचन्द्र सेन, 1878 में बंकिमचन्द्र चट्टोपाध्याय और उसके बाद रवीन्द्रनाथ टैगौर तथा सुभाषचन्द्र बोस ने राष्ट्रभाषा के रूप में हिन्दी को ही मान्यता दी थी। 1874 में केशवचन्द्र सेन ने कहा था–"यदि हम हिन्दी को नहीं अपनाएँगे तो राष्ट्र की एकता का निर्माण नहीं हो सकता"। 1878 में 'बंगदर्शन' पत्र में बंकिमचन्द्र जी ने भी लिखा था–यदि हम भारत का विकास चाहते हैं तो हमको हिन्दी अपनानी पड़ेगी। रवीन्द्रनाथ ने लिखा–यदि हम प्रत्येक भारतीय के मौलिक अधिकार के सिद्धान्त को स्वीकारते हैं तो हमें उस भाषा को राष्ट्रभाषा के रूप में स्वीकार करना चाहिए जो देश के सबसे बड़े भूभाग में बोली जाती है, और वह है हिन्दी। सुभाषचन्द्र बोस ने कहा था–मैं हमेशा से मानता हूँ कि भारत में एक राष्ट्रभाषा होना जरूरी है और वह हिन्दी ही हो सकती है।

हिन्दी के विरोध में कोई भी आन्दोलन राष्ट्र की प्रगति में बाधक बनेगा। कोलकाता के कांग्रेस अधिवेशन में उन्होंने कहा था "बंगाल को इस बात का

गर्व है कि उसने राष्ट्रभाषा के रूप में हिन्दी को प्रोत्साहन दिया है और किंचित योगदान भी"। महाराष्ट्र में लोकमान्य तिलक जैसे नेताओं ने हिन्दी का समर्थन किया। विनोबा भावे का कथन है–मेरे देश में हिन्दी कि इज़्ज़त न हो, यह मैं सहन नहीं कर सकता। भूदान आन्दोलन के लिए उन्होंने पूरे भारत का भ्रमण पैदल चलकर किया था। जनता के लिए उनके उद्‌बोधन हिन्दी में ही थे।

मराठी भाषी दादा धर्माधिकारी जैसे हिन्दी के प्रखर वक्ता तब हिन्दी भाषियों में कोई न था। हिन्दी जगत के बहुत बड़े कवि, कुछ लोगों के अनुसार निराला के समकक्ष, गजानन माध मुक्तिबोध मराठी भाषी थे। हिन्दी के लोकप्रिय विज्ञान लेखक गुणाकार मुले की मातृभाषा मराठी है, परन्तु उन्होंने अपना पूरा लेखन हिन्दी में किया।

राष्ट्रभाषा के रूप में पूरी ताकत से यदि किसी प्रदेश ने समर्थन किया है तो वह है गुजरात। पण्डित हजारीप्रसाद द्विवेदी के अनुसार तीन गुजरातियों ने हिन्दी की जितनी सेवा की है उतनी तो खुद हिन्दी भाषी नहीं कर सके। सबसे प्रथम लल्लूलाल जी। तब भारत की राजधानी कोलकाता थी। ईसाई मिशनरियों ने बाइबल का हिन्दी में अनुवाद करना चाहा, परन्तु उन्होंने देखा कि हिन्दी का कोई व्याकरण ही नहीं है। तब उन्होंने लल्लूलाल जी से व्याकरण लिखवाया। अर्थात् हिन्दी का प्रथम व्याकरण ग्रन्थ लिखने वाले लल्लूलाल गुजराती भाषी थे। दूसरे थे स्वामी दयानन्द। संस्कृत पर इनका प्रभुत्व बेजोड़ था। पहले वे संस्कृत में प्रवचन करते थे, किन्तु बाद में उन्होंने हिन्दी में ही भाषण देना शुरू किया। दयानन्द जी ने अपना प्रसिद्ध ग्रन्थ 'सत्यार्थ प्रकाश' न तो देवभाषा संस्कृत में और न मातृभाषा गुजराती में बल्कि राष्ट्रभाषा हिन्दी में लिखा। हिन्दी के विकास में आर्यसमाज का योगदान बहुत महत्त्वपूर्ण है।

महात्मा गांधी तो हिन्दी के भगीरथ थे। उन्होंने राष्ट्रभाषा प्रचार को राष्ट्रीय कार्यक्रम का अनिवार्य अंग बना दिया। हिन्दी की सेवा देश की सेवा बन गयी। देश के कोने-कोने से अनेक युवक आगे आये जिन्होंने अपना पूरा जीवन हिन्दी के प्रचार में गुजारा। दक्षिण भारत में हिन्दी का प्रचार इन्हीं युवाओं ने जो किया, वह आश्चर्यजनक है। गांधी जी ने अपने पुत्र देवदास को यह जिम्मेदारी दी थी। हिन्दी साहित्य सम्मेलन, 1934 में गांधी जी पुनः सभापति बने तब उन्होंने कहा था–हिन्दी में वे सब गुण हैं जो एक राष्ट्रभाषा में होने

चाहिए। वे प्रार्थना और भाषण हिन्दी में ही करते थे। गांधी जी के कारण हिन्दी को जो गौरव और प्रोत्साहन मिला, जो विस्तार मिला वह अद्वितीय है। डॉ जाकिर हुसैन भी हिन्दी को एकता की कड़ी मानते थे। यशस्वी लेखक रांगेय राघव दक्षिण भारतीय थे। किसी समय में हमारी सेना के मद्रासी डिवीजन में हर गुरुवार को हिन्दी दिवस मनाया जाता था और दक्षिण भारतीय सेनानी खुशी से हिन्दी सीखते थे।

हमारे साहित्य का सर्वोच्च सम्मान है–भारतीय ज्ञानपीठ पुरस्कार। जिसे प्राप्त करने वाले लेखक नरेश मेहता गुजराती भाषी थे। हिन्दी साहित्य में एक बड़ा नाम अमृतलाल नागर भी गुजराती थे। गुजराती साहित्य के मूर्धन्य लेखकों में भोलाभाई पटेल, रघुवीर चौधरी हिन्दी के प्रोफेसर थे। मेरी हिन्दी में लिखी 'नर्मदा परिक्रमा' पुस्तक के सम्बन्ध में अशोक वाजपेयी ने लिखा है–इन पुस्तकों के लिए हिन्दी हमेशा वेगड़ जी की ऋणी रहेगी।

अनेक पंजाबी और कश्मीरी लेखकों (अमृता प्रीतम, पद्मा सचदेव, भीष्म साहनी आदि) ने अपनी मातृभाषा में नहीं, हिन्दी में ही अपना लेखन कार्य किया है। इस प्रकार विभिन्न प्रदेशों ने राष्ट्रभाषा के रूप में हिन्दी का केवल समर्थन ही नहीं किया, अपितु उसके विकास में सक्रिय योगदान भी दिया है। हिन्दी जगन्नाथ का रथ है जिसे खींचने में सभी भाषा-भाषियों ने गर्व और गौरव का अनुभव किया है।

अपने छोटे भाई-बहन

हनुमान के बिना हम रामायण की कल्पना नहीं कर सकते। हनुमान एक वानर थे। सीता का अपहरण कर उसे ले जाते हुए रावण से पक्षीराज जटायु ने युद्ध किया था। जटायु गिद्ध थे। पक्षियों को रामकथा सुनाने वाले काकभुशुंडि कौआ थे। जब धर्मराज युधिष्ठिर को स्वर्ग ले जाने के लिए विमान आया तब उन्होंने कहा—एक कुत्ता भी मेरे साथ चलेगा। यदि उसे नहीं ले चलोगे तो मुझे भी स्वर्ग नहीं जाना है। इसी तरह राजा दिलीप ने सिंह से गाय को बचाने के लिए अपना शरीर अर्पित कर दिया और कहा भूख लगी हो तो मुझे मारकर अपनी भूख शान्त करो, किन्तु इस गाय को नहीं मारने दूँगा। इसकी रक्षा का भार मुझ पर है।

गौतम बुद्ध को तो बचपन से ही पशु-पक्षियों से लगाव था। जब वे राजकुमार थे तब एक पक्षी की जान बचाई थी। बड़े होने पर भी एक बीमार भेड़ को गोद में उठा लिया था। ऋषियों के आश्रम में हिरण निर्भय होकर विचरण करते। मंडन मिस्र के घर का तोता संस्कृत के श्लोक बोलता। प्राचीन काव्य में कौवों को उड़ाती विरहिणी नारी का रसमय चित्रण हुआ है। अपनी बाल-वार्ताएँ तो पशु-पक्षियों की बात से ही शुरू होती है। 'अंगूर खट्टे हैं' कहने वाला सियार या घड़े में कंकड़ डालकर पानी ऊपर लाने वाले कौवे की कहानी से शायद ही कोई अन्जान होगा। नागपंचमी के दिन नाग को दूध पिलाया जाता है। गधा मंदबुद्धि का प्रतीक बन गया। मनुष्य और पशु-पक्षियों के बीच प्रेम की ऐसी अनेक कहानियाँ हैं। मनुष्य का सबसे पुराना दोस्त कोई है तो वह पशु ही है।

आज से हजारों वर्ष पहले जब मनुष्य जानवरों का शिकार करके पेट भरता था तब से ही उसके जीवन में पशुओं का विशेष स्थान बन गया है। पकड़े हुए सभी पशुओं को वह मार नहीं देता था। कुछ जानवरों को पाल लेता था। कुत्ता मनुष्य का सबसे पुराना मित्र है। लोक साहित्य में कुत्ते और घोड़े की स्वामीभक्ति के कितने ही किस्से हैं। कुत्ता तो कितने प्रकार के काम करता है। शिकार में अपने मालिक की मदद करता है, घर की रखवाली करता है, युद्ध के मैदान से घायलों को ले आता है, भूकम्प में जमीन में दबे हुए लोगों को बाहर ले आता है, पहाड़ों में विपदाओ में फँसे लोगों को बचाता है और बड़े शहरों में अन्धे व्यक्ति को भीड़ से सुरक्षित रख ले जाता है।

और घोड़ा! पिछले चार हजार वर्षों की दुनिया के इतिहास की कल्पना घोड़े के बिना नहीं की जा सकती। घोड़े ने मनुष्य को शक्तिशाली बनाया। घुड़सवार योद्धा पद सैनिकों पर आसानी से विजय प्राप्त कर लेता था। सिकन्दर की सबसे बड़ी ताकत उसके अश्वारोही सैनिक थे। जिन कबीले वालों ने घोड़ों को पालतू बनाया उनके लिए एक जगह से दूसरी जगह जाना तेज गति से और आसान हुआ। सैनिक दृष्टि से भी अन्य कबीलों की तुलना में अधिक श्रेष्ठता मिली। रथ प्राचीन युग के टैंक थे।

हमारे देश की कृषि का आधार बैल है। गाय और भैंस से दूध की पूर्ति होती है। गाय को तो कामधेनु कहा गया है। राजस्थान में ऊँट और असम में हाथी के बिना काम नहीं चलता। भेड़ से हमें ऊन न मिले तो ठण्ड में काँपते रह जाना पड़े। घोड़ा, हाथी, बैल, ऊँट से होते हुए मनुष्य ने सिंह, बाघ जैसे प्राणी को भी बस में किया। सर्कस में ये सभी तरह-तरह के खेल दिखाते हैं। जिन पशुओं को पालतू बनाया गया उनमें से कितनों की नयी नस्लें तैयार की गई। परिणामस्वरूप दूध, ऊन, माँस आदि की उत्पादकता बढ़ गयी। इन सब बातों के विस्तार में हम एक महत्त्वपूर्ण बात भूल रहें हैं, वह है मनुष्य का पशुओं के प्रति प्रेम जो अब नहीं रहा।

राम ने जटायु का अन्तिम संस्कार इस प्रकार किया था जैसे एक पुत्र अपने पिता का करता है। महाभारत युद्ध के समय कृष्ण रोज शाम को रथ से उतरकर घोड़े की मालिश करते थे। एक कुत्ते के खातिर युधिष्ठिर ने स्वर्ग जाने से मना कर दिया था। नन्दी के बिना शिव मन्दिर, मूषक के बिना गणेश,

गरुड़ के बिना विष्णु की कल्पना नहीं की जा सकती। पौराणिक कथाओं के बाद इतिहास देखें तो रानी दुर्गावती की हाथी के बिना, महाराणा प्रताप और छत्रपति शिवाजी की जीत घोड़े के बिना सम्भव न थी। पशु-पक्षी हमारे पूर्वजों के जीवन के अविभाज्य अंग थे। उन सबको सहज प्रेम मिलता था। पशु-पक्षी हमारे छोटे भाई-बहन हैं। हमारे स्नेह के अधिकारी हैं। उनको उनके प्राप्य से वंचित न करें।

अगस्त : कितना शानदार

वर्ष में 12 माह होते हैं, किन्तु एक समय ऐसा भी था जब वर्ष में 10 माह ही होते थे और 304 दिन। जून के बाद सीधा सितम्बर। जुलाई, अगस्त थे ही नहीं। ये कैसे आये केलेण्डर में?

रोम के एक प्रतापी राजा थे, जूलियस सीज़र उसे सत्ता विरासत में नहीं मिली थी। युवावस्था से ही उसने यश और कीर्ति के सपने देखे थे। अपनी योग्यता के बल पर वह गाल प्रदेश का गवर्नर बना फिर आस-पास के प्रदेशों पर भी कब्जा कर लिया। लूटपाट से खूब धन मिला। उसके पास विशाल और शक्तिशाली सेना थी। फिर रोम की ओर कूच किया और धीरे-धीरे पूरी इटली पर अधिकार कर लिया। इसी जूलियस सीजर ने अपने नाम से एक महीने का नाम केलेण्डर में जोड़ा–जुलाई। जूलियस की कोई सन्तान न थी। उसने अपने भाई के पौत्र को दत्तक लिया जिसका नाम था–आगस्ट। वह जूलियस से अधिक पराक्रमी निकला। उसने भी अपने नाम से एक महीना केलेण्डर में जोड़ दिया–ऑगस्ट। अपनी महत्ता को बड़ा बताने के लिए इन दोनों ने इन माह में 31-31 दिन रखें और वर्ष के बीचोंबीच रखे, ताकि इसे कोई निकाल न सके।

परन्तु यह करते हुए एक गड़बड़ हो गई। सेप्ट यानी 7, सेप्टेम्बर वर्ष का सातवाँ महीना था जो अब 9 वाँ हो गया। ऑक्टो मतलब आठ (अक्टोपस आठ पैर वाला जीव)। नाम के अनुसार केलेण्डर में उसका स्थान आठवाँ था जो दसवाँ हो गया। नवंबर नवमें स्थान से 11 पर। डेका अर्थात् दस। इसी से बना बना है डेसिमल शब्द यानी दशमलव। तो डिसम्बर था दसवाँ माह जो बारहवाँ हो गया। इस प्रकार इन नामों का अर्थ भी गलत हो गया। कहते हैं न 'समरथ को नहीं दोष गुसाई'।

ऑगस्ट शब्द का अंग्रेजी में एक और अर्थ होता है–मेजेस्टिक। मतलब शानदार। (ऑगस्ट का मूल नाम ओक्टेवियन था। वह इतना शक्तिशाली था कि रोम की सरकार ने उसे महामहिम की उपाधि से विभूषित किया था। उसने 30 इसवीं पूर्व से लेकर 14वीं इसवीं तक राज किया।) तो ऑगस्ट वास्तव में एक शानदार महीना है। हमारे देश के स्वाधीनता संग्राम के इतिहास में इसका महत्त्व कम नहीं। संक्षेप में देखते हैं।

अगस्त का आरम्भ लोकमान्य बाल गंगाधर तिलक की पुण्यतिथि से होता है। 1 अगस्त, 1920 को उनका निधन हुआ था। महात्मा गांधी से पहले तिलक ही पूरे भारत के सर्वमान्य नेता थे। जब उन्होंने कहा था–"स्वराज्य मेरा जन्मसिद्ध अधिकार है और मैं उसे लेकर ही रहूँगा" तो जैसे करोड़ों देशवासियों को वाणी मिल गई। तिलक प्रथम भारतीय थे जिन्होंने अंग्रेजी हुकूमत को ललकारा था। तिलक जैसे विद्वान राजनेता मिलना तो दुर्लभ ही माना जायेगा।

7 अगस्त को रवीन्द्रनाथ टैगोर का निर्वाण दिवस है। 1941 में उनका अवसान हुआ था। महान कवि के रूप में उनकी महत्ता इसी बात से जानी जा सकती है कि उन्हें विश्वकवि नाम दिया गया। साहित्य का सर्वोच्च नोबल पुरस्कार टैगोर जी को मिला था। वे जितने बड़े कवि थे उतने ही बड़े चित्रकार भी थे। यूरोप अमेरिका के काला समीक्षकों का कहना है कि कवि से अधिक महान वे चित्रकार थे। हमारे राष्ट्रगान 'जन-गण-मन' के रचियता वे ही हैं। उनके द्वारा स्थापित शान्ति निकेतन का देश की शिक्षण संस्थाओं में विशिष्ट स्थान है। उनके जैसे बहुमुखी प्रतिभा सम्पन्न व्यक्ति बहुत कम होते हैं।

9 अगस्त, 1942 के दिन महात्मा गांधी ने अंग्रेजों के विरुद्ध अपना अन्तिम 'भारत छोड़ो' आन्दोलन पूरी ताकत से शुरू किया था। देशवासियों को 'करो या मरो' का सन्देश दिया था। इस छोटे से मन्त्र ने देश की जनता में बिजली सा संचार किया। विद्यार्थी और मजदूर, दुकानदार और किसान, यहाँ तक कि घर से निकलकर महिलायें तिरंगा हाथ में लिए राष्ट्रगीत गाते हुए आन्दोलन में शामिल हो गईं। धरपकड़ तो सामान्य बात हो गई थी। दमन और बढ़ा तो आन्दोलन ने भी तेजी पकड़ी। इस आन्दोलन ने देश के बच्चों को भी निर्भय बना दिया। अंग्रेजी सल्तनत की जड़ें हिला दी। यह आन्दोलन 'अगस्त क्रान्ति' के नाम से प्रसिद्ध हुआ।

महात्मा गांधी की वाणी सत्य सिद्ध हुई। 'भारत छोड़ो' नारे के 5 वर्ष के अन्दर ही अंग्रेजों को भारत छोड़ना पड़ा। सैकड़ों वर्षों की गुलामी के बाद देश आजाद हुआ और वह दिन था 15 अगस्त 1947। खुद अंग्रेजों ने 'यूनियन जैक' नीचे उतारा तथा राष्ट्रपति भवन पर तिरंगा फहराया। यह हमारे इतिहास का सबसे शानदार दिन है। पूरा देश दीप मालाओं से जगमगा उठा था। वीरों ने वर्षों की कुर्बानियाँ दी थी। फाँसी, जेल, कालकोठरी, आजीवन कारावास, लाठीचार्ज सब सार्थक हो गया।

15 अगस्त श्री अरविन्द का जन्मदिन भी है। टैगोर, गांधी, अरविन्द तीनों में भारत की मनीषा एक साथ प्रकट हुई। गांधी जी अपनी कर्मठता के प्रतीक हैं। अरविन्द अपनी ज्ञान राशि और टैगोर अपनी भाव सम्पदा के प्रतिनिधि थे। जैसे–हेंड, हेड, हार्ट अर्थात् कर्ममार्ग, ज्ञानमार्ग और भक्तिमार्ग। भारत के इतिहास में ये तीनों शक्तियों की विभूतियाँ एक साथ शायद ही आयें। ये तीनों किसी-न-किसी रूप में अगस्त से जुड़ी हैं। सचमुच अगस्त एक शानदार महीना है।

कितने सुन्दर अर्धसत्य

हाल ही में एक कहानी पढ़ी। दो मित्र नसीब आजमाने मुम्बई पहुँचे। परिश्रमी और बुद्धिमान तो थे ही किस्मत ने भी साथ दिया। दोनों ने खूब धन कमाया। एक ने सोचा कि यदि दूसरा मर जाये तो सारा धन मेरा हो जायेगा और उसने कार दुर्घटना के बहाने मित्र को मरवा दिया। पूरी धन-दौलत लेकर गाँव आया। एक सुन्दर स्त्री से विवाह किया। कुछ समय बाद सुन्दर पुत्र का पिता बना। बेटा उसे जान से भी अधिक प्यारा था। युवा होने पर पुत्र के विवाह की बात चली, किन्तु इस बीच बेटा बीमार हो गया। बेटे के इलाज के लिए पानी की तरह पैसा बहाया पर कोई लाभ न हुआ। लगभग तीन महीने कोमा में रहने के बाद अचानक होश में आया। पिता तो खुशी से पागल हो गया। बेटे ने पूछा–"मैं कौन हूँ?" पिता ने कहा–तुम मेरे इकलौते बेटे हो। मैं तुम्हारा पिता हूँ। बेटे ने फिर कहा–जरा ध्यान से देखिए। पिता ने इस बार पूरे गौर से बेटे को देखा तो उसे पुत्र की जगह वह मित्र दिखाई दिया जिसकी उसने हत्या करवाई थी। "मैं तो अपना हिस्सा लेने आया था और वह आज ब्याज समेत ले लिया" कहकर वह स्वर्ग सिधार गया।

कहानी प्रभावशाली थी। विश्वसनीय भी। इस तरह की कुछ और कहानियाँ भी हैं जिससे एक ही सन्देश मिलता है–जैसा बोओगे वैसा पाओगे। अच्छे कर्म करोगे तो अच्छा फल मिलेगा। बुरे कर्मों का परिणाम बुरा ही होगा। दूसरों के लिए गड्ढा खोदोगे तो तुम ही उस गड्ढे में गिरोगे। लेकिन, ऐसा होता नहीं है। यह विशफुल थिंकिंग है। हम चाहते हैं कि पापी को उसके पाप की सजा मिले पर होता उल्टा है। पापी ऐश करता है और धर्मी के यहाँ मुसीबतें टूटती हैं। सज्जनों की ही अधिक खाल उधेड़ी जाती है। राम, सीता

और लक्षमण और पाण्डवों ने भी क्या पाप किये थे कि उन्हें वन में जाना पड़ा। मीरा ने ऐसा क्या किया था कि उन्हें ज़हर पीना पड़ा था। ये उनके कौन से पापों की सजा थी?

कर्म और कर्मफल के बीच वैसा सम्बन्ध नहीं है जैसा हम सोचते हैं। अच्छे कर्मों का फल अच्छा मिलेगा या न भी मिले। बुरे कर्मों का फल बुरा मिले या न भी मिले। तो क्या हमें अच्छा नहीं बनना चाहिए? सत्य की राह पर नहीं चलना चाहिए? चलना चाहिए, जरूर चलना चाहिए। सत्य की राह पर चलते हुए चाहे जितनी तकलीफें उठानी पड़े, हिम्मत नहीं छोड़नी चाहिए। एक जुनून के साथ चलना चाहिए। फल अच्छे मिले या न मिले हम अपनी राह पर अडिग रहें। ठान लें–मैं सत्य का सौदा नहीं करूँगा तब ही में मनुष्य कहलाने योग्य हूँ। इन बातों का उद्देश्य बहुत अच्छा होते हुए भी हैं तो असत्य या अर्धसत्य।

ऐसा ही बहुप्रचलित असत्य है–जनता जनार्दन। "हमारे पास जनता है पर वह जनार्दन रूपी जनता नहीं है। जनता के लिए जनार्दन शब्द का उपयोग केवल मुग्धता उत्पन्न करने वाला है पर आज या पहले भी कभी जनता के बीच जीते-जागते जनार्दन मिलें हो ऐसा हुआ नहीं"। ये शब्द कवि सुन्दरम के हैं तथा बिल्कुल सच हैं। एक और बहु प्रचारित असत्य अथवा अर्ध सत्य है–सत्यमेव जयते। अर्थात् सत्य की विजय हो, परन्तु यदि उस सत्य के पीछे ताकत नहीं होगी तो सत्य की जय मुश्किल है। यह ताकत दो प्रकार की हो सकती है–शस्त्रों की ताकत या नैतिक ताकत।

नैतिक बल का अद्‌भुत उदाहरण है सीता। त्रिभुवन विजेता रावण भी उसके सामने भिक्षुक सा बन गया। उसने अपने शौर्य के बल से नहीं, बल्कि छल-कपट से सीता का हरण किया था, किन्तु उसे अपने महल में न रख पाये न ही उसका स्पर्श कर सके। हमारे युग में नैतिक बल का ऐसा ही उदाहरण है महात्मा गांधी। गांधी जी के सत्य की विजय हुई क्योंकि उनके सत्य के पीछे बेहिसाब नैतिक बल था। दूसरी ओर देखें तो अमेरिका के पास शस्त्रों की ताकत जिस कारण उनके सत्य और असत्य की भी विजय होती हैं। गांधी जी की अहिंसा कायरों के लिए नहीं थी। वे कहते थे कि बलवानों की अहिंसा ही

शुद्ध अहिंसा है। यह बात सत्य के लिए भी उतनी ही सच है जितनी अहिंसा के लिए।

मात्र सत्य काफी नहीं। सत्य विजयी हो या न हो। हम दैनिक जीवन में रोज-रोज सत्य की हार और असत्य की जीत देखते है। सत्य यदि वीर्यवान नहीं होगा तो 'असत्यमेव जयते' होगा। इस कड़वी सच्चाई को हमें स्वीकारना होगा।

दक्षिण अफ्रीका की रेलगाड़ी को सौ-सौ धन्यवाद

1893, एम.के. गांधी, उम्र 24-25 वर्ष। दक्षिण अफ्रीका आये सात-आठ दिन ही हुए थे। ट्रेन में डरबन से प्रिटोरिया जा रहे थे। रात को एक अंग्रेज यात्री आया। इस काले आदमी को फर्स्ट क्लास के डब्बे में देखकर नाराज़ हुआ। उसने रेल अधिकारी को बुलाया। उसने गांधी जी से कहा–आप पीछे के डब्बे में जाइये।

"मेरे पास पहले वर्ग की टिकट है"

"आपको उतरना ही पड़ेगा। यदि नहीं उतरेंगे तो हमारा सिपाही उतार देगा।"

"तो ठीक है सिपाही को उतारने दो, मैं तो नहीं उतरूँगा।"

इस प्रकार दक्षिण अफ्रीका की रेलगाड़ी के एक डिब्बे में सत्याग्रह का जन्म हुआ। यह गांधी जी का प्रथम व्यक्तिगत सत्याग्रह था। बाद में उन्होंने भारत आकर सामूहिक सत्याग्रह शुरू किये जिसमें हजारो-लाखों लोग जुड़े और परिणामस्वरूप देश आजाद हुआ। यह सत्याग्रह यूँ ही शुरू नहीं हो गया होगा। बचपन से ही उन्हें सबसे अधिक प्रेम सत्य से ही था। उनके लिए प्रहलाद और हरिश्चन्द्र ही हीरो थे। 'सत्याग्रह' शब्द भले ही 1909 में सामने आया, किन्तु उसका आरम्भ तो 1893 में अफ्रीका की ट्रेन में हो चुका था। तब से वह लगाता चल रहा था। गांधी जी को धक्का मारकर ट्रेन से उतारा गया, उनका सामान फेंक दिया गया और अगले दिन ही सगराम गाँव के एक व्यक्ति ने उन पर हमला किया था। डरबन में गोरों के समूह ने गांधी जी की जिन्दगी को भयपूर्ण बना दिया था। किसी पठान ने उन्हें लाठी से पीटा भी था।

इन सब घटनाओं के दौरान गांधी जी का व्यवहार पूर्ववत ही रहा। ये अपमान और हमले उन्होंने बिना द्वेष और दुश्मनी की भावना से सहन किये। वे सत्य को गले लगाये सब सहन करते रहे। उनके मन में दूसरों को चोट पहुँचाने का भाव कभी न आया। वे विरोधी से कभी द्वेष न रखते।

सत्याग्रह का मूलभूत सिद्धान्त यह है कि आत्मबल के सामने पशुबल को और मनुष्य बल के सामने शस्त्रबल को झुकना ही पड़ेगा। विपक्षी को हिंसा छोड़ने के लिए तभी कह सकते हैं जब पहले हमने अहिंसा को अपनाया हो। गांधी जी तीस वर्षों तक ब्रिटिश साम्राज्य के विरुद्ध लड़ते रहे, किन्तु उन्होंने कभी अंग्रेजों के लिए एक भी कड़वा शब्द नहीं कहा।

1904 की बात है। गांधी जी को दक्षिण अफ्रीका आये लगभग ग्यारह वर्ष हो रहे थे। उन दिनों वे डरबन से 'इंडियन ओपिनियन' नामक साप्ताहिक निकालते थे। एक बार वे जोहनसबर्ग से डरबन जाने के लिए निकले। उनके मित्र पोलक गांधी जी को छोड़ने स्टेशन तक छोड़ने आये। पोलक ने रस्किन की एक पुस्तक गांधी जी के हाथ में देते हुए कहा–यह किताब रास्ते में पढ़ सकें तो जरूर पढ़ें, आपको अच्छी लगेगी। इस पुस्तक को हाथ में लेने के बाद गांधी जी उसे छोड़ न सके। ट्रेन में पूरी रात वे पढ़ते रहे। पुस्तक का उन पर जादुई असर हुआ। बहुत गहरे तक वे पुस्तक से प्रभावित हुए। बाद में उन्होंने पुस्तक का अनुवाद भी किया जो 'सर्वोदय' नाम से प्रकाशित हुई। सर्वोदय के मुख्य सिद्धान्त हैं–सबके हित में अपना हित है, सामान्य मजदूर और किसान का जीवन ही असली जीवन है। गांधी जी पुस्तक में लिखी बातों को जीवन में अपनाने का निर्णय लिया। अगले दिन से ही उन्होंने सादा जीवन बिताना शुरू कर दिया। डरबन से बीस किलोमीटर दूर फीनिक्स में एक खेत खरीदा और छोटा सा निवास भी। वहाँ सब मिलकर मेहनत मजदूरी करते। सबको एक सा वेतन मिलता।

'सर्वोदय' में गांधी जी का मानव प्रेम स्पष्ट दिखता है। समाज के अन्तिम मनुष्य को साथ लेकर चलने की बात वे हमेशा कहते। वे कहते–जब तक एक भी मनुष्य को काम और अन्न के बिना रहना पड़े तब तक हमें भर पेट भोजन करने पर शर्म आनी चाहिए। व्यक्ति को परिवार के लिए, परिवार को गाँव के लिए, गाँव को ज़िले के लिए, ज़िले को प्रान्त के लिए और प्रान्त को देश के लिए त्याग करना चाहिए।

मानव जाति को गांधी जी की सबसे बड़ी भेंट मिली है–सत्याग्रह और सर्वोदय। सत्याग्रह से तो मानव इतिहास का एक नया अध्याय आरम्भ हुआ है और इन दोनों का शोध गांधी जी ने हिमालय की कन्दराओ या घने वन में रहकर नहीं, अपितु दक्षिण अफ्रीका के ट्रेन के डिब्बे में दिया है। इसीलिए दक्षिण अफ्रीका की रेलगाड़ी को सौ-सौ धन्यवाद।

गांधी अहिंसा को युद्ध के मैदान में ले आये

किसी भी देश का इतिहास अर्थात् प्रमुखतः वहाँ के राजाओं का इतिहास। राजा एक-दूसरे पर आक्रमण कराते ही रहते और युद्ध चलता ही रहता। युद्ध यानी हिंसा। इस प्रकार इतिहास यानी हिंसा का इतिहास। परन्तु, यदि मानव जाति केवल हिंसा में ही मशगूल रही होती तो दुनिया कब की खत्म हो गयी होती। दुनिया बची है क्योंकि हिंसा के साथ अहिंसा भी बराबर रही है। जैसे हिंसा का इतिहास है वैसा ही अहिंसा का भी इतिहास है। अहिंसा के उद्‌भव की बात करनी हो तो कृष्ण से ही शुरू करनी चाहिए। महाभारत का युद्ध टालने की उन्होंने पूरी कोशिश की। पाण्डवों के दूत बनकर कौरवों की सभा में गये, किन्तु दुर्योधन के हठ के कारण युद्ध टाल न सके। अपनी विशाल सेना कौरवों को दी और स्वयं पाण्डवों के साथ रहे इस शर्त पर कि मैं शस्त्र नहीं उठाऊँगा।

यह कहकर लगभग पाँच हजार वर्ष पहले कृष्ण ने दुनिया को एक महत्त्वपूर्ण सन्देश दिया। हिंसा चाहे अनिवार्य हो पर श्रेष्ठ तो अहिंसा ही है। महाभारत का युद्ध अनिवार्य हो गया था। एक आवश्यक अनिष्ट के रूप में उसे स्वीकारना ही पड़ा पर हिंसा में किसी का भला नहीं होता। इसलिए कृष्ण ने हिंसा में शामिल होने से मना कर दिया। युद्ध के अन्त में पाण्डवों की विजय तो हुई, किन्तु युद्ध में हुए भीषण मानव संहार देख युधिष्ठिर ने कहा कि यह जीत तो पराजय जैसी है। युधिष्ठिर के माध्यम से व्यास मुनि ने युद्ध की निरर्थकता ही दर्शाई है।

कृष्ण के अनेक वर्षों बाद आये बुद्ध और महावीर। दोनों समकालीन। उनके द्वारा स्थापित बौद्ध तथा जैन धर्म ने अहिंसा का ही समर्थन किया। कलिंग युद्ध में भीषण नरसंहार देख अशोक का हिंसा से विश्वास उठ गया। उन्होंने

बौद्ध धर्म स्वीकार किया। जैन धर्म के तो प्राण ही अहिंसा है। इसके अतिरिक्त हजारों साधू-सन्तों ने अहिंसा के महत्त्व को माना। अन्त में आये गांधी। उनके आते ही अहिंसा ने तीव्र गति पकड़ी। गांधी के आने से पहले अहिंसा व्यक्तिगत मोक्ष पाने के लिए थी। गांधी जी का कहना था कि अहिंसा केवल व्यक्तिगत जीवन का अभीष्ट नहीं है बल्कि समूह में, सामूहिक लड़ाई में भी वह उतनी ही आवश्यक है। अहिंसा का उपयोग शस्त्र की तरह भी हो सकता है। हिंसा के तुलना में शक्तिशाली हथियार है यह। प्राचीन काल में ऋषि-मुनियों द्वारा दिये गये अहिंसा के अर्थ से कहीं बहुत व्यापक और आगे है गांधी जी की अहिंसा। उन्होंने इसे कोटी जन-व्यापी आन्दोलन का रूप दिया। उसे युद्ध के मैदान में उतारा और उसका उपयोग एक विशाल देश की आजादी पाने के लिए किया।

हम फिर कुरुक्षेत्र चलें। कृष्ण के नेतृत्व में पाण्डव युद्ध कर रहें हैं। यह सच है कि उन्होंने शस्त्र नहीं उठाया, परन्तु समस्त पाण्डव सेना ने शस्त्र उठाये थे। मान लीजिए कृष्ण ने कहा होता–मेरे हाथ में शस्त्र नहीं है। अर्जुन और भीम के हाथ में भी कोई शस्त्र नहीं है। हमारी पूरी सेना निशस्त्र है। पितामह भीष्म, गुरु द्रोणाचार्य, चलाइए बाण! हम यहाँ मारने नहीं मरने आयें हैं। हम आपके अन्याय के सामने झुकेंगे नहीं। पूरी ताकत से उसका विरोध हम हिंसा से नहीं अहिंसा से करेंगे। शस्त्र उठाना तो दूर, आपके लिए हमारे मन में प्रेम ही है। हम आपको प्रेम से जीतेंगे। कृष्ण ने ऐसा नहीं कहा, लेकिन गांधी ने कहा। केवल कहा ही नहीं कर दिखाया। दुनिया के सबसे शक्तिशाली ब्रिटिश साम्राज्य को उन्होंने ललकारा–हमें गुलाम बनाने का कोई अधिकार नहीं है आपको। आप आराम से गोलियाँ चलाइए, लाठीचार्ज करिए, आँसू गैस छोड़िए या हमें जेल में बन्द कर दीजिए हम आपको एक भी कड़वे बोल नहीं बोलेंगे। हमारे मन में आपके लिए गुस्सा, खीज, नफरत नहीं केवल प्रेम ही होगा।

संसार में आज तक ऐसा नहीं हुआ था। गांधी जी ने अहिंसा का राष्ट्रीकरण किया। उनको इस बात का भी श्रेय जाता है कि उन्होंने इतने बड़े पैमाने पर सत्या और अहिंसा का सफलतापूर्वक प्रयोग किया। पहली बार जनता का अहिंसा से इतना गहरा सम्बन्ध जुड़ा। अहिंसा से इस गुलाम देश को आजाद करवा दुनिया को अहिंसा की ताकत से परिचित कराया। शूरवीरता की नयी

परम्परा स्थापित की। गांधी की अहिंसा कायरों के लिए न थी। वह लाचारी का पर्याय कदापि न थी। वे कहते थे कि बलवान की अहिंसा ही सच्ची अहिंसा है। वह व्यक्तिगत अहिंसा से आगे बढ़ाकर सामूहिक अहिंसा तक पहुँचते हैं। समस्त मानव जाति के लिए यह सुखद सन्देश है। जिस प्रकार हिंसा पशुओं का स्वाभाविक धर्म है उसी प्रकार अहिंसा मनुष्य का एकमात्र धर्म है। संसार की मुक्ति अहिंसा के द्वार से ही आयेगी।

बिन पानी सब सून

शिक्षक का असली फिक्स डिपॉजिट होता है उसके विद्यार्थी। आज से पचास वर्ष पहले मैंने जिन विद्यार्थियों को पढ़ाया वे तो कब के रिटायर्ड हो गये और दादा-नाना बन गये। फिर भी अपने गुरुजी को भूले नहीं और कभी-कभार मिलने चले आते हैं। पहले मैं यहाँ टेक्निकल हाईस्कूल में शिक्षक था। इसीलिए बहुत से विद्यार्थी इंजीनियर बने। चार-छह महीने में वे मुझसे मिलने आ जाते हैं। इनमें से तीन यहाँ के बिजली विभाग में वरिष्ठ इंजीनियर थे। एक विद्यार्थी राजेन्द्र दिल्ली एयर फोर्स में विंग कमान्डर था। प्रभावशाली व्यक्तित्व, गौरवर्ण, भरावदार चेहरा और बुलन्द आवाज। देश के सभी एयर पोर्ट का वह अपने टीम के साथ चेकिंग करता। उनका अपना स्वतन्त्र विमान रहता जिसमें बैठकर वे अन्य हवाई अड्डों पर पहुँचते और तुरन्त अपना काम शुरू कर देते। स्वाभाविक था, जहाँ जाते वहाँ के अधिकारियों द्वारा उनकी खूब आवभगत होती, ताकि उनकी रिपोर्ट अच्छी बनें।

एक बार चेकिंग के लिए उनकी टीम बैंगलोर गयी। चेकिंग का काम पूरा हुआ। वापसी के लिए विमान उड़ने की तैयारी में था, किन्तु उनके प्रमुख को आने में समय था। सब आपसी बातचीत में व्यस्त थे। तब वहाँ के एक स्थानीय अधिकारी ने बताया–साहब, इधर मिलेट्री केंटीन में अच्छी क्वालिटी की विदेशी शराब बहुत सस्ती मिलती है। सब केंटीन पहुँचे तो पता चला कि दिल्ली से आधी कीमत में यहाँ शराब मिलती है। उनकी खुशी का ठिकाना न रहा। नियमानुसार एक व्यक्ति को दस बोतल से अधिक नहीं मिलती। सबने दस-दस बोतल खरीद ली। राजेन्द्र पहले से ही सिद्धान्तवादी था। आज से चालीस वर्ष पहले विवाह में उसे पाँच लाख रुपये दहेज में मिल रहे थे

जो उसने लेने से साफ मना कर दिया। शुद्ध शाकाहारी। शराब को तो हाथ तक नहीं लगाता। उसने शराब नहीं खरीदी। दोस्तों ने कहा–अरे भले आदमी, खरीद तो लो फिर हमें दे देना। राजेन्द्र ने स्पष्ट इनकार करते कहा– मैं शराब का स्पर्श तक नहीं करूँगा, खरीदूँगा भी नहीं। ऐसे काम में तुम लोगों का साथ नहीं दे सकता।

बाज़ू में ही फल की दुकान थी, जहाँ पानी वाले बढ़िया नारियल मिल रहे थे। राजेन्द्र ने 25-30 नारियल खरीदे। 5-6 छिलवा भी लिए, ताकि जब चाहें पी सके। उन्हें लकड़े के बक्से में पेक करवाकर विमान में रखवा दिये। बेंगलोर से उड़ान भरकर विमान हैदराबाद में रुका। यहाँ भी कैंटीन में शराब सस्ती मिलती थी। राजेन्द्र को छोड़कर सबने फिर से शराब खरीदी। खुद का विमान था तो लगेज की भी चिन्ता न थी। यहाँ से वे सीधे दिल्ली पहुँचने वाले थे। ग्वालियर पार करने के बाद टीम प्रमुख को प्यास लगी। उन्होंने पानी माँगा, लेकिन विमान में पानी न था। सब एक-दूसरे के सामने देखने लगे। सब शराब खरीदने में मगन थे, विमान में पानी रखवाने का किसी को ध्यान ही न रहा। अब साहब को कौन बताये कि पानी की टंकी तो खाली है? सब दुविधा में पड़ गये और डाँट खाने की मानसिकता बनाने लगे। राजेन्द्र प्रमुख के पास ही बैठे थे। वह जानता था कि सिर्फ पानी पीने के लिए भी साहब आगरा में विमान रुकवा सकते हैं। वह उठकर पायलट के पास गया। पायलट के पास एक छोटा डण्डा रहता है जिसकी मदद से वह संकट के समय खिड़की का काँच तोड़ सकता है।

राजेन्द्र ने डण्डे से नारियल की पेटी खोली और छिले हुआ एक नारियल चाकू से काटकर साहब को दिया। एक नारियल पीने के बाद दूसरा फिर तीसरा। प्यास से परेशान साहब को खूब शान्ति मिली। सब राजेन्द्र की ओर आशा भरी नजरों से देख रहे थे पर राजेन्द्र ने किसी को नारियल नहीं दिया, बल्कि उनके सामने खुद एक नारियल लेकर आराम से पानी पीने लगा। जैसे इशारे से कह रहा हो–एक बूँद भी नहीं दूँगा। तुम लोगों के पास तो शराब है न? ऊँची क़्वालिटी की विलायती शराब! तुम लोग तो शराब ही पियो।

यह बात मुझे राजेन्द्र ने बताई और बोला–यह बात मैं जोर से कहने वाला था पर नहीं कह सका क्योंकि शराब की दस-दस बोतलें हमारे साहब ने भी

खरीदी थी। अब बाघ को कौन कहे कि तुम्हारे मुँह से दुर्गन्ध आ रही है। बाकी वर राजाओं को नारियल नहीं मिला तो नहीं मिला। जैसे ही दिल्ली पहुँचे, द्वार पर स्वागत के बिना वे पानी पीने सरपट दौड़ गये।

वर्षा ऋतु का आकाश तो जैसे आर्ट गैलरी

मेरी पौत्री नेहा अभी गुजरात गयी थी। वहाँ से गुजराती लोकगीतों की कुछ कैसेट ले आयी थी। एक गीत की ये पंक्तियाँ मुझे बहुत पसन्द हैं–"मैं तो दूध ने साकर नो शीरो कर्यो रे लोल/ताँबा नां त्रास मा टाढो कर्यो रे लोल/मुने कोई तो बताओ दीनानाथ ने रे लोल/कोणियो जमाणु जमणा हाथ नो रे लोल"।

भक्ति गीत के साथ यह तो वर्षा गीत सा लगता है, सुन्दर वर्षा गीत। शीरा (हलवा) बनता है समुद्र की कढ़ाई में, ठण्डा किया जाता है आकाश के थाल में, और जैसे ही वह ठण्डा होता है, आकाश धरती से कहता है–तुम्हें कौर खिलाता हूँ दाहिने हाथ से रे लोल। समुद्र है वर्षा की वर्कशॉप। वहाँ पानी से भाप बनती है। जिस प्रकार हवा का कोई आकार नहीं उसी प्रकार भाप का भी कोई आकार नहीं पर निराकार नहीं चल सकता, इसलिए निराकार भाप मेघ का रूप लेती है और फिर लम्बे सफर पर निकल पड़ती है। मेघ जानता है कि सुदूर धरती पर लोग आतुरता से उसकी प्रतीक्षा कर रहें हैं अत: वह जमीन के मार्ग से नहीं हवाई मार्ग से जाता है। हजारों किलोमीटर की यात्रा के बाद उसे मिलते हैं ऊँचे पहाड़ और घने जंगल। वे कहते हैं–धरती, मनुष्य और पशु-पक्षी कब से तुम्हारा इन्तजार कर रहे हैं। ऊँची अटारी से नीचे उतरो, वायु से पुन: तरल बनो, पानी बन तपती धरा को तृप्त करो, प्लावित करो, धन-धान्य से पूर्ण करो और लोक में नवजीवन का संचार करो।

जून के मध्य से हम बरसात के लिए तरसने लगते हैं। दिन लम्बे और शुष्क हो गये हैं। गर्मी असह्य हो गयी है। ऊपर आसमाँ जल रहा है। नीचे धरती धधक रही है। हवा की लहर थम गयी है। एक पत्ता तक नहीं हिल रहा। सब कुछ स्तब्ध। मन वर्षा के लिए तरस रहा है। अब तो बरसात ही हमें गर्मी की भट्टी से बचा सकती है।

मेघ मानो इसी घड़ी की राह देख रहे थे। उनके जीवन की सफलता का समय आ पहुँचा है। स्वयं को समर्पित करने के लिए ही उसने इतनी लम्बी यात्रा की है। यह कोई यात्रा के लिए यात्रा न थी, सूखी धरती को हरी-भरी बनाना, सागर से जो धन लिया था उसे धरती को सौंप देना उसका उद्देश्य था। वह यदि न बरसे तो उसका पूरा सफर निरर्थक हो जाये। मेघ आसमाँ की अटारी से नीचे उतरते हैं। पहले हल्की फुहारें पड़ती हैं फिर धुआँधार टूट पड़ता है। बिजली कड़कती है, बादल गरज़ते हैं, कभी धुँधला उजाला तो कभी घोर अँधकार। बिजली की कड़कड़ाहट, हवा की साँय-साँय, बारिश और तूफान की जुगलबन्दी! तेज बारिश की बूँदे जमीन को मसल ही देंगी क्या? हमें लगता है कि बादल इतना सारा बोझ किस तरह उठाकर लायें होंगे!

गंगावतरण कब हुआ था और भगीरथ को छोड़कर किस-किस ने उसे देखा था? इसका हमें पता नहीं किन्तु यह वर्षावतरण तो सालोसाल से हो रहा है और हम सबके हृदय में हिलोरे उठाता है। मेरे लिए तो वर्षा ऋतु का आकाश यानी आर्ट गैलरी। बादल जैसे आसमाँ में टँगी कलाकृतियाँ। ये कृतियाँ निर्जीव नहीं है कि कोई उसे टाँगे तभी दिखे। यह तो जीवन को थपथपाती, ऊपर से सहलाती, धरती को जलमग्न करती, नदी-नालों को छलकाती और धधकती जमीन का हृदय शीतल लहरों से शान्त करती जीवन्त कृतियाँ।

वर्षा यानी विराट नाट्य प्रस्तुति। पहला अंक मंचित होता है समुद्र के रंगमंच पर, दूसरा आकाश के रंगमंच पर और तीसरा अन्तिम प्रस्तुति धरती के विशाल मंच पर। कितना व्यापक है वर्षा का फलक। पहल असीम सागर, फिर अतल आकाश और आखिरी विस्तृत धरती। वर्षा का रंगमंच पूरी पृथ्वी को समेट लेता है। जमीन-आसमाँ एक हो जाते हैं। कितना घनिष्ठ है उनका यह बन्धन। इस बात की प्रतीति हमें केवल वर्षा ऋतु में ही होती है।

बारिश हो चुकी है। कितना अच्छा लग रहा है–ठण्डा-ठण्डा, मीठा-मीठा। वातावरण में पहले जैसी गर्माहट नहीं रही। गीली मिट्टी की भीनी-भीनी खुशबू आ रही है। हरियाली लहरा रही है। चारों ओर सुन्दर प्रकृति झूम रही है। धरती की तरह हम भी प्रसन्न और प्रफुल्लित अनुभव कर रहें हैं, जैसे हमारे अन्तःकरण भी धुलकर स्वच्छ निर्मल हो गये हैं। वर्षा ऋतु जिस तरह धरती

का रूप पलट कर रख देती है ऐसा अन्य कोई ऋतु नहीं कर सकती। वर्षा से अधिक व्यापक और सार्वभौमिक दूसरी कोई ऋतु नहीं। वर्षा के आगमन से धरती मदमस्त सी हो जाती है, क्यों? क्योंकि वर्षा तो है आसमाँ का धरती के लिए दाहिने हाथ का निवाला।

वन उपवनः धरती के अंगरक्षक

कुल्हाड़ी तलवार से अधिक घातक सिद्ध हुई है। खेती के लिए जमीन की जरूरत और मकान बनाने के लिए भूमि की, आग के लिए ईंधन की और मकान के लिए इमारती लकड़ियों की। मनुष्य ने कुल्हाड़ी उठाई और देखते-देखते गगनचुम्बी वृक्षों को धराशायी कर दिया। पृथ्वी के कितने ही जंगलों पर कुठाराघात करने के बाद उसे अब समझ में आया है कि वह उसी डाल को काट रहा है जिस पर बैठा है।

सहारा के रेगिस्तान से पुरातत्त्व के ऐसे कितने अवशेष मिले हैं जिनसे ज्ञात होता है कि पहले वहाँ हरे-भरे खेत लहराते थे। वहाँ अनेक सरोवर थे। किसी गुफा-चित्र में लोगों को तैराकी करते भी दर्शाया गया है। इसी प्रकार मध्य एशिया का विशाल क्षेत्र जो आज लगभग मरुस्थल सा हो गया है, कभी वह एक हरा-भरा प्रदेश था। यहीं पर सुमेरियन, बेबीलोनियन, पर्शियन और मेसीडोनियन जातियों ने विशाल साम्राज्य स्थापित किया था और अकूत धन राशि एकत्रित की थी। वहाँ के लोगों ने अपने जंगल काटकर अपना ही साम्राज्य नष्ट कर डाला।

यह सच है कि विनाश के इस ताण्डव में हजारों वर्ष लगे होंगे, परन्तु वैज्ञानिक युग में आज के मनुष्य ने वर्षों का काम महीनों में करने की दक्षता प्राप्त की है। आज से केवल सौ वर्ष पहले विश्व की लगभग 40% जमीन वृक्षों से ढकी थी। आज मात्र 4% जमीन में ही वृक्ष बचे हैं। वन विनाश का परिणाम यह हुआ कि अब बिना रोक-टोक के धूल भरी आँधियाँ चलती हैं। वह धरती की सतह को तहस-नहस कर कहाँ से कहाँ ले जाती है। निरन्तर चलती तेज हवा समुद्र किनारे की रेत उड़ाकर आस-पास की उपजाऊ जमीन

पर बिछकर उसे बेकार बना देती है। जिससे रेतीली जमीन का भाग बढ़ता जा रहा है। सहारा मरुस्थल प्रति वर्ष एक मीटर के हिसाब से आगे बढ़ रहा है। उसकी यह क्रिया 3000 किलोमीटर की रफ्तार से चल रही है। हमारे देश में राजस्थान और कच्छ के रेगिस्तान भी विस्तृत होते जा रहें हैं। वहाँ प्राय: अकाल की स्थिति होती है। इसलिए यदि वृक्षों का संरक्षण कर इस स्थिति को नहीं रोका गया तो हमारी कितनी फलदायक जमीन रेत में मिल जायेगी। वृक्ष जमीन को रेतीली होने से बचाते हैं।

वृक्ष की जड़ें नदी के तट को बाँधे रखती है। उसकी शत-सहस्त्र जड़ें अपने बाहुपाश में मिट्टी को इस तरह जकड़ लेती हैं कि पानी मिट्टी को बहा ले जाने में सफल नहीं होता। इस प्रकार बाढ़ की सम्भावनायें भी कम हो जाती है। वृक्ष बारिश के पानी को भी अपनी जड़ों में संगृहीत करते हैं फिर बारिश खत्म होने पर यही पानी वे नदी को देते हैं। नदी किनारे वनों के कारण ही गर्मियों में भी नदी सूखती नहीं। जहाँ नदिया घने जंगलों से होते हुए बहती है उनमें मिट्टी भी कम होती है। मरुस्थलों के दूरगामी प्रभाव भी होते हैं। सहारा का दैत्याकार रण है तो उत्तर अफ्रीका में, किन्तु उसकी गर्म लू दक्षिण यूरोप के देशों को भी जलाती है।

जंगल जानता है कि वह वर्षा के बादलों के उतरने का हवाई अड्डा है। घने जंगलों की आर्द्रता से द्रवित होकर बादल बरसने लगते हैं। जहाँ उसके स्वागत के लिए कोई पहाड़ या जंगल नहीं होता वहाँ बादल बिना बरसे आगे बढ़ जाते हैं। जंगल पानी के वेग को नियन्त्रित करता है। मन्द गति से बहता पानी जमीन के भीतर जाता है और भूगर्भ जल के रूप में हमारे काम आता है। जंगल सूर्य की गर्मी को सोखकर वातावरण ठण्डा करता है। यदि वृक्षों की छाँव न हो तो सूरज के प्रचण्ड ताप से जमीन में दरारे पड़ जायेंगी तथा भूगर्भ का जल भी भाप बनकर उड़ जायेगा। जंगल एक विशाल शामियाने की तरह है। वह बारिश की झड़ी को पहले अपने ऊपर झेलता है। वृक्षों से होते हुए जब पानी जमीन पर पहुँचता है तब उसका वेग कम हो जाता है और धरती का क्षरण कम हो जाता है। वृक्ष वायु शुद्ध करते हैं। उनके कारण हवा में नमी आती है जिससे ओस बनती है। ओस खेत के लिए बहुत उपयोगी है। जंगल कितनी तरह से हमारा मंगल करता है।

वृक्ष धरती के अंगरक्षक हैं। वे शोभा, सुषमा और समृद्धि के भण्डार हैं। वे धरती के सौरभ और राष्ट्र के वैभव हैं। "सुजलाम, सुफलाम, मलयज शीतलाम" तथा "द्रुमदलशोभिनिम" जैसे शब्दों से हम उनकी वन्दना करते हैं। "हम बुलबुले हैं इसकी, वह गुलिस्ताँ हमारा" भी कहा जाता है। यदि हमें अनावृष्टि और अतिवृष्टि से बचना है, धरती की गुणवत्ता बचानी है, खेतों को धन-धान्य से लदा देखना हो, प्रदूषण से बचना हो और धरती को रेगिस्तान बनने से रोकना हो तो कुल्हाड़ी त्याग कर खुरपी उठाना होगा। तभी हरित क्रान्ति का सपना साकार होगा। पृथ्वी हमारी नन्दनवन बनेगी।

समुद्र ब्रह्मा, समुद्र विष्णु

सौर मण्डल में सबसे अच्छी जगह हमारी पृथ्वी को मिली है। अनेक ग्रह पृथ्वी से बड़े जरूर हैं, परन्तु जीवन मात्र पृथ्वी पर ही है, इसलिए कि यहाँ पानी द्रव के रूप में उपलब्ध है। पानी ही एक ऐसा पदार्थ है जो तीन अवस्थाओं में मिलता है–द्रव, वाष्प और ठोस। यदि पृथ्वी सूर्य के अधिक निकट होती तो वह इतनी गर्म होती कि तब पानी केवल भाप के रूप में मिलता। यदि अधिक दूर होती तो इतनी ठण्डी होती कि तब पानी केवल बर्फ के रूप में मिलता। दोनों ही स्थिति में जीवन सम्भव नहीं था। संस्कृत में पानी को जीवन भी कहते हैं। कितना सार्थक शब्द। तो हवा को छोड़कर, सबसे पहले पानी, बाकी सब बाद में।

बाकी ग्रहों के पास पानी नहीं है, इसलिए जीवन भी नहीं है। मान लो कि पृथ्वी दो होती, सूर्य से समान दूरी पर एक ही पटरी पर आगे-पीछे चलती ट्रेन की तरह, तो दोनों में पानी होता और जीवन भी। निकट होने के कारण दोनों में आवाजाही भी होती और आपस में रोटी-बेटी का व्यवहार भी होता। किसी का ससुराल यहाँ तो पीहर वहाँ। यदि हमारी पृथ्वी जुड़वाँ जन्मी होती।

जमीन पर रहने के कारण मनुष्य अपने ग्रह के मूल रूप को बिल्कुल भूल गया है। इसका सच्चा अनुमान तभी लग सकता है जब कोई लम्बी समुद्र यात्रा पर निकल जाये। चारों ओर पानी ही पानी, दूर तक पानी का अनन्त विस्तार। पहली बार उसे यह सच समझ में आयेगा कि उसकी दुनिया पानी की दुनिया है। वह एक ऐसे ग्रह पर रहता है जिस पर पानी का आधिपत्य है। जमीन पर रहते हुए उसे यह बात कभी समझ में न आती। हम लोगों में से कितनों का जीवन यूँ ही गुजर जाता है जैसे समुद्र का कोई अस्तित्व ही न हो।

पृथ्वी जब सूर्य से छिटक कर अलग हुई, तब वह आग का गोला थी और जब वह ठण्डी हुई तो दो भागों में बँट गयी–समुद्र तथा जमीन। समुद्र के उबलते पानी को ठण्डा होने में करोड़ों वर्ष लगे तब इसी समुद्र की तल में सर्वप्रथम जीवन का आरम्भ हुआ। अत्यन्त सूक्ष्म जीवाणु के रूप में। आगे चलकर यही जीवाणु वनस्पति, कीट-पतंग, पशु-पक्षी का आकार लेते-लेते अन्ततः मनुष्य के रूप में विकसित हुआ। (आज भी माँ के गर्भ में शिशु का जन्म द्रव पदार्थ से ही होता है) हम समुद्र की उत्पत्ति हैं इसके प्रमाण आज भी हमारे शरीर में मौजूद हैं। समुद्र की तरह ही हमारे शरीर का तीन भाग पानी और एक भाग हड्डियाँ हैं। समुद्र के पानी का खारापन हमारे रक्त में मौजूद है। तमाम जीवन और इसलिए मनुष्य का आदि निवास समुद्र है। शायद इसलिए ही समुद्र हमें जितना उद्वेलित और सम्मोहित करता है उतना अन्य कोई नहीं। जगन्नाथ पूरी के समुद्र को देखकर महाप्रभु चैतन्य इतने भाव-विभोर हो गये कि वे उसमें समा गये।

तो समुद्र है जीवन का जन्मदाता, किन्तु एक बार जीवन को जन्म देकर वह अलग नहीं हो गया। यदि वह जनक है तो पालक भी है। ब्रह्मा है तो विष्णु भी है। वह जानता है कि जीवन चाहे किसी भी स्वरूप में हो उसे जीवित रखने के लिए पानी चाहिए। हवा के बाद पानी ही उसकी प्रमुख आवश्यकता है, लेकिन पानी तो समुद्र में है। उसे सैकड़ों या हजारों किलोमीटर तक पहुँचायें किस तरह? समुद्र ही अपने पानी को स्वच्छ कर, उसका खारापन दूर कर हमें पहुँचाता है। यदि वह भेजना बन्द कर दे तो जीवन समाप्त हो जायेगा। ऐसा भी नहीं है कि समुद्र (मंथन) से एक बार ही अमृत निकाला। अमृत हर साल निकलता है और वर्षा के रूप में सारी धरती पर बरसता है।

हम समुद्र से हजारों किलोमीटर दूर क्यों न बैठें हो, आज भी हमारा पालन-पोषण वही करता है। धरती को नवजीवन देने वाले वर्षा के मेघ समुद्र ही भेजता है। ब्रह्मा की तरह उसका कार्य तो करोड़ों वर्ष पहले ही पूरा हो चुका है अब वह विष्णु का उत्तरदायित्व निभा रहा है। यदि अतिशय गर्मी से बर्फ पिघल कर समुद्र में मिल जाए तो किनारे पर बसे महानगर डूब जायेंगे। तब एसे समय शिव भी अपने कर्तव्य निभायेंगे।

नदी : समुद्र की कूरियर सर्विस

पानी का चंचल रूप है नदी। यह वह जीवन रेखा है जो अपने आसपास के लोगों को जीवनदायी जल देती है। पहले नदियों में भरपूर मछलियाँ रहती थीं। नदी किनारे बसने का यह भी एक आकर्षण था। यही एकमात्र आहार था जो बारहों महीने मिलता। पीने के लिए पानी, भोजन के लिए मछली और खेती के लिए उपजाऊ मिट्टी जो नदी बाढ़ के साथ बहा ले आती है। पहले के लोगो के लिए इससे बड़ा वरदान कोई और नहीं हो सकता था। नदी के कारण ही खेती सम्भव हुई। जो पहले शिकारी था, वह किसान बना और शिकार करने की दौड़-भाग से मुक्ति मिली। वह घर बसाकर कला, धर्म, विज्ञान और साहित्य की साधना कर सका। मानव जाति के इतिहास में महत्त्वपूर्ण मोड़ आया।

हजारों वर्षों से मनुष्य नदी के प्रति आकर्षित होता आया है। केवल इसलिए नहीं कि वह हमारी और खेतों की प्यास बुझाती है, बल्कि इसलिए कि वह हमारी आत्मा को भी तृप्त करती है। उसके तट हमारी आत्मा को पल्लवित-पुष्पित करते हैं। संस्कृति का जन्म होता है। संसार की सभी प्रमुख संस्कृतियों का जन्म नदी की गोद से ही हुआ है। भारतीय संस्कृति गंगा की देन है। नदी अन्ततः समुद्र में मिल जाती है। पानी जहाँ से चला था वहीं पहुँच गया। नदी कभी समाप्त न होने वाली निरन्तर रचना है। एक ऐसी शक्ति जो नित्य पुनर्जीवित होती रहती है। जल वृत्ताकार चलता है। समुद्र से बादल, बादल से वर्षा, वर्षा से नदी और नदी फिर समुद्र में। मानो विराट जलचक्र।

पानी में स्वयं को रिसाइकिल करने की अद्भुत क्षमता है। पानी की हर बूँद जो जमीन पर गिरती है, तीन से पाँच साल में कुएँ से बाहर आ जाती है।

आज जो पानी है वह अरबो वर्ष पुराना है। हमारा पुनर्जन्म में विश्वास हो न हो पानी का तो है।

नदी का टंकन बहुत तीक्ष्ण होता है। कितनी ही घाटियों का निर्माण नदियों द्वारा हुआ है। पानी जैसी कोमल वस्तु भला फ़ौलाद जैसी कठोर चट्टानों को कैसे काटती होगी? देखा जाए तो काटने-तराशने का काम केवल नदी नहीं करती है। जमीन के ऊपर निरन्तर बहते हुए वह अपने साथ क्षार और एसिड भी लेती चलती है। काटने का काम एसिड करते हैं। नदी के पानी में रेत के बारीक कण होते हैं। ये भी चट्टानों को काटते हैं। प्रवाह जितना तेज होगा कटाव भी उतना तेज होगा। नदी जिसका भी स्पर्श करती है उसका कुछ अंश अपने साथ लेती चलती है, विशेष रूप से क्षार को। इस तरह समुद्र में मिलने से पहले ही नदी के पानी में थोड़ा खारापन आ जाता है। परन्तु, नदी एक अस्थिर मित्र है।

नदी किनारे रहने वालों को बाढ़ का प्रकोप सहना पड़ता है। वर्षा के मौसम में नदी का पानी तटबन्धों को तोड़कर गाँव के गाँव बहा ले जाता है। जानमाल का भारी नुकसान होता है। गाँव चारों ओर से पानी से घिर जाते, लोग एक-दूसरे से अलग हो जाते, पशु पानी में बह जाते, लोग पेड़ों पर चढ़कर जान बचाते और विक्षुब्ध नदी का प्रवाह कम होने की राह देखते।

मनुष्य और नदी के बीच लड़ाई चलती रहती है कभी एक पक्ष की जीत होती है तो कभी दूसरे पक्ष की। लोग अपनी झोपड़ियाँ बनाते और नदी उसे नष्ट कर देती। लोग इस लड़ाई से तंग आ गये। अन्ततः उसने नदी पर बाँध बनाना सीख लिया। बाँध के कारण न बाढ़ का डर रहा न सूखे का जो नदिया गर्मियों में सूख जाती थी उनमें अब पानी की प्रवाह साल भर रहता। उपज पहले से कई गुना अधिक होने लगी। कम मेहनत में किसान अधिक कमाने लगे। बाँधों से लाभान्वित किसान अब किसी गरीब का सगा नहीं। उद्योगों को भरपूर बिजली मिलने लगी।

आज हमारे पास उतना ही पानी है जितना हजारों वर्ष पहले था, परन्तु अब उनकी माँग बहुत बढ़ गयी है। आजादी के समय देश की जनसंख्या 25 करोड़ से अधिक थी। आज 100 करोड़ से ऊपर का आँकड़ा है। (अभी और न जाने कितने लोगों को हम देश में आने देते रहेंगे) पहले जहाँ 50"

पानी बरसता था वहाँ अब आबादी चार गुना हो गयी है। तो क्या 200" पानी बरसने लगेगा? बल्कि अब तो 50" भी नहीं बरसता क्योंकि जंगल अधिक कट रहे हैं। बाँध हमारी मजबूरी है। हम चार गुना बारिश नहीं करवा सकते, किंतु जो पानी हमें नदी और बरसात से मिलता है और जो बेकार ही समुद्र में मिल जाता था उसका संग्रह कराते हैं। हजारों सालों से मनुष्य पानी का संग्रह करता आया है, कुएँ, बावड़ी, तालाब आदि के रूप में। बाँध उसी शृंखला की एक कड़ी है।

एक चम्मच पानी

पानी का पितृ-पुरुष है समुद्र। पृथ्वी पर जितना पानी है उसका 97% पानी समुद्र में है। 2% पानी हिम और हिम नदियों में है। अब बचा केवल 1% पानी। इसका भी आधा से भी अधिक पानी जमीन के भीतर है। (इस भूमिगत जल को पाने के लिए किसानों के बीच होड़ सी मची थी। हर किसान सोचता था कि यदि मैं पानी नहीं निकालूँगा तो पड़ोसी निकाल लेंगे। भूगर्भ जल का भण्डार अक्षय-अनन्त नहीं है। अपनी नादानी से कहीं पानी खाली न हो जायें) अब आधे प्रतिशत से भी कम पानी बचा। बस यही है हमारे लिए मीठा या ताजा पानी। पृथ्वी पर समस्त पानी की कल्पना यदि हम एक गेलन करें तो ताजा पानी एक चम्मच से थोड़ा सा ज्यादा है। हमें इतने से ही गुजारा करना है।

ऑक्सीजन और हाइड्रोजन के सादे सूत्र को 'यूनिवर्सल सोल्वन्ट' (ज़बरजस्त घोलक) कहते हैं। जो भी पदार्थ इसके सम्पर्क में आता है वह पिघलने लगता है। शुद्ध जल जैसी कोई चीज नहीं है। यदि प्रयोगशाला में एच 2 ओ के मिश्रण से जल तैयार किया जाता है, वह भी शुद्ध नहीं होगा क्योंकि उसे किसी पात्र में तो रखना ही पड़ेगा। उस पात्र के कुछ मोलिक्युल पिघल कर पानी में आयेंगे ही। जब आप ग्लास से पानी पीते हैं तब आप कुछ अंश ग्लास का भी पीते हैं। यद्यपि यह हानिकारक नहीं है, इसलिए अनेक लोग ताँबे के बरतन में रात भर रखा पानी सुबह पीते हैं।

गेल भी पानी में घुलकर निकल जाता है। इसी गुण के कारण पानी शरीर से सब प्रकार की गन्दगी दूर करता है। इसमें नुकसान भी है पानी बहुत आसानी से प्रदूषित होता है। उसमें ऐसी चीजें भी घुल जाती हैं जो हानिकारक है। साफ-सुथरा दिखने वाला पानी भी प्रदूषित हो सकता है। प्रदूषित पानी

अनेक गम्भीर बीमारियों को फैलाता है। लोगों को खासकर गाँव के लोगों को यदि पीने का पानी शुद्ध मिले तो आधे रोग दूर हो जाये।

कभी लोग नदियों के साथ सामंजस्य से रहते थे। मनुष्य जब असभ्य था तब नदिया स्वच्छ और स्वस्थ थी। आज जब मनुष्य सभ्य हो गया तब नदिया गन्दी और विषाक्त बन गई। पुराने समय में नदियों में स्वयं साफ रखने की क्षमता थी, किन्तु बढ़ते जा रहे प्रदूषण के कारण वह अपनी क्षमता खो रही है। हम खतरनाक भूल कर रहें हैं।

हम नदियों को स्वच्छ रखें। पानी की रक्षा इस प्रकार करें जैसे हम अपने स्वास्थ्य की रक्षा करते हैं। स्वास्थ्य और पानी ये दोनों जब तक हमारे पास हैं तब तक हमें उसकी कीमत नहीं समझ में आती। कीमत तब समझ में आयेगी जब हम उससे वंचित हो जायेंगे, लेकिन तब बहुत देर हो चुकी होगी। जल प्रदूषण के विरोध में अब आवाज उठाने का समय आ गया है। यदि हम तुरन्त कदम नहीं उठायेंगे तो हमारी पवित्र नदिया इतनी गन्दी हो जायेगी कि उसे साफ करना असम्भव हो जायेगा। हमारा खाद्य उत्पादन कम हो जायेगा। चारों तरफ भयानक रोग फेल जायेंगे और लोग बेमौत मरेंगे। अब भी यदि सावधान नहीं हुए तो गलती सुधारने का दूसरा अवसर नहीं मिलेगा। हमें नदी के साथ दुर्व्यवहार बन्द करना ही होगा। हमें नदियों में फिर से प्राण प्रतिष्ठा करनी होगी। एक ओर हम अपनी धरती को विकृत कर रहें हैं, पर्यावरण को क्षति पहुँचा रहे हैं, तथा नदियों को विषाक्त कर रहें हैं वहीं अन्य देश के लोग धरती का चेहरा बदल रहें हैं, जंगल उगा रहें हैं, नदिया साफ कर रहें हैं और मरुस्थलों में पानी ला रहें हैं। क्या हम ऐसा नहीं कर सकते?

हम इस धरती पर मेहमान हैं। हमारे आगमन के समय वह जैसी थी, विदा लेते वक्त थोड़ी और अच्छी न कर जायें तो कम-से-कम खराब तो न करें। अपनी आने वाली पीढ़ियों और माँ वसुन्धरा का थोड़ा तो खयाल रखें। पानी की हरेक बूँद चमत्कार है। पानी पर हमारा अधिकार नहीं है। वह वरदान है, प्राणाधार है। हम पूरी निष्ठा से उसकी रक्षा करें। अफ्रीकी जनजाति का विश्वास है कि सृष्टि के आरम्भ में केवल तीन ही वस्तु थी–माँ, रात्री और पानी। हवा को छोड़कर बाकी सब चीजें पानी के आगे कमतर लगती हैं। हम पानी की दया पर जीवित हैं। 'वी लाइव बाय दि ग्रेस ऑफ वाटर'। क्या हम उसी को नष्ट-भ्रष्ट कर देंगे?

यह कैसी विदाई पापा!

भरी गर्मी की दोपहर में एक सज्जन मुझसे मिलने आये। "मैं डॉ. पाठक, सर्जन हूँ। अपने कार्यक्षेत्र में मुझे अजन्मी कन्याओं की हो रही भ्रूण हत्याओं को निकट से देखने का अवसर मिला है। यह अमानवीय कृत्य देखकर मुझसे रहा नहीं गया और इस विषय पर मैंने एक पुस्तक लिख डाली। कैसे लिख गया वह मैं नहीं जानता, क्योंकि मैं कोई लेखक नहीं हूँ। बस मुझसे रहा न गया और लिखता चला गया। पुस्तक छोटी सी है। आप डेढ घण्टे में ही पढ़ लेंगे। मेरी इच्छा है कि आप इसकी प्रस्तावना लिखें। फिर आगे बोला–"मैं मराठी भाषी हूँ किन्तु किताब हिन्दी में लिखी है। इसका अन्तिम प्रकरण आपको पढ़कर सुनाता हूँ"।

उस समय मैं अपना लेखन कार्य कर रहा था। बिल्कुल अन्जान यह व्यक्ति पूछ भी नहीं रहे कि मेरे पास सुनने का समय है या नहीं। वे इतने उत्साहित थे कि मैं उन्हें रोक न सका। दस मिनट के बाद ही मेरी आँखों में आँसू थे। पुस्तक में उन्होंने ऐसी कल्पना की है कि माँ के गर्भ में चार माह की जुड़वाँ बहनें हैं। बाहर क्या चल रहा है, वे जानती हैं। वे सुन भी सकती हैं कि बाहर क्या बोला जा रहा है। उन्हें मालूम है कि उन पर मौत का साया मँडरा रहा है। माता-पिता ने उनकी हत्या करने का निर्णय ले लिया है। इसके लिए उन्हें कसाईखाने ले जाया जायेगा। वहाँ यह काम कसाई नहीं, बल्कि डॉक्टर करेगा। इस आसन्न मृत्यु के समय उनके मन में क्या विचार आ रहे हैं उसका अत्यन्त मर्मस्पर्शी चित्रण किया गया है पुस्तक में।

बड़ी बहन कहती है–"आप लोग जो बातें कर रहें हैं वो हम सुन रहें हैं, कितनी बार कहने का मन होता है प्लीज ऐसा न बोलो। हमारे लिए इतनी

नफरत क्यों? मनुष्य की बेटी होने से अच्छा होता जानवर की बेटी होती क्योंकि गाय-भैंस दूध देती मुर्गी अंडे देती। इसलिए जानवरों में बेटी की इज़्ज़त अधिक है। बलि बकरे की दी जाती है, बकरी की नहीं। हम आपकी बेटी के बदले बकरी के रूप में जन्में होते तो बच जाती।"

छोटी बहन सीधे पापा से ही कहती है–"हमें मत मारो पापा। हम आपके ऊपर बोझ नहीं बनेंगे। हम तो आपके आँगन के फूल हैं। आपके आँगन को महका देंगे। स्कूल में एक ही टिफिन में हम दोनों खा लेंगे। दीदी के कपड़ों और पुस्तकों से मैं भी काम चला लूँगी"। परन्तु, दोनों बहनों को समझ में आ जाता है कि यहाँ कोई दलील नहीं चलेगी। वे समझ जाती है कि अब देखते-देखते उनका सुरक्षित संसार छिन्न-भिन्न हो जायेगा।

माँ अस्पताल आ गयी है उसे ऑपरेशन टेबल पर सुला दिया गया है। शिकार लोलुप दानव की तरह डॉक्टर ने औज़ार हाथ में ले लिये हैं। घबराकर छोटी बहन बड़ी बहन से और अधिक चिपक जाती है–"मुझे बचा लो, ये लोग हमें क्यों मार रहे हैं? हमने क्या बिगाड़ा है उनका?"। बड़ी बहन उसे प्यार से सीने से लगा लेती है। कहती है–"क्यों डर रही हो बहन, मैं हूँ न?" पर वह जानती है कि यह खोखला आश्वासन दे रही है। अब कुछ नहीं हो सकता। माँ के गर्भ में उनकी फाँसी का तख्त तैयार हो गया है।

छोटी से रहा नहीं जा रहा। वह कहती है–"दीदी बाहर हमारी पाँच साल की बड़ी बहन भी है। उसे तो कभी पता ही नहीं चलेगा कि उसकी छोटी बहनें आकर कब चली भी गईं। वह अभी स्कूल जा रही होगी। उसे 'बाय-बाय' कहने का मन हो रहा है दीदी। मैं एक बार पापा की गोद में भी जाना चाहती हूँ, फिर पापा जो करना चाहें करें। उनके मजबूत हाथों में श्मशान जाना भी पसन्द आयेगा। यदि बोल सकती तो कहती–एक बार उनके स्नेह का स्पर्श पाना चाहती हूँ। पापा एक बार मेरे माथे को चूमकर फिर धीरे से गड्ढे में डाल देना। डालते समय दीदी की तरफ मेरी पीठ न होने देना। हम लिपटकर सो जायेंगे। हमें मिट्टी से ढाँप देना और घर जाकर चुपचाप हमारी याद में दो दिये जलाना"।

मौत आ पहुँची है। पल दो पल में सब खत्म हो जायेगा। छोटी का चेहरा सूख गया है। डरकर वह बड़ी से चिपक रही है। बड़ी फिर उसे आश्वासन

देती है–मैं हूँ न? जो भी हथियार हमें मारने आयेगा उसके सामने पहले मैं जाऊँगी। मेरे मरने के बाद ही कोई तुझे हाथ लगा सकेगा। पर छोटी थर-थर काँप रही है। बड़ी ने पूरी ताकत से उसे अपनी बाँहों में समेट लिया और बोली–चल बहन हम परम पिता परमेश्वर की प्रार्थना करते हैं–"हे पिता, अपने हमें यहाँ भेजा जरूर, परन्तु यहाँ हमें स्वीकारा नहीं गया। हम तो कहीं की न रहीं। बचा लो हमारी भटकती आत्मा को। दे दो थोड़ी सी जगह अपने श्रीचरणों में। हम आपकी सुन्दर सृष्टि को देख न सके। कोयल की कूक तो सुनी पर आम के मोर न देख सके। मेघों का गर्जन तो सुना पर आकाश को चीरती बिजली न देख सके। मन्दिर की घंटिया तो सुनी पर प्रभु के दर्शन न कर सके। यह कैसी लीला है प्रभु!

और दोनों बहने शान्ति से अन्तिम साँस लेती हैं। कितनी मार्मिक पुस्तक! मैंने प्रस्तावना लिखना शुरू किया।

कंस का काम अब वासुदेव और जानकी कर रहे हैं

एक वृक्ष पर क्रौंच पक्षी का युगल बैठा था। किसी शिकारी ने तीर चलाया और एक पक्षी मरकर नीचे गिर गया। महर्षि वाल्मीकि ने यह दृश्य देखा और उनके मुख से श्राप स्वरूप एक श्लोक अपने-आप निकला। वेदना की इस वाणी से रामायण की रचना हुई। यदि वाल्मीकि आज होते तो कन्या भ्रूण हत्या देख एक और महाकाव्य की रचना करते। वाल्मीकि तो नहीं, अब उनका काम कौन करेगा?

गुरुदेव रवीन्द्रनाथ की एक छोटी-सी कविता है–अस्ताचलगामी सूर्य ने कहा कि मैं तो अब जा रहा हूँ, मेरा काम कौन करेगा? सर्वत्र मौन छा गया, कोई कुछ नहीं बोला, तब माटी के छोटे दिये ने कहा–हे प्रभु, यथाशक्ति आपका काम मैं करूँगा। वाल्मीकि का काम डॉ. पाठक कर रहें हैं। अजन्मी कन्याओं की भ्रूण हत्या देखकर वे इतना द्रवित हुए कि उनसे अनायास ही पुस्तक लेखन का काम हो गया।

सहारा मरुस्थल इतना गर्म है कि वहाँ बारिश होती ही नहीं। किसी दिन कोई बदली बरसी भी तो वह जमीन पर पहुँचने से पहले भाप बनकर उड़ जाती है। आजकल बेटियाँ भी जन्म लेने से पहले भाप बनाकर उड़ जाती हैं। यदि बेटी की जगह बेटे होते तो क्या उनकी हत्या की जाती? इसी प्रश्न ने डॉ. पाठक को विचार-मंथन के लिए विवश किया और उनकी लेखनी से यह काव्य प्रवाहित हुआ। उनकी दो अजन्मी जुड़वाँ बहनों के बीच वार्तालाप की कल्पना इतनी मर्मस्पर्शी है कि हमारी आँखें भी नम हुए बिना रह सकती। दोनों बहने जान गयी हैं कि उनके ही माता-पिता की अदालत ने उन्हें मौत की सजा

सुनाई है और इस काम के लिए डॉक्टर को सुपारी भी दे दी गयी है। उनका अन्त निकट है। तब उन पर क्या बीतती है, बड़ी बहन किस तरह छोटी बहन को धीरज बँधाती है, उसे आलिंगनबद्ध करती है, इसका मार्मिक चित्रण है।

डॉक्टर का कहना है कि अब पल भर की भी देर नहीं करना चाहिए। जिस तरह ढीली जमीन से घास का गुच्छा आसानी से उखड़ जाता है पूरी जड़ सहित। उस तरह ये बेटियाँ भी आसानी से उखड़ जायेंगी। बेटियाँ जन्म लेकर गले की फाँस बने उससे पहले ही उनका काम तमाम कर दो। अच्छा, यह तो कहो कि बेटियों को मार डालोगे तो अपने बेटे के लिए दुल्हन कहाँ से लाओगे? फिर सब भाइयों के बीच एक ही पत्नी वाला युग वापस लाओगे क्या? लाखों वर्षों से प्रकृति ने लड़की-लड़कों के बीच सन्तुलन बनाये रखा है। ऐसा कभी नहीं हुआ कि लड़कों की संख्या बहुत अधिक हो गयी हो और लड़कियों की कमी पड़ गयी या लड़कियाँ ही लड़कियाँ जन्मी और लड़के कहीं मिले ही नहीं। अब मनुष्य इसमें खतरनाक बदलाव करके प्रकृति का सन्तुलन नष्ट कर रहा है। आगे चलकर इसके भयंकर परिणाम होंगे। मनुष्य जाति का अस्तित्व ही संकट में पड़ जायेगा।

हमारे शास्त्रों में कितनी ही प्रकार से नारी की वन्दना की गयी है। जहाँ नारी की पूजा होती है वहाँ देवता बसते है और जहाँ नारी की भ्रूण हत्या होती है, दहेज के लिए जला दिया जाता है, बलात्कार करने के बाद मार दिया जाता है, वहाँ भला किसका वास होता है? आज हम किस समाज में जी रहें हैं? लगता है शास्त्रों का लिखा सब व्यर्थ हो गया है।

कल्पना कीजिए अगर दुनिया में स्त्रियाँ ही न रहे तो दुनिया कितनी रसहीन, शुष्क और उबाऊ बन जायेगी। जीवन से माधुर्य समाप्त हो जायेगा। स्त्री के बिना पुरुष का व्यक्तित्व अधूरा है। पत्नी के साथ ही पुरुष की पूर्णता है। स्त्री ही पुरुषों को प्रेरणा देती हैं। उनके कारण ही वह कुछ श्रेष्ठ कर पाता है। यही स्त्री नहीं चाहिए? भ्रूण हत्या को तत्काल रोकना होगा, वरना कुछ वर्षों में उसे भी वैसी ही मान्यता मिल जायेगी जैसी रिश्वतखोरी को। हमें उसकी आदत पड़ जायेगी और समाज व्यवस्था टूट जायेगी।

इस पुस्तक में बेटी अपने पिता से जो प्रश्न पूछती है वह इतने मार्मिक है जितने द्रौपदी के सवाल भीष्म पितामह से पूछे गये थे। उसमें नारी उत्पीड़न

की बात थी इसमें नारी निकन्दन की बात है। पुस्तक के संवादों ने मुझे इतना झकझोर दिया कि संवादों की उस श्रृंखला में मैंने भी कुछ कड़ियाँ जोड़ना चाही-पापा इतना तो हमें पता था कि शहनाई के सुरों से हमारा स्वागत नहीं किया जायेगा, पर यह नहीं सोचा था कि रास्ते में ही हमारा गला दबा दिया जायेगा। अभी तो हमने आपकी गली में प्रवेश किया ही था कि आपने हमें भेड़िए के सामने फाड़ कर खाने के लिए फेंक दिया। आज कितने दम्पति बच्चे को गोद लेने के लिए तरस रहें हैं। आप ऐसे किसी परिवार में हमारा कन्यादान कर देते तो हम आपके ऋणी होते। 'कन्यादान' के बदले आपने तो हमारा पिण्डदान ही कर दिया पापा। इस लोक को देखने के पहले ही हम परलोक सिधार गये।

मामा कंस क्रूरता के पर्याय बन गये हैं क्योंकि उसने अपनी बहन के बच्चों को मार डाला था। आज वही काम देवकी और वासुदेव स्वयं कर रहे हैं। अपनी बेटियों के प्रति एकाएक हिंसक हो गये हैं। बेटी साक्षात लक्ष्मी हो तो भी नहीं चाहिए, बेटा कितना भी दुर्गुणी हो उसे स्नेह और आशीष! पुत्र के लालची पिताओं ने अब तक कितनी बेटियों को मौत के मुँह में धकेला है।

इस पुस्तक को पढ़ने और इसकी प्रस्तावना लिखने में मुझे जितनी खुशी हुई उतने ही आँसू आँखों से भी बहे। दिवंगत अजन्मी बेटियों का तर्पण तो आँसुओं से ही हो सकता है।

गणतन्त्र दिवस से मुलाकात

बालक–प्रणाम गणतन्त्र दिवस। बहुत दिनों से आपसे एक सवाल पूछना चाहता हूँ। अच्छा हुआ आप मिल गये। देखे 15 अगस्त तो मेरी समझ में आता है कि उस दिन देश स्वतन्त्र हुआ था पर आपके बारे में सोचता हूँ तो ठीक-ठीक समझ नहीं पाता कि आप क्या हो? कृपया आपके विषय में कुछ कहेंगे।

गणतन्त्र दिवस–जरूर! परन्तु मैं क्या हूँ से पहले बताऊँगा कि मैं क्या था। मैं ही 'स्वतन्त्रता दिवस' था। लगभग 75 वर्ष पहले की बात है। हमारे देश पर अंग्रेजों का राज था। कांग्रेस देश की आजादी के लिए लड़ रही थी। उन्होंने अंग्रेजों से कहा कि यदि आप 31 दिसम्बर, 1929 तक हमें औपनिवेशक स्वराज्य देंगे तो लड़ाई बन्द कर देंगे, नहीं तो पूर्ण स्वराज्य लेकर रहेंगे।

बालक–यह औपनिवेशिक स्वराज्य और पूर्ण स्वराज्य क्या है?

गणतन्त्र दिवस–चाहो तो इसे छोटा स्वराज्य और बड़ा स्वराज्य कह सकते हो। छोटे स्वराज्य का अर्थ यह था कि हम देश में अपनी इच्छानुसार राज कर सकेंगे, परन्तु दूसरे देशों के साथ अंग्रेजों के माध्यम से ही सम्बन्ध रख सकेंगे। उन दिनों हम छोटा स्वराज्य लेने को भी तैयार थे।

बालक–फिर क्या हुआ? अंग्रेजों ने वह दिया?

गणतन्त्र दिवस–नहीं दिया। तब हमारे नेताओं ने भी कह दिया कि अब हम पूर्ण स्वराज लेकर रहेंगे और तय किया गया कि इसके लिए एक निश्चित दिन सारे देशवासी मिलकर शपथ लेंगे कि अब हम देश से अंग्रेजों को निकाल कर ही दम लेंगे। मैं ही था वह दिन 26 जनवरी, 1930। तब से प्रत्येक वर्ष इस दिन लोग प्रतिज्ञा दोहराते और मुझे 'स्वतन्त्रता दिवस' कह कर बुलाते थे।

बालक–ऐसा कब तक चला?

गणतन्त्र दिवस–1947 तक। 15 अगस्त 1947 को हमारा देश आजाद हुआ। तब से 15 अगस्त ही 'स्वतन्त्रता दिवस' कहलाता है।

बालक–फिर आपका क्या हुआ?

गणतन्त्र दिवस–इस दिन जो स्वराज मिला था वह छोटा स्वराज्य था। इंग्लैंड ने गवर्नर जनरल तो अपना ही रखा। पूर्ण स्वराज्य तो 26 जनवरी 1950 को मिला। उस दिन से हम विदेशों के मामले में भी आजाद हो गये। गवर्नर जनरल का पद समाप्त कर दिया गया और राष्ट्रपति का पद अस्तित्व में आया। उस दिन देश का नया संविधान लागू किया गया। हमारा देश 'सार्वभौमिक गणतन्त्र राज्य' बना। इसके साथ ही मेरा नाम 'गणतन्त्र दिवस' रखा गया। 'गण' अर्थात् समूह। जैसे कि बालकगण, श्रोतागण। 'तन्त्र' का अर्थ है राज्य। 'गणतन्त्र का अर्थ हुआ समूह का राज। किसी राजा या किसी एक दल का राज नहीं, बल्कि जनता का राज। इसमें जनता अपनी पसन्द से प्रतिनिधि चुनती है। वास्तविक सत्ता जनता के हाथ में होती है। चुने गये प्रतिनिधि जनता की ओर से राजकाज चलाते हैं। जनता चाहे जिसे चुने जिसे न चाहे नामंजूर कर दे।

बालक–क्या मैं भी अपनी पसन्द से प्रतिनिधि चुन सकता हूँ?

गणतन्त्र दिवस–नहीं भाई, तुम अभी छोटे हो। यह मताधिकार केवल उनको है जो 18 वर्ष के हो गये हैं। तुम राजा नहीं तो क्या, युवराज तो हो। जिस दिन तुम 18 वर्ष के हो जाओगे यह अधिकार तुम्हें अपने आप मिल जायेगा।

बालक–धन्यवाद। फिर भी माफी चाहता हूँ। जितनी सहजता से स्वतन्त्रता दिवस मेरी समझ में आया है उतना आप नहीं। 15 अगस्त को आजादी मिली। 26 जनवरी को क्या मिला?

गणतन्त्र दिवस–'गणतन्त्र' मिला। संविधान मिला। सुनो, जब अंग्रेज गये तब देश का शासन कांग्रेस को सौंपकर गये। कांग्रेस कह सकती थी कि अब शासन हमेशा उनका ही रहेगा। दुनिया में कई देश ऐसे हैं जहाँ एक ही दल का राज है। हमारे यहाँ सत्ता का स्वामी किसी एक दल को नहीं, बल्कि लोगों को बनाया गया। 26 जनवरी, 1950 के दिन कांग्रेस ने यह शासन जनता को सौंपा। हमारे यहाँ लोकशाही पद्धति की स्थापना हुई। हमारी प्राप्त उपलब्धियों में यह उपलब्धि बहुत महत्त्वपूर्ण है।

बालक–आपने संविधान का उल्लेख किया ये क्या है?

गणतन्त्र दिवस–संविधान एक पुस्तक है जिसमें लिखा है कि इस देश का शासन किन सिद्धान्तों और आदर्शों के अनुसार चलाया जायेगा। जैसे कि देश में ऊँच-नीच, गरीब-अमीर के बीच फर्क नहीं किया जायेगा। आगे बढ़ने के लिए सबको समान अवसर मिलेंगे। (अचानक रुक कर) ठहरो, तुम्हें एक और तरीक़े से समझाता हूँ। जिस दिन बालक का जन्म होता है वह है उसका जन्मदिन। बालक बड़ा होता है तो उसका यज्ञोपवीत संस्कार होता है तब वह 'द्विज' बनता है। द्विज बनाना मतलब दूसरा जन्म होना। 26 जनवरी, 1950 को हमारा गणतन्त्र द्विज बना। लोकतन्त्र के रूप में उसका फिर से जन्म हुआ।

बालक–आज मुझे बहुत सी बातें जानने को मिली। इसके लिए धन्यवाद।

गणतन्त्र दिवस–खुश रहना और जिस दिन युवराज से राजा बनो उस दिन मुझे याद करना।

खट्टे बेर और खट्टे अंगूर

शबरी का मन उत्साह से प्रफुल्लित था। राम के स्वागत के लिए वह बेचैन थी और जब राम आये तब शबरी के मनोभावों का वर्णन कौन कर सकता है। राम की मृदु मुस्कान ने उसे और उत्साहित किया। घुटनो के बल झुक कर प्रणाम किया। राम ने उसे बाँहों में ले लिया। पर शबरी को एक ही बात की चिन्ता थी कि राम भूखे होंगे। थाल भर बेर तैयार ही रखे थे। तुरन्त चख-चख कर केवल मीठे बेर वह राम को खिलाती रही। प्रेम में विह्वल शबरी भूल ही गयी कि वह झूठे बेर राम को खिला रही है।

बेर खा लेने के कुछ देर बाद राम को याद आया कि उन्होंने शबरी के बेर खा तो लिए, पर बदले में कुछ भी दिया नहीं। वे बहुत शर्मिन्दा हुए। उनके पास था भी क्या जो वे शबरी को देते। हाँ, इतना तो कर सकते थे कि जिस तरह शबरी ने उसे अपने हाथों से बेर खिलाये थे, वे भी शबरी को अपने हाथों से बेर खिला देते। वह आदिवासी नारी कितनी खुश होती। लेकिन, अब थाल तो खाली हो गया था। अब क्या करें? तभी राम की नजर खट्टे बेरों पर पड़ी जिसे शबरी ने चख कर दूर फेंक दिए थे। राम को उपाय सूझा। बोले–"शबरी वे बेर देना तो"।

"क्यों, उसका क्या करेंगे? वो खट्टे बेर हैं। मैंने खुद चखे हैं"

"मैं खुद खाकर देखूँगा कि वो खट्टे हैं या मीठे? तुम्हारा कहना मात्र पर्याप्त नहीं है"। शबरी को बेर देने पड़े। राम ने फिर कहा–

"शबरी अभी तक तुमने मुझे बेर खिलाये, अब मैं तुम्हें बेर खिलाऊँगा। लो, यह बेर खाकर कहो खट्टा है या मीठा?"

राम थाल से एक-एक बेर शबरी को अपने हाथों खिलाते जा रहे थे। आश्चर्य से शबरी बोली–"प्रभु, यह तो गजब हो गया! बेर तो मीठे हैं!"। शबरी की समझ में नहीं आ रहा था कि कुछ देर पहले जब उसने बेर चखे थे तो वे खट्टे लगे थे और अब ये शहद जैसे मीठे कैसे हो गये? अन्ततः उसे बात समझ में आ गई। हँसते हुए बोली–"प्रभु, रुकिये, बेर को हाथ मत लगाना"। राम ठहर गये। शबरी ने खुद एक बेर उठाकर खाया, वह खट्टा था। एक और बेर उठाकर लक्ष्मण को दिया। लक्ष्मण ने भी खाकर बताया कि यह तो खट्टा है। शबरी ने राम से कहा अब आप अपने हाथ से बेर खिलाइये। बेर में फिर वही मिठास। शबरी ने राम को पकड़ लिया। बोली– "प्रभु, मेरे बेर तो खट्टे ही हैं, किन्तु आपके हाथों के स्पर्श से वह मीठे हो जाते हैं। आपके स्पर्श से शिला भी अहिल्या बन गयी तो बेर का मीठा हो जाना कौन-सी आश्चर्य की बात है? मैं बेर ला तो सकती हूँ पर खट्टे को मीठा नहीं कर सकती। यह काम तो बस आप ही कर सकते हैं"। केवल शबरी के लिए ही क्यों, प्रभु हमारे लिए भी खट्टे बेरों को मीठा कर सकते है, परन्तु इसके लिए खट्टे तो खट्टे ही सही हमारे पास बेर तो होने चाहिए। वन में जाना चाहिए, पेड़ों से बेर गिराना चाहिए। ऐसा करते हुए हाथ छिल जाये, काँटा लग जाये, खून भी निकले तो सब सहन करना चाहिए। इतनी मेहनत करेंगे तभी बेर मिलेंगे। वह यदि खट्टे हुए तो प्रभु उसे मीठे कर देंगे, पर यदि हमारे पास बेर ही नहीं होंगे तो प्रभु कुछ नहीं कर सकेंगे। जिस तरह शबरी के बेर खट्टे थे उसी तरह सियार के अंगूर भी खट्टे थे, लेकिन सियार के अंगूर को भगवान भी मीठे नहीं कर सके। क्योंकि अंगूर सियार के पास थे ही कहाँ? वह तो ऊपर बेल में लगे थे। अंगूर पाने का पूरी निष्ठा से उसने प्रयास भी नहीं किया था। खुद तो तोड़ न सका पर अपने साथी गधे को ला सकता था (जिसकी पीठ पर चढ़कर उसने पाशा पटेल के बाग में पहले गन्ने और फिर मार खाई थी) और उसकी पीठ पर चढ़कर अंगूर तोड़ सकता था। या फिर प्यासे कौवे की तरह कंकर इकट्ठे कर, उसके ढेर पर चढ़ कर अंगूर तोड़ सकता था। पर उस आलसी ने कुछ न किया और बिना खाए अंगूर को खट्टा कह दिया।

(एक उपकथा–इसका कारण यह था कि कौवे की प्यास सच्ची थी सियार की भूख झूठी। कौवे की प्यास भीतर से थी, इसलिए उसने पानी प्राप्त करके

ही दम लिया। सियार की भूख कृत्रिम थी। सामने अंगूर देखकर उसे खाने का मन हो गया, बाकी वह भूख से व्याकुल न था। जब तक हम किसी वस्तु के लिए व्याकुल नहीं होते तब तक वह हमें नहीं मिलेगी।)

प्रयत्न और प्रार्थना यह दोनों साथ हो तभी बात बनती है। हम कुछ प्रयास न करें केवल प्रार्थना कर लम्बी तान कर सो जायें तो इससे कोई लाभ नहीं। प्रयत्न बिना प्रार्थना रेतीली जमीन जैसी होती है जिसमें कुछ भी नहीं उगता। यदि थोड़ा सा कुछ उगा भी तो हरियाली नहीं आयेगी। कोरी चापलूसी से ईश्वर धोखा नहीं खाते। ऐसी दिखावे की प्रार्थना का जवाब वह हाँ–हूँ में भी नहीं देगा। न्याय के लिए कहना होगा कि सियार ने यदि प्रयास नहीं किया था तो झूठी प्रार्थना भी न की थी। यह नहीं चाहा था कि हे प्रभु ऐसा करो न कि वह अंगूर आकर मेरे मुँह में गिर जाए। सियार ने अपने आलस्य को प्रार्थना से ढँकने का ढोंग नहीं किया था। इस दृष्टि से वह मनुष्य से अधिक ईमानदार है।

प्रयत्न बिना की गयी प्रार्थना प्रभु तक पहुँचेगी जरूर पर उसका कद छोटा हो जायेगा। लेकिन, हमें तो मात्र प्रार्थना से ही प्रभु को प्रसन्न करना है, पसीना नहीं बहाना है। जबकि, होना यह चाहिए कि बिना परिश्रम के यदि प्रभु कुछ दे भी तो नम्रतापूर्वक अस्वीकार कर देना चाहिए। कहना चाहिए–"प्रभु आप जो दे रहे हैं उसकी पूरी-पूरी कीमत चुकाने की मेरी क्षमता नहीं है। इसलिए मेरा ईमान इसे लेने से मना कर रहा है। पहले मैं उस लायक बनूँगा फिर खुशी से लूँगा"। यह सुनकर भगवान कितना खुश होंगे।

विनोद

क्रोध टिकाये रखना मुश्किल है

भारद्वाज के घर एक के बाद एक अन्तिम यात्रा में शामिल होने लोग एकत्रित होने लगे। किसी के कन्धे पर गमछा, किसी के हाथ में पुष्पगुच्छ, तो किसी के हाथ फूलों का हार। परिवार के लोग समझ नहीं सके कि यह क्या हो रहा है? घबराकर बेटी को फोन किया–"जल्दी घर आओ, यहाँ कुछ गड़बड़ है"। इधर लोग आपस में बातें कर रहें थे–"कल दोपहर तो मेरे साथ थे, बिल्कुल स्वस्थ। कल्पना भी नहीं की जा सकती कि इस तरह अचानक चले जायेंगे"।

दूसरा बोला–"आजकल शरीर का कोई भरोसा नहीं और वे तो मोटे थे। हार्ट अटेक आया होगा"। तीसरा बोला–"देर क्यों हो रही है? क्या मुर्दा अभी अस्पताल से नहीं आया?" तभी स्कूटर भगाते भारद्वाज खुद वहाँ आ पहुँचे। एकत्रित लोग आश्चर्यचकित हो गये। जिसको कन्धा देने आये थे वह तो स्कूटर दौड़ा रहा है। जिसको मृत मान लिया था वह तो सामने जीवित खड़ा है। शोक आनन्द में बदल गया। कितने ही उसके गले लिपट गये, कितनों की आँखों से खुशी के आँसू बहने लगे।

सुबह अखबार में खबर छपी थी कि कल शाम सिविल इंजीनियर प्रोफेसर श्री एस. आर. भारद्वाज का अचानक निधन हो गया। उनकी अन्तिम यात्रा उनके निवास स्थान से सुबह दस बजे निकलेगी। यह पढ़कर सब जमा हुए थे। भारद्वाज अनुमान लगा रहे थे कि यह किसकी शरारत होगी?

कुछ दिन पहले उन्होंने एक विद्यार्थी को नकल करते हुए पकड़ा था। उसी ने शायद यह खबर अखबार में दी होगी। पर अखबारवालों को ऐसी झूठी खबर छापनी ही क्यों चाहिए? अखबार की कोई जिम्मेदारी होती है या

नहीं? अब उन्हें विद्यार्थी से अधिक अखबार पर गुस्सा आने लगा। क्रोध से बस मुँह में झाग आना ही बाकी था। तुरन्त फोन लगाया–"आपके आज के अखबार में मेरे मरने की खबर छपी है। मैं जीता–जागता बैठा हूँ और आपने हमें मार डाला?"

"सुनिये मैं तो फोन अटेण्ड करने वाला कर्मचारी हूँ। यह शिकायत आप सम्पादक से कीजिए। वे तीन बजे आते हैं"।

"तीन बजे? लेकिन तब तक मैं अपने गुस्से को कैसे टिकाये रखूँ? वे जल्दी क्यों नहीं आते? लेकिन तब तक सामने से फोन बन्द हो चुका था। कैसी मुसीबत? जब गुस्सा है तो सम्पादक नहीं और जब सम्पादक होंगे तब गुस्सा नहीं होगा।

तीन बजे सम्पादक के सामने हाजिर–"देखिये, मैं एस आर भारद्वाज आपके सामने सदेह खड़ा हूँ, लेकिन आपके अखबार के अनुसार मैं मर चुका हूँ। आप ऐसी झूठी खबरें छापते हैं? आपके अखबार की कोई विश्वसनीयता है या नहीं?" भारद्वाज ने यद्यपि गुस्से को टिकाये रखने की भरसक कोशिश की थी, किन्तु वह अब सुबह जैसा न था। वह धीमी होती हवा की तरह हो गया था। सम्पादक ने कहा–"ऑफिस के बाहर एक पत्रपेटी है। लोग उसमें खबरें डाल जाते हैं। सब नहीं छापा जा सकता। हमें जो महत्त्वपूर्ण लगती हैं वही छापते हैं। आपकी मृत्यु की खबर हमें महत्त्वपूर्ण लगी, इसलिए छापी"। "लेकिन, छापने से पहले एक बार पता तो लगाना चाहिए कि खबर सच है या झूठ?"

"हमारे पास इतना समय नहीं और यह सम्भव भी नहीं। अब एक काम हो सकता है। हम आपको मार सकते हैं तो जीवित भी कर सकते हैं। कल के अखबार में छाप देंगे कि आप जीवित हैं। कल आप खुद अपने जीवित होने की खबर पढ़ लेना।

"मेहरबानी कर ऐसा मत करना। ऐसा करने से तो अभी तक जिनको पता नहीं है, उन्हें भी पता चल जायेगा। आपके अखबार के लिए मुझे मरा ही रहने दीजिए"

भारद्वाज टूटा दिल लिए वापस लौटे। अब उन्हें इस बात पर गुस्सा आ रहा है कि सुबह के गुस्से को वे कायम न रख सके। सबसे पहले तो सज्जनों को क्रोध आना ही कठिन है और यदि आ जाये तो उसे टिकाये रखना मुश्किल है।

जुग जुग जियो मेरे फ्रिज

वर्मा जी यहाँ के पॉलिटेक्निक कॉलेज में प्रोफेसर थे। वहीं पास में हमारी आर्ट कॉलेज है। उन्हें कला में रुचि थी। इसलिए जब भी फुर्सत मिलती हमारे यहाँ आते। इस तरह हमारी मित्रता हो गयी। यूनेस्को की स्कॉलरशिप मिलने पर वे एक साल के लिए अमेरिका गये। वहाँ से वापस आने के बाद भोपाल के टी टी टी आयी में प्रोफेसर हुए। मॉरीशस सरकार के निमन्त्रण पर वे सात वर्षों तक वहाँ रहे। अब भोपाल में रहते हैं। जबलपुर मुझसे मिलने जब आये तो मैंने सहज पूछा–वर्मा जी इतने सालों से भोपाल में हैं तो अरेरा कॉलोनी में मकान तो बनवाया ही होगा?। वर्मा जी ने हँसकर कहा–"मकान की बात तो छोड़ो, सिर्फ फ्रिज खरीदने में बीस साल लग गये।

"बीस वर्ष? विश्वास नहीं होता"

"विस्तारपूर्वक बताता हूँ" कहकर वर्मा जी ने बोलना शुरू किया– "लगभग 45 वर्ष पहले की बात है। नयी-नयी शादी हुई थी। पत्नी के मायके में फ्रिज था। अब पीहर में कोई चीज हो और ससुराल में न हो तो विकट स्थिति होती है। एक दिन प्रोफेसर सक्सेना आये साथ में उनकी पत्नी भी। पत्नी की साड़ी हजार से कम की न होगी। मेरी पत्नी देखती ही रह गई। चाय-नाश्ता कराया। पानी दिया। सक्सेना की पत्नी ने पूछा–ठण्डा पानी नहीं है?

"ठण्डा ही है मटके का है" मेरी पत्नी ने जवाब दिया।

"हम तो फ्रिज का ही पानी लेते हैं। मटके का इतना ठण्डा नहीं होता" उनकी पत्नी ने कहा।

अभी साड़ी की ईर्ष्या क़म भी न हुई थी कि यह फ्रिज की एक और चोट मेरी पत्नी के लिए असहनीय हो गयी। वे लोग गये कि बस फ्रिज की हठ

पकड़ ली। बच्चों के दोस्तों के यहाँ तक फ्रिज है। इसलिए वे पहले से ही फ्रिज लेने के लिए उकसा रहे थे। अब फ्रिज के बिना चलाना बहुत मुश्किल था। मैं भी जब किसी के घर जाता तो गृहस्वामी पत्नी से कहते–"वर्मा जी आये हैं। फ्रिज का ठण्डा पानी लाना"। कुछ दिन तो सुनता रहा फिर 'फ्रिज के ठण्डे पानी' की बात सुनते ही तन-मन में आग लग जाती। कुछ लोग तो ड्राइंग रूम में ही फ्रिज रखते, ताकि सब उनका वैभव देखें। फ्रिज के बिना हमारे लिए सभ्य लोगों के बीच उठना-बैठना कठिन हो गया। फ्रिज रहने से गृहस्वामी समाज का इज्जतदार व्यक्ति गिना जाता। मेरा अहम भी जागा। मैं भी गेजेटेड ऑफिसर हूँ। फ्रिज खरीद सकता हूँ। आखिर फ्रिज खरीदने का निर्णय ले लिया।

उस समय मुझे कुल 300/वेतन मिलता था और फ्रिज 1500/का आता था। यानी पाँच माह का पगार! अब एक ओर बचत करना शुरू किया और दूसरी तरफ अधिक कमाई के लिए परीक्षा में सुपर वीजन का काम करता। उत्तर पुस्तिकाएँ जाँचता, प्रश्न-पत्र बनाता। वर्षों की जहमत के बाद 1500/ जमा हुए। घर में फ्रिज कहाँ रखना है इस पर चर्चा हुई। आइसक्रीम बनाने की विधि पढ़ी गयी पुस्तक में। पड़ोसियों को निमन्त्रण दिये गये। बच्चों ने तो फ्रिज का नाम भी तय कर लिया था–'ठण्डा-छुटकलू'। मैं फ्रिज लेने गया। दुकानदार मुझे पहचानने लगा था। आशा थी कि फ्रिज घर पहुँचाने का पैसा नहीं लेगा। उसे 1500/ रोकड़े देकर घर का पता समझा रहा था कि वह बोला– यह फ्रिज तो अब 2500/ का हो गया है।

मैं स्तब्ध रह गया। जैसे-तैसे खुद को सम्हालते हुए घर वापस पहुँचा। घर में सब फ्रिज आने का इन्तजार कर रहे थे। मुझे खाली हाथ आया देख पत्नी का चेहरा देखने लायक था। मेरी बात सुनकर उसका मुँह और फूल गया। बेटी का चेहरा उतर गया। बेटे का मुँह भी हण्डे जैसा हो गया। उन सबके चेहरे देख कर मैं दुखी हो गया।

भाग्य से कुछ महीने बाद मेरा प्रमोशन हो गया। लेक्चरर से प्रोफेसर बन गया फिर विभाग अध्यक्ष भी बना। अब जरूर फ्रिज खरीद सकूँगा, परन्तु अब फ्रिज की कीमत 3000/ हो चुकी थी। जैसे–जैसे फ्रिज की कीमत बढ़ती गयी, वैसे-वैसे मेरी जिद भी बढ़ती गयी। पागलों की तरह और अधिक पेपर जाँचने

लगा, अधिक इनविजिलेशन करने लगा। बड़ी मुश्किल से 3000/ जमा किये पर अब फ्रिज की कीमत 4500/हो गयी। मैं टूट गया।

इसके बाद यूनेस्को की स्कॉलरशिप मिली। एक साल के लिए अमेरिका गया। वहाँ से अच्छी कमायी कर लौटा। अब किसी भी कीमत पर फ्रिज खरीद सकता था, लेकिन फ्रिज की कीमत नहीं बढ़ी थी। मैं निराश हुआ। जिस बात का आनन्द होना चाहिए उस बात का दुख हुआ। खैर...इस बार गढ़ जीत लिया। फ्रिज रूपी मंगलघट की स्थापना घर में हुई। पर बीस वर्ष पहले फ्रिज के लिए मन में जो उत्साह था वह अब नहीं रहा। बेटी विवाह कर ससुराल जा चुकी थी, बेटा अमेरिका चला गया था। अस्थमा होने के कारण अब मुझे उबला पानी पीना पड़ता था। इस तरह फ्रिज आने की कोई उपयोगिता नहीं रही। उसके बावजूद 'घनी खम्मा' मेरे फ्रिज को, कहकर स्वागत किया पत्नी ने पीहर पत्र लिखा कि हमारे घर भी फ्रिज आ गया है। अब आप ही सोचिए, फ्रिज खरीदने में मुझे बीस साल लग गये तो मकान बनाने में कितने साल लगे होते? फिर भी मकान न बनवाने का कारण सुनना हो तो वह भी बता देता हूँ। इतना कहकर वर्मा जी ने उबला पानी पिया और कथा का दूसरा भाग सुनाना आरम्भ किया।

न बनाना, न खरीदना बस किराये से रहना

मकान बनवाते हुए मैंने अपने पिता को एक ही वर्ष में दस वर्ष बूढ़े होते देखा है। अपनी क्लर्क की नौकरी से पैसे बचाकर, माँ के गहने बेचकर, ब्याज पर उधार लेकर जब उन्होंने मकान बनवाया तब पूरे घर पर विषाद की काली छाया कई सालों तक मँडराती रही। पैसों की तंगी के कारण ईशान दिशा से मिलने वाली सस्ती ईंटें लाते। लकड़ियाँ भी कम दाम पर आग्नेय दिशा से लाते। बाँस और खपरैल नैत्रत्य से जहाँ सस्ता मिलता वहाँ जाते। सस्ते सामान के लिए दसों दिशाओं में चल पड़ते। खुद के ऊपर अत्याचार करते। इस कारण हमेशा मुस्कुराने वाले पिता दुर्वासा बन गये। गुस्सा हमेशा नाक पर रहता। घर में हरी सब्जियाँ आना लगभग बन्द हो गयी। दूध आधा कर दिया गया। महीने के अन्त में यदि मंजन खत्म हो गया हो तो चार-पाँच दिन कोयले के चूरे में नमक मिलाकर काम चलाना पड़ता। किरायेदार रखने की बात पहले ही तय हो गयी थी। अधिक-से-अधिक किरायेदार रखे जा सके, इसलिए कमरे छोटे और छोटे होते गये और हम सबको पीछे की छोटी सी खोली में ही रहना पड़ा। पिताजी ने पहले बाउण्ड्री वाल बनवाने का सोचा था, किन्तु पैसे खत्म हो जाने के कारण मेहँदी की वाड़ी से सन्तोष करना पड़ा। मकान बन जाने के बाद शुरू हुए मकान मालिक और किरायेदार के बीच झगड़े। उन दिनों को याद न करना ही अच्छा।

"लेकिन वर्मा जी आपकी आर्थिक स्थिति तो बहुत अच्छी है। आराम से मकान बनवा सकते हैं। और आजकल तो बैंक भी मकान बनाने के लिए लोन देती है फिर भी आपने मकान नहीं बनवाया"। "मेरी आर्थिक स्थिति अच्छी है पर लगा कि मकान बनवाने जाऊँगा"। तो मेरी मानसिक स्थिति खराब हो

जायेगी। मान लीजिए मैंने मकान बनवाना शुरू किया तो एक मित्र आकर कहेगा कि मकान वास्तुशास्त्र के अनुसार बनवा रहे हो कि नहीं? वरना दुखी हो जाओगे। फिर दूसरा मित्र कहेगा वास्तुशास्त्र पेट भरने के धँधे के सिवाय कुछ नहीं है। आप तो इनके चक्कर में पड़ना ही नहीं। तीसरा आकर कहेगा–

आजकल बाजार में नकली सीमेंट की भरमार है। ठीक से देख कर लेना नहीं तो किसी दिन मकान जमीन पर गिर जायेगा। चौथा कहेगा–खिड़की-दरवाज़ों के लिए स्टापर, कुंडिया आदि दिल्ली से ही मँगवाना। वहाँ सस्ते और अच्छे मिलेंगे। फिर कोई सलाह देगा–भूलकर भी दिल्ली मत जाना। वहाँ ठगे जाओगे। वह तो मुम्बई से ही लीजिए। इस तरह मेरा सलाहकार मण्डल दिनोंदिन बड़ा होता जायेगा। फिर कोई अनुभवी स्नेहीजन आकर कहेगा-मकान शुरू करना तो आसान है, लेकिन पूरा करना बहुत कठिन। शानदार मकान बनवाने के चक्कर में हम बजट से ज्यादा खर्च कर जाते हैं और अन्त में पैसे खत्म हो जाते हैं। तब अपना उत्साह कम होने लगता है। ऐसा लगता है जैसे अधूरा मकान किसी दानव की तरह अपनी क्रूर आँखें फाड़कर हमारी तरफ देख रहा है।

वर्मा जी की बात मैं आनन्द से सुन रहा था। "जो मित्र मकान बना चुके हैं उनके अनुभवों से कहता हूँ कि मकान पूरा बनने तक अपनी हालत अधमरे-सी हो जायेगी और अगले ही साल हम देखेंगे कि किसी दीवार के बाजू से पानी टपक रहा है तो किसी दीवार में सीलन भर गयी है, कोई दीवार धसक गयी है तो किसी में दरारें पड़ गयी हैं। फिर तो मरम्मत कराने की हिम्मत तक नहीं बचती। मकान बन जाने के बाद तो टेक्सों की बाढ़ आ जाती है। अभी तो केवल इनकम टेक्स से ही परेशान था, अब प्रॉपर्टी टेक्स, कॉरप्रेशन टेक्स, मैंटनेस टेक्स के भी खर्च। रकम यदि लोन पर ली हो तो उसकी कटौती। तब लगता है इससे अच्छा किराये का मकान क्या बुरा था"।

एक कुशल चित्रकार की तरह वर्मा जी भयंकर चित्र बना रहे थे–"मान लो, पड़ोसी का मकान हमारे मकान से बहुत अच्छा बना तो मेरे तन-मन में आग लग जायेगी। मन ही मन सोचूँगा कि उसके मकान पर बिजली गिर जाये या धरती फटे और उसमें समा जाये। हम कितना भी अच्छा मकान बनवाये आने वाली पीढ़ी को वह बेढ़ंगा ही लगेगा। उन्हें उसमें भी कितनी खामियाँ

दिखेंगी। सबसे पहले तो मकान की डिजाइन ही अच्छी नहीं लगेगी। कहेंगे- किचन इतना छोटा है, इतने बड़े आँगन की क्या जरूरत थी? छत इतनी ऊँची क्यों? बाथरूम इतनी दूर क्यों? फर्श तो पसन्द आयेगा ही नहीं। मकान उनको तबेला जैसा लगेगा। एक तो बकरे की जान गयी और फिर खाने वाले को मजा भी नहीं आया। शायद ही कोई परिवार ऐसा होगा जिसमें वंश परंपरा की जायदाद को लेकर भाई-भाई में झगड़ा न हुआ हो। भाग्य से ऐसा कोई मकान होगा जो हिस्से में बँटकर टुकड़ों में विरूप न हो गया हो"।

मुझे लगा कि वर्मा जी की बातों में पूरी सच्चाई भले न हो पर आंशिक सच्चाई तो है। अपनी बात का समापन करते हुए वे बोले–यही सब देखकर मेरे मन में मकान बनाने का खयाल कभी नहीं आया। हिन्दी में एक कहावत है– मकान बना के देखो, बेटी ब्याह के देखो। मैं इस कहावत से पूरी तरह सहमत हूँ। दोनों बहुत कठिन काम है। इसके साथ अंग्रेजी कहावत भी याद आती है जिसका अर्थ है–मूर्ख मकान बनाते हैं और चतुर उसमें रहते हैं। इस कहावत से मैं बिल्कुल सहमत नहीं। मकान बनाने वाला मूर्ख नहीं, बल्कि बहादुर मर्द होता है वह मकान बना कर हमें कितनी सारी यातनाओं से बचा लेता है। इसमें एक ही गड़बड़ है। तैयार मकान खरीदने में हम खुद बिक जाते हैं। लक्ष्मी का मंगल-घट रिक्त हो जाता है। इसलिए भाई, न मकान बनाना, न खरीदना बस किराये से रहना! ज्ञानियों का कहना है–हमारी आत्मा ने शरीर किराये पर लिया है, खरीदा नहीं। अब यदि आत्मा जैसी आत्मा अजर, अमर, अविनाशी आत्मा किराये के मकान में रह सकती है तो हम क्यों नहीं रह सकते?

मुझे सरकारी नौकरी मिल गयी

मैं बचपन से ही कमजोर था। उम्र के साथ यह गुण उत्तरोत्तर विकसित होता गया। परिणामस्वरूप मैं इस सिद्धान्त पर टिक गया कि खड़े रहने की अपेक्षा बैठना और बैठने से अच्छा सो जाना। (यद्यपि इस शृंखला की अन्तिम कड़ी 'सोने से अच्छा मर जाना' अभी वहाँ तक नहीं पहुँचा हूँ) जिनकी ऐसी विचारधारा हो उनके लिए सरकारी नौकरी से उत्तम कोई दूसरा अभयारण्य नहीं। इस तरह बड़ा होकर मैं सरकारी बैकुँठ में गया। सरकारी नौकरी में जाना यानी बैकुँठ में जाना। वहाँ मेरे इस गुण को फलने-फूलने के पर्याप्त अवसर मिले, फिर भी इस मामले में अपने साथियों की बराबरी मैं न कर सका। वे खुद तो काम नहीं करते पर दूसरों को भी नहीं करने देते। कोई और काम न कर सके बस यही देखना उनका काम।

जब रिटायर्ड हुआ तब 34 वर्ष की सरकारी नौकरी के आराम की थकान दूर करने (आराम करने की भी थकान होती है) अधिक मेहनती हो गया। लेकिन, पुराने दिन जब-तब याद आ ही जाते। क्या अमन-चैन के दिन थे! हे खोडियार माता! हर जन्म में सरकारी नौकर का ही अवतार देना।

कुछ वर्षों पहले एक पुस्तक बहुत चर्चित हुई थी। गांधीवादी विचारधारा के अनुरूप पुस्तक का नाम था–'स्माल इज़ ब्यूटीफुल' (लघुता में सौन्दर्य है)। सरकारी कर्मचारियों का नारा है–'स्लो इज ब्यूटीफुल'। आहिस्ता चलो, धीरे चलो। द्रुत में नहीं विलम्बित में सौन्दर्य है। दिन का काम महीने में, महीने का काम वर्षों में करो। इससे उनके बॉस भी खुश हैं क्योंकि उन्हें भी कोई जल्दी नहीं। सरकारी तन्त्र ऐसा वृन्दगान है जिसमें सभी गायक एक ही सुर में सुर मिलकर गाते हैं।

सरकारी रस्मों-रिवाज से अनजान किसी व्यक्ति की अर्जी किसी अन्य कार्यालय में पहुँच गई। कार्यालय ने सूचित किया–'आपको यह अर्जी रजिस्टर्ड पोस्ट से भेजनी चाहिए थी, आपने साधारण पोस्ट से भेजी है, इसलिए वापस की जा रही है। वह व्यक्ति भाग्यशाली था, उसे जवाब मिला ही नहीं तो अर्जी पर अर्जी भेजता रहा। हर बार अर्जी वापस आ जाती। इस बार अर्जी के साथ पत्र भी आया। लिखा था–अर्जी स्वीकार करने की अन्तिम तारीख निकल चुकी है इसलिए अर्जी वापस भेजी जा रही है। बिल्कुल असली सरकारी लहजा। सरकारी कार्यालय में हम ऐसे ही तमाशे दिखाते रहते और फाइलों के पिरामिड बनते रहते। होता यह है कि आपका कोई केस वर्षों से अटका पड़ा हो और आप उसके शीघ्र समाधान के लिए जी तोड़ कोशिश कर रहें हों, तब तो आपकी फाइल ही नहीं मिलती।

सरकारी नौकरों का तो क्या मजा है, इस बात की जानकारी विवाह योग्य कन्याओं को भी हो गयी है। इसलिए अब वे सरकारी नौकरी वाला ही दूल्हा चाहती हैं। कई बार ऐसा सुनने को मिलता है कि जब फसलें सूख गयी तब नहर में पानी छोड़ा गया अथवा कैदी को फाँसी देने के बाद उसे जेल से रिहा करने का आदेश आया। सेवानिवृत्त एक बड़े अधिकारी ने कहा था कि 35 वर्षों की सरकारी नौकरी में उसने केवल 3 वर्ष ही काम किया। उसे अपना मकान बनवाना था, इसलिए वह जानबूझकर सस्पेंड हुआ। उसे फिर से नौकरी पर बहाल किया गया और पिछले बाकी पूरे महीनों का पूरा पगार भी मिला। यह तरीका तो पसन्द आ गया। फिर जब भी कोई बड़ा काम होता तब वह सस्पेंड हो जाता। काम पूरा होते ही वापस अपनी डाल पर।

ऐसा नहीं कि सरकारी नौकरी में निष्ठावान और परिश्रमी लोग नहीं हैं। हैं, उन्हीं के पुण्य-प्रताप से ही सरकारी तन्त्र चल रहा है। परन्तु ऐसे कर्मचारियों की संख्या ही कितनी है? और उन्हें कितनी विपरीत परिस्थितियों में काम करना पड़ता होगा। खोटे सिक्के खरे सिक्कों को चलन से बाहर कर देते हैं। मुश्किल यह है कि हमारे यहाँ सरकारी नौकरी में अच्छा काम करने वालों की कदर ही नहीं होती और खराब काम या काम न करने वालों को कोई सजा नहीं मिलती। घोड़े-गधे सब बराबर।

एक व्यक्ति ने कितने व्यवसाय बदलें पर हर बार उसे नुकसान हुआ। तब उसे लगा कि जरूर मेरा दिमाग खराब हो गया होगा, वरना बार-बार घाटा क्यों होता। वह दिमाग के डॉक्टर के पास गया और बोला–मेरे दिमाग की मरम्मत कर दो। डॉक्टर ने कहा–पहले ही कितने दिमाग यहाँ मरम्मत के लिए पड़े हैं, इसलिए आप अपना दिमाग यहीं छोड़ जाइये। पाँच दिन के बाद ले जाना। पाँचवें दिन तो क्या पूरा सप्ताह बीत गया वह वापस नहीं आया। डॉक्टर ने उसे पत्र भेजा कि वह अपना दिमाग वापस ले जायें। व्यक्ति का जवाब आया–मुझे सरकारी नौकरी मिल गयी है अब दिमाग की जरूरत नहीं है।

चूँटाचार्य माहेश्वरी जी

हमारे गणित के शिक्षक माहेश्वरी जी की कक्षा में इतना सन्नाटा रहता कि हेडमास्टर साहब को शक होता कि कक्षा में बच्चे हैं भी या घर भाग गये। उनका यह डर अकारण था। किसी की मजाल न थी कि उनकी कक्षा से भाग सके। उन्हें पढ़ाने में जितना आनन्द आता था उतना ही, बल्कि उससे अधिक मजा चिकोटी भरने में आता था। यह उनका प्रिय शस्त्र था। कमर के पास इतनी जोर से चूँटी काटते कि दर्द से चीख निकल जाती। मजे की बात यह कि चिकोटी एक को भरते पर देखते दूसरे को थे। अपने शिकार की तरफ कभी न देखते, जिस तरह कुशल टाइपिस्ट की बोर्ड की तरफ नहीं देखता। दाहिना हाथ थक जाता तो बायें हाथ का उपयोग करते। जिनको बायें हाथ से सजा मिलती वह स्वयं को भाग्यशाली मानता। उसका दबाव थोड़ा कम होता। बिच्छू से कनखजूरा भला।

पहला पीरियड प्राय: उनका ही रहता। किसी विद्यार्थी को देर हो जाये "मे आई कम इन सर" बोले तो उनकी अतिथि सत्कार की भावना प्रबल हो जाती। "येस" कहकर स्वागत करते और जैसे ही विद्यार्थी जाकर अपनी जगह पर बैठता, उनके पास पहुँच जाते और कुछ इस तरह कि बेचारा विद्यार्थी अपनी सीट छोड़ खड़ा हो जाता। हम समझ जाते कि ऐसा क्यों हुआ। माहेश्वरी जी की एक आँख तिरछी थी और आवाज स्त्री जैसा बारीक। दाढ़ी-मूँछ नहीं रखते थे। वे कभी हँसते न थे। कभी ऊँची आवाज में नहीं डाँटते थे। अन्तिम सप्ताह में परीक्षा लेते थे। उस दरमियान वे कक्षा में न तो चक्कर मारते थे न ही डेस्क की जाँच करते थे। कभी तो आँख भी बन्द कर लेते। नकल करने की इतनी सुविधा मिलने के बाद भी हम नकल करने का साहस सपने में भी नहीं करते।

मैं गणित में कमजोर था। मुझे गणित डरावना लगता था। माहेश्वरी जी भी डरावने लगते। इस दोहरे डर के कारण अधिक भूलें होती, परिणामस्वरूप चिकोटियों का दर्द और अधिक सहना पड़ता। एक बार उन्होंने होमवर्क में एक सवाल दिया। सवाल बहुत पेचीदा और कठिन था। एक हौज में दो नल लगे थे। एक नल से वह भरता और दूसरे नल से खाली होता। दोनों की कार्यक्षमता अलग-अलग थी। हमें जवाब यह ढूँढ़ना था कि वह हौज कब भरेगा? महामेहनत से सवाल तो मैंने हल कर लिया, किन्तु मेरा जवाब पुस्तक में दिये गये जवाब से मेल नहीं खा रहा था। उन दिनों पाठ्य पुस्तकों में प्रूफ़ की बहुत गलतियाँ होती थीं। प्रश्नों के उत्तर भी कई बार गलत छप जाते थे। फिर भी मन आशंकित था कि कहीं मेरा जवाब ही गलत न हो। घबराहट में आधे घण्टे पहले ही स्कूल पहुँच गया। तब वहाँ गणित का सबसे होशियार छात्र शशीभूषण भी आ चुका था।

"कर लिया" उसने कहा।

"कैसे कर लिया? उसका जवाब तो गलत छपा है" मैंने पूछा।

"जवाब सही है"

मेरी बची-कुची आशा भी खत्म हो गई। मैं मन ही मन माहेश्वरी जी के महाप्रसाद के लिए तैयार होने लगा। माहेश्वरी जी मेरी घबराहट भाँप गये। सबसे पहले मुझे ही पूछा–"सवाल कर लिया?" मैं समझ गया आज बोहनी मुझसे ही होने वाली है।

"जी"

"क्या जवाब है?"

मैंने जवाब बताया जो पुस्तक के अनुसार गलत था।

"अच्छा, यहाँ आओ और बोर्ड पर करके दिखाओ"

अब मुझे खतरे की घण्टी सुनाई देने लगी। मैं पूरी तरह उनके पँजे में फँसा महसूस कर रहा था। पूरी कक्षा मुझे सहानुभूति की नजरों से देख रही थी। मुझे लगा मेरी मृत्यु उस हौज में डूब जाने से होगी क्या? मैंने डस्टर से पहले बोर्ड साफ किया। बहुत धीरे-धीरे, फिर भी बहुत देर तक यही कार्य करना सम्भव न था। सवाल हल करना शुरू किया। घर में इसी सवाल को करने के लिए दिमाग का दही किया था। सिर घूम-घूम गया था फिर भी सफलता नहीं मिली

तो अब यहाँ चूँटाचार्य जी की हाजिरी में कहाँ मिलने वाली है। तीसरी लाइन से ही स्टेप गलत होने लगे। मैं समझ गया अब निर्णायक घड़ी आ गयी है।

उन्होंने बाहें ऊपर चढ़ाई। रुमाल से माथा पोंछा घड़ी उतार कर टेबल पर रखी। मेरी साँस रुकने लगी। जल्लाद ने पूरी तैयारी कर ली है। फिर वे मेरे पास आये। शशीभूषण की ओर देखकर बोले–"अब यह सवाल तुम करके बताओ" परन्तु तब तक बिच्छू डँक मार चुका था। इतनी जबरदस्त चिकोटी भरी थी कि मुझे लगा यहूदी साहूकार शाईलॉक की तरह गुरुजी मेरी कमर से 'ए पाउण्ड ऑफ फ्लेश' निकाल लेंगे क्या! न्याय के लिए कहना होगा कि वे दिल से पढ़ते, होमवर्क बारीकी से जाँचते और हमारी बदनसीबी से कभी गैरहाजिर नहीं रहते।

यह साठ वर्ष पहले की बात है। अब तो वे नहीं रहे पर मेरा मानना है कि जब यमराज उन्हें लेने आये होंगे तब एक चूँटी उनको भी जरूर भरी होगी। बेचारे यम के मुँह से दबी हुई चीख निकल गयी होगी।

हमें तो माइनस फ़ाइव स्टार होटल ही ठीक है

दिल्ली स्टेशन से बाहर निकल कर हमने टैक्सी वाले से कहा–हमें होटल सम्राट जाना है। एक ओर मेरा छोटा पायजामा और पैरों में सस्ती चप्पल दूसरी ओर चाणक्यपुरी की फाइव स्टार होटल सम्राट। उसे शायद मेरे ऊपर दया आयी। बोला–"साहब, वह तो बहुत महँगी होटल है। मैं आपको दूसरी सस्ती होटल में ले चलता"

मैंने कहा–इस महँगी होटल का पूरा बिल साहित्य अकादमी देगी। दूसरी होटल में जाऊँगा तो बिल मुझे भरना पड़ेगा, इस तरह सस्ती होटल मुझे महँगी पड़ेगी तो तुम हमें वहीं ले चलो"। होटल पहुँचे। आलीशान भवन। द्वार पर बड़ी-बड़ी मूँछों वाला राजा महाराजा सा दिखने वाला दरबान। सुना है ऐसी मूँछें रखने के लिए उन्हें अलग भत्ता मिलता है। कीमती गलीचे। मुलायम रेशमी परदे, फ्रेम किये हुए भव्य चित्र, जुल्फे और चोटी वाले विदेशी पर्यटक, सब-कुछ आश्चर्यचकित करने वाला था। इस विशाल इमारत की गली-कूँचे जैसी लॉबियों में भटक कर कहीं के बदले कहीं पहुँच जाते। बटन दबाते ही लिफ्ट के दरवाजे अपने-आप बन्द हो जाते और खुल भी जाते। हमको डर लगता था कि कहीं आते-जाते इन दरवाजों में दब न जायें, इसलिए लिफ्ट छोड़कर हमने सीढ़ियों से ही आना जाना किया। लगा कि भटके हुए प्रवासी की तरह हम दोनों जैसे किसी अनजान दुनिया में आ गये।

नहा-धोकर नाश्ता करने हम नीचे के रेस्तरां में गये। मेनेजर ने बताया कि नाश्ते का समय ग्यारह बजे तक ही है। अभी बारह बज गये। आप ने देर कर दी। हमने कहा–खाना दे दो, तो जवाब मिला लंच एक बजे शुरू होता है। क्या मुसीबत है? ब्रेकफास्ट के लिए थोड़ी देर हुई और लंच के लिए जल्दी है। पर

भूख तो लगी थी, इसलिए अपने रूम में जाकर, फाइव स्टार होटल में घर से लायी हुई गोड़पापड़ी खायी।

भारत की अलग-अलग 22 भाषाओं के सभी पुरस्कृत लेखकों को यहीं ठहराया गया था, ताकि सब आपस में मिलजुल कर परिचय कर लें। शाम को सबको दिल्ली के प्रसिद्ध फिक्की सभागार में ले जाया गया। सबको मंच पर बैठा कर क्रमानुसार सम्मान किया गया। बढ़िया परिचय पुस्तिका भी प्रकाशित की गयी थी।

वापस होटल में आये। रात सोते समय देखा कि ओढ़ने के लिए कुछ न था। एक कर्मचारी से बताया कि हमारे रूम में ओढ़ने के लिए कुछ नहीं है। उसने कहा–है। मैंने कहा–नहीं है। 'चलो बताता हूँ' कहते हुए उसने कमरे में आकर पलंग से चादर हटायी तो नीचे शानदार कम्बल था। कम्बल तो मिल गया, पर किसी भी तरह से नींद नहीं आ रही थी। लग रहा था जैसे यह गद्दा मुझे निगल जायेगा। उस पर मेरी रात इस तरह गुजरी जैसे पत्ते पर अँगूठा चूसते हुए बाल कृष्ण। नहाने का टब इतना बड़ा था कि लगा इसमें तो जल समाधि ही लग जायेगी। एक तो दिल्ली की ठण्ड, उस पर एयर कंडीशन भी चालू। यहाँ क्या हम बर्फीला मौसम मनाने आये हैं? इस फाइव स्टार होटल का तौर तरीका तो हमसे सँभलेगा नहीं। हमें तो माइनस फाइव स्टार होटल में ही ठहराया होता तो अच्छा था।

दूसरे दिन सुबह रवीन्द्र भवन में सब लेखकों के वक्तव्य थे। मुझे छोड़कर सबने लिखकर लाये हुए भाषण पढ़े। वह भी गजब की खुमारी के साथ। मेरा समग्र व्यक्तित्व चेतनामय हो गया था। श्रोता मेरी वाणी के प्रवाह में बह गये। कई बार तालियाँ बजी और कई बार लोग ठहाका लगाकर हँसे। सबने, पुरस्कृत लेखकों ने भी मेरे भाषण की प्रशंसा की। यदि मैं झूठ बोलूँ तो भगवान ही मुझे देखेगा। मुझे इस बात की खुशी थी कि सब भाषाओं में गुजराती भाषा का वक्तव्य श्रेष्ठ था।

परन्तु मेरी विडम्बना यह है कि मेरी खुशी अधिक देर तक टिकती नहीं। उसके अगले दिन सबको होटल खाली करना था। बंगाली लेखक तो सुबह नौ बजे ही जाने के लिए निकले। पूछा तो बोले–यहाँ का बंगाली समाज मेरा सम्मान करना चाहता है। वे मुझे लेने आये हैं। थोड़ी देर बाद मराठी लेखक भी

बाहर निकले। बताया कि महाराष्ट्र भवन में उनका स्वागत समारोह आयोजित है। इसी तरह लगभग सभी भाषाओं के लेखकों को कोई-न-कोई आकर ले गया। मुझे लेने कोई नहीं आया। तब मेघानी का 'कोई नो लाड़कवायो' (किसी का लाडला') याद आया। किसी की माँ तो किसी की बहन आयी पर मेरा कोई नहीं आया। समय पर देर से ही शायद कोई आये इसी उम्मीद में स्वागत कक्ष में बैठा रहा। लेकिन, जब कोई नहीं आया तो मानो मेरी चेतना लुप्त होने लगी। मैं लड़खड़ाते कदमों से बाहर निकला। मेरे पीछे कान्ता आ रही है या नहीं, देखने के लिए तक रुका नहीं।

जहाँ न पहुँचे फोन तोंद वाला वहाँ पहुँचे मोबाइल मूँछ वाला

गुजराती साहित्य परिषद का सम्मान स्वीकार करने हम अहमदाबाद गये। जोगेश ठाकर के घर ठहरे। हर बुधवार 'दिव्य भास्कर' के मेरे स्तम्भ 'कटार' में 'नदिया गहरी नाव पुरानी' बहुत पहले से प्रकाशित हो रहा था। सम्पादक से मिलने और प्रेस देखने की बहुत इच्छा थी। जोगेश मुझे वहाँ ले गये। यहाँ कुछ भी छोटा नहीं। सब कुछ विराट। विराट एयर कंडीशन, विराट मुद्रण यन्त्र और प्रकाशित होने वाली प्रतियों की संख्या भी विराट।

एक शाम किसी लेखक को मिलने गये। मजेदार बातचीत चल रही थी कि जोगेश का मोबाइल चीखने लगा। मुझे मोबाइल से सख्त नफरत। वह क्या हमें अपना खरीद। हुआ गुलाम समझता है जो कहीं भी शान्ति से बैठने नहीं देता। यह तो कैसा ज़ुल्म। बातचीत में कितना आनन्द आ रहा था कि रंग में भंग पड़ा। एक मनोरम शाम को इस मोबाइल ने खराब कर दिया। अच्छा हुआ कि जोगेश मोबाइल लेकर बाहर चले गये और जल्दी ही वापस आये। वे उत्तेजित थे "वेगड़ जी, दिव्य भास्कर से राही जी का फोन है। बहुत अच्छी खबर है। आपको दिल्ली की साहित्य अकादमी का अवार्ड घोषित हुआ है। डॉ राही आपसे मिलना चाहते हैं।" मेरी खुशी की सीमा न रही। "राही जी ने आपको खूब-खूब अभिनन्दन कहा है। अभी-अभी प्रिंटर पर यह सूचना मिली है। आप यदि यहाँ आ जायें तो यह समाचार आपके इन्टरव्यू और फोटो के साथ प्रकाशित कर सके।"

ज्योत से ज्योत जले की तरह यह तो एक पुरस्कार से दूसरे पुरस्कार की ज्योत जली। कहते भी है न "Awards bring awards"। पहली बार मोबाइल

मुझे इतना मीठा लगा। उसने इस शाम को और रमणीय बना दिया। उसके कहे अनुसार अचानक मैं गुजराती साहित्य का महत्त्वपूर्ण लेखक बन गया। यह मोबाइल तो जैसे वसन्त का हर्षोल्लास लेकर आया।

दिव्य भास्कर की वृन्दा बहन का आनन्द हमारे आनन्द से जरा भी कम न था। फोटो और इंटरव्यू ले लिए गये। बाद में हम श्रवण गर्ग से मिलने गये। वे यहाँ के मुख्य अधिकारी थे। किसी ने उनसे कहा–वेगड़ जी जबलपुर में रहते हैं। यह खबर 'दैनिक भास्कर' में आनी चाहिए। बल्कि मध्य प्रदेश के सभी संस्करणों में आना चाहिए। अगले ही दिन जिस सुन्दर तरीके से फोटो और इंटरव्यू के साथ समाचार प्रकाशित हुए, देखकर मन प्रसन्न हो गया।

इसके बाद गुजराती साहित्य परिषद की बैठक में शामिल होने के लिए वल्लभ विद्यानगर पहुँचे। वहाँ का भव्य ऑडिटोरियम खचाखच भरा था। उद्घाटन सत्र में ही सभी पुरस्कृत लेखकों को सम्मानित किया जाना था। प्रारम्भिक भाषणों के बाद पुरस्कार वितरण का कार्यक्रम शुरू हो गया। लेखकों को कोई वक्तव्य नहीं देना था। पुरस्कार लेकर चुपचाप चले जाना था। मुझे लगा, अकादमी का अवॉर्ड तो दिल्ली में मिला था, वहाँ गुजराती के श्रोता कितने थे? यदि इतनी बड़ी संख्या में गुजराती श्रोताओं के समक्ष एक मिनट भी बोलने मिले तो कितना अच्छा होता। इसलिए जब मेरी बारी आयी, मैंने केवल एक मिनट बोलने की अनुमति माँगी। अनुमति मिलते ही मैं काँपती आवाज में बोला–

"वर्षा ऋतु के आकाश में कभी दो इन्द्रधनुष एक साथ देखे हैं? एक छोटा एक बड़ा। मेरे साहित्य के आकाश में आज दो इन्द्रधनुष एक साथ दिखाई दे रहे हैं। परिषद का छोटा और अकादमी का बड़ा इन्द्रधनुष। छोटे का नाम है–थोड़ा सोना थोड़ा रूपा और बड़े का नाम है–सौन्दर्य की नदी नर्मदा। यह बहुआयामी है। जीवन में सोना-रूपा चाहे जितना जरूरी हो, सर्वोच्च स्थान पर तो सौन्दर्य ही हो सकता है। हमारा जीवन मूल्य 'सत्यम शिवम सुन्दरम' है 'सत्यम शिवम सुवर्णम' नहीं। उपासना तो सौन्दर्य की होती है और मैं यह भी जानता हूँ कि इन्द्रधनुष कितना भी मोहक क्यों न हो। थोड़ी देर के लिए होता है। अन्ततः आकाश में विलीन हो जाता है। पुरस्कार और सम्मान भी चाहे जितने आकर्षक क्यों न हों उनकी चमक भी इन्द्रधनुष की तरह स्थायी

नहीं होती। अन्त में तो लेखक का सृजन ही शेष रहता है। अब एक राज की बात कह दूँ। जब खबर मिली कि मुझे अकादमी से पचास हजार का पुरस्कार मिल रहा है तब लगा कि मैं अचानक गिलहरी से सिंह बन गया हूँ, परन्तु जब कान्ता ने कहा कि इसमें से आधा हिस्सा मेरा है क्योंकि मैं आपकी अर्धांगिनी हूँ। आपके साथ मैंने भी पदयात्रा की है तो मैं फिर सिंह से गिलहरी बन गया।

लोग बहुत हँसे। अनेक अभिनन्दन मिले। उनको मेरा भाषण 'परिषद के कमलपत्र पर झरता जलबिन्दु' सा लगा। अगले दिन मोबाइल फिर सक्रिय हो गया। जबलपुर से फोन था–"बापूजी, यहाँ के दैनिक भास्कर के प्रथम पृष्ठ पर फोटो के साथ खबर आयी है, बॉक्स में।"

पिछले तीन दिनों से मेरे विचारों में जबरदस्त परिवर्तन आया है। यह मोबाइल जो मुझे शैतान जैसा लगता था, अब सन्त समान लगने लगा। मेरी नजर में उसका महत्त्व खूब बढ़ गया था। मैंने उसे सीने से लगाया और घर आकर लिखा–"फोन दो प्रकार के होते हैं–चल और अचल, अचल फोन तो घर की देहरी भी नहीं लाँघ सकता। चल फोन तो पूरी दुनिया में घूमता-फिरता है। वह जहाँ-तहाँ, चौरे-चौबारे, घर में, चलते वाहन में सब जगह इच्छानुसार विहार करता है। उसकी आवाज सर्वत्र सुनायी देती है! अचल फोन है गल्ले पर बैठा सेठ मोबाइल फोन तो है बँजारा। जहाँ न पहुँचे यह फोन तोंदवाला वहाँ पहुँचे यह मोबाइल मूँछवाला। अपनी अनुकूलता के अनुसार मनुष्य अपनी धारणाएँ कितनी आसानी से बदल लेता है।

बहरों, जागो! आरक्षण माँगों!

हमारे प्राचीन ग्रन्थों-रामायण, महाभारत, भागवत में तरह-तरह के पात्र हैं। काने अन्धे, लंगड़े, कुबड़े शिखण्डी और वृहन्नालय भी हैं, किन्तु एक भी बहरा नहीं हैं। महाभारत में कर्ण तो गीता में विकर्ण है। रामायण में कुम्भकर्ण और पंचतन्त्र में लम्बकर्ण है, परन्तु कहीं भी मन्दकर्ण नहीं है। यह तो ठीक नहीं। क्या इतने बड़े रचनाकारों का ध्यान बहरों की ओर नहीं गया। जहाँ न पहुँचे रवि वहाँ पहुँचे कवि! क्या ऐसे कवियों–महाकवियों का ध्यान बहरे तक नहीं पहुँचा होगा? यह केवल अपने देश के साहित्य की बात नहीं है, शेक्सपियर को ही लीजिए। उसके विशाल पात्र सृष्टि में भी बहरों को स्थान नहीं मिला। अर्थात् विश्वसाहित्य में जानबूझकर बहरों की उपेक्षा की गयी है।

दुर्भाग्य से आज भी यही हो रहा है। जिनका 'देखया नो देश' चला जा चुका है उस सूरदास के सम्बन्ध में भानुप्रसाद पंड्या ने सुन्दर काव्य लिखा था परन्तु जिनके 'आवाज के वैभव की दुनिया' छिन गयी हो उन बधिरों के लिए एक हाइकु तक नहीं लिखा। इससे पता चलता है कि संवेदनशील कहलाने वाले कवि बहरों के लिए आज भी अस्पृश्य हैं। उन्हें देखकर भी कवियों की क़लम आज भी चलती नहीं।

इतने दिनों से यह अन्याय चल रहा है, अब नहीं चलेगा। बहरों को मिलकर साहित्य में आरक्षण की माँग करनी चाहिए। उन्हें दस प्रतिशत आरक्षण मिलना ही चाहिए। कोई भी रचनाकार चाहे वह कवि हो या कथाकार या नाटककार के लिए दस प्रतिशत बहरे पात्रों का सृजन अनिवार्य रहेगा। केवल साहित्य तक ही नहीं सरकारी नौकरियों में, चुनाव तथा अन्य क्षेत्रों में भी आरक्षण की माँग करेंगे। आगे चलकर यह नियम प्राइवेट कम्पनियों पर भी लागू होगा।

यदि वे यह आन्दोलन छेड़ते हैं तो विदेशों से भी व्यापक समर्थन मिलेगा। बहरे तो सब जगह होते हैं। उन्हें आरक्षण मिलने से साहित्य, समाज, देश और अन्त में विश्व का कल्याण होगा। युद्ध समाप्त हो जायेंगे। फिर एक अहिंसक विश्व का आविर्भाव होगा क्योंकि बहरे प्राय: अच्छे और सज्जन होते हैं। मुझे आज तक एक भी ऐसा इन्सान नहीं मिल जो बहरा हो और अच्छा न हो। सोचता हूँ भगवान ने चुन-चुन कर अच्छे इंसानों को ही तो बहरा तो नहीं बनाया होगा क्योंकि इस दुनिया की कितनी गन्दगी इनके कानों में जाती ही नहीं। वे न बुरा सुनेंगे, न बुरा बोलेंगे और न ही बुरा करेंगे। (पति-पत्नी में से यदि कोई एक बहरा हो तो दाम्पत्य कितना सुखमय और मधुर होगा।) परन्तु अन्धों के विषय में ऐसा नहीं कहा जा सकता। अन्धे चतुर या चालाक हो सकते हैं। धृतराष्ट्र था न? वह ऊपर से तो धर्मात्मा होने का दिखावा करता, लेकिन अन्दर से पाण्डवों का बुरा ही चाहता था। उसके पुत्र मोह के कारण ही तो दुर्योधन को इतना प्रोत्साहन मिला। भीम को मिलने के बहाने वह भीम को मार डालना ही चाहता था। एक भी बहरे ने क्या ऐसा कपट कर्म किया है?

मेरा मानना है कि कैकेई या शूर्पणखा बहरी होती तो राम को वन नहीं जाना पड़ता। राम-रावण युद्ध न होता। यदि शूर्पणखा बहरी होती तो वह राम और लक्ष्मण पर मोहित जरूर होती, किन्तु यह सोचकर कि इतने सुन्दर पुरुष मुझ जैसी बहरी के साथ क्यों शादी करेंगे, विवाह का प्रस्ताव रखने का साहस कभी करती? इस तरह उसके कान-नाक भी न कटे होते और राम-रावण युद्ध में लाखों सर न कटे होते। यदि कैकेई बहरी होती तो उसने मंथरा की बात ही न सुनी होती। तब उनका वार्तालाप कुछ इस तरह होता–

मंथरा–कल राम राजा बनेंगे।

कैकेई–कल बाजे बजेंगे।

मंथरा–नहीं, कल राम को राजगद्दी मिलेगी।

कैकेई–फाँसी मिलेगी? किसे? तुम्हें?

अब इस बहरी के साथ कौन दिमागपच्ची करे, ऐसा सोचकर मंथरा बात ही छोड़ देती और राम को वनवास न मिलता। हमारे अधिकांश सिनेमा और धारावाहिक ऐसे ही खलनायकों-खलनायिकाओं से भरे पड़े हैं जो छुपकर किसी की बातें सुनते हैं, फिर उनका सत्यानास करने तत्पर हो जाते हैं। यदि वे बहरे होते तो परपीड़ा में आनन्द लेने की बात उनके मन में कभी न आती।

यहाँ एक सवाल उठता है कि जिन बहरों ने कान में कर्णिका (हियरिंग एड) लगायी है, उनको आरक्षण का लाभ मिलना चाहिए या नहीं? आज कितने ही दलित जो सुशिक्षित और धनवान हैं, फिर भी उन्हें आरक्षण का लाभ मिलता है, तो फिर इन बधिरों को भी मिलना चाहिए या नहीं? मन्दकर्णो! जागो, सदियों से तुम्हारे साथ अन्याय हो रहा है। अब तो जागो। आरक्षण के लिए कमर कसो और लेकर ही छोड़ो।

मोतिया निकलवाया

पहले एक और फिर दूसरी आँख में मोतियाबिन्द हुआ। हमारे देश में अतिथि सत्कार की भावना प्रबल रही है, इसलिए मैंने मोतिया से कहा—आये हो तो रहो, परन्तु आपके स्वागत में "आज नयी घड़ी ते रणीयामणी के मोतियों आवयो मारी आँख माँ" (आज की घड़ी सुहानी कि मोतिया आया मेरी आँख में) जैसा कोई गीत नहीं गा सकूँगा, बल्कि जब आप जाओगे तब जरूर ऐसा कह सकूँगा। कितनों के आने से तो उनके जाने की खुशी होती है।

मोतिया को लगभग दस वर्ष रहने दिया। फिर लगा कि अब इसे विदा कर देना चाहिए। इस तरह एक आँख का मोतिया निकलवाया। अस्पताल में क्या हुआ, ऑपरेशन थियेटर में सर्जन ने किस तरह 'मोतिया नाग का शीश काटा', नेता के डोरी खींचते ही जिस तरह झण्डा खुल जाता है उसी तरह बारीक छिद्र से भीतर जाकर लेंस कैसे खुल गया आदि क्रियाओं का 'आँखों देखा हाल' तो नहीं कह सकूँगा क्योंकि यह सब क्रियाएँ आँख में ही हो रही थी। सो अस्पताल और वहाँ प्राप्त सुविधाओं की चर्चा न करके उसके बाद की बात करता हूँ।

एक महीने के लिए आँखों पर काला चश्मा चढ़ गया। पढ़ना-लिखना लगभग बन्द हो गया। जिस प्रकार संजय बोलता और धृतराष्ट्र सुनता उसी तरह कान्ता पढ़ती मैं सुनता। वैसे मैं इस समय पार्ट टाइम धृतराष्ट्र हूँ। डॉक्टर ने चलने-फिरने से मना नहीं किया था फिर भी मैं नौ दिन तक सुबह घूमने नहीं गया। दसवें दिन सैर पर निकला। सामने से एक परिचित आते दिखे। लगा कि आँखों पर काले चश्मे देख जरूर पूछेंगे—आँख का ऑपरेशन करवाया है क्या? तब मैं उनको आज से लेकर दस वर्ष पहले मोतिया होने से मोतिया निकलवाने तक की पूरी बातें विस्तार से बताऊँगा, लेकिन वे तो "नमस्कार,

मजा माँ" कहकर आगे निकल गये। ऐसा ही अन्य दो और लोगों ने भी किया। मैंने मोतिया निकलवाया है और कोई इस विषय पर सुनने को ही तैयार नहीं। तभी एक वृद्ध आते दिखे। लाठी लिए खुले पैर चलते हुए। कमर झुक कर दोहरी हो गयी है। प्राकृतिक चिकित्सा के समर्थक और प्रचारक हैं। मुझे देखते तो कितनी ही बातें करते। आरम्भ में तो झुक कर दोहरे होते हैं और बात खत्म होने तक सतन कर सीधे हो जाते। नया वाक्य शुरू करते ही फिर कमान हो जाते और पूरा होते ही तीर से हो जाते। मुझे देखकर बोले–क्यों, मोतिया निकलवाया है क्या?

दिल को तस्सली मिली। आशा की किरण जागी। इनको पूरी बात बताऊँगा। बोला–"हाँ, दाहिनी आँख में मोतिया निकलवाया है। शुरुआत दस वर्ष..." "देखो सिनेमा! देखो टीवी! करो जागरण! आँखों पर अत्याचार करोगे तो मोतियाबिन्द नहीं तो क्या होगा? आपकी उम्र कितनी है?"

"77 वाँ चल रहा है" मैंने कहा " ।

"मैं 80 पार कर चुका हूँ। मुझे मोतिया नहीं है और होगा भी नहीं। चश्मा भी नहीं लगता। दवा की एक गोली नहीं खायी। तली हुई चीजों को छूता नहीं। आरोग्य के नियमों का पालन करो वरना बुरे हाल होंगे। कहकर तिरस्कार से मुस्काराते हुए चले गये। कहाँ तो मैं सहानुभूति के दो बोल की आशा कर रहा था और कहाँ मिली ये भर्त्सना।

थोड़ी देर में दूसरे वृद्ध मिले। वे कुछ पूछे इसके पहले ही मैंने बताया कि एक आँख में मोतिया निकलवाया है, इसलिए यह काला चश्मा पहना है। उन्होंने कहा–मैंने तो दोनों आँखों में एक साथ मोतिया निकलवाया है पर इसके लिए सिंह जैसा कलेज़ा चाहिए सिंह जैसा। इतना कहकर वे भी चले गये। एक की नजर में मैं अपराधी था और दूसरे की नजर में कायर।

इसी तरह यदि कोई मेरी बात नहीं सुनेगा तो मैं बेचैनी से मर जाऊँगा। इतने में एक मित्र दिखा। यह जरूर मेरी बात सुनेगा। लेकिन, वह तो बायीं ओर मुड़ गया। मैं बिल्कुल निराश हो गया। तभी मेरा पुराना विद्यार्थी आता दिखा। मुझे तो माँ माँगी मुराद जैसी खुशी हुई। इसे किसी भी तरह छूटने नहीं दूंगा। पास आने पर उसने नमस्ते करते हुए पूछा–यह काला चश्मा क्यों? मोतिया निकलवाया है क्या? मैं तुरन्त शुरू हो गया–"आज से दस वर्ष पहले एक

आँख में मोतियाबिन्द हो गया। फिर दूसरी आँख में भी हो गया। आजकल गली के मोतिया को निकालने से सरल आँख का मोतिया निकालना है। कुछ ही घण्टों में आपको अस्पताल से छुट्टी मिल जाती है। विज्ञान ने क्या प्रगति की है। सब मिलाकर पन्द्रह हजार..."

देखा तो सामने कोई न था। मैं बेकार ही हवा में तलवार चला रहा था! हे भगवान! मैं बताना चाहता हूँ पर कोई सुनने को ही तैयार नहीं। सुनने के बदले सुना कर चले जाते हैं। लोगों का ऐसा हृदयहीन व्यवहार देख कर मेरा तो मोतिया मर ही गया। ऐसा क्लेश तो ऑपरेशन थियेटर में भी नहीं हुआ था। ऐसी भूल दोबारा नहीं करूँगा। जब तक काम-से-काम सौ लोग सामने आकर अनुरोध नहीं करेंगे कि हम ऑपरेशन का विस्तृत वर्णन सुनने के लिए वचनबद्ध हैं तब तक मैं दूसरी आँख के मोतियाबिन्द का ऑपरेशन नहीं करवाऊँगा! बल्कि अब तो मुझे दोगुने श्रोताओं की व्यवस्था करनी होगी–अभी जो ऑपरेशन हुआ और जो भविष्य में होने वाला है। पहली बैच के श्रोताओं! मैं अपनी उधारी वसूल करके रहूँगा।

अपना चेहरा तो डुप्लेक्स

जहाँ प्रेम वहाँ सौन्दर्य, लेकिन प्रेम न हो तो? क्या वहाँ सौन्दर्य नहीं हो सकता? मान लीजिए, आपने किसी को पहली बार देखा और सहसा आपके मुँह से निकल जाये–कितना सुन्दर चेहरा। आपका उससे कोई परिचय नहीं तो प्रेम होने का सवाल ही नहीं। इसके बावजूद आप उसके सौन्दर्य में डूब जाते हैं इसका कारण यह है कि सौन्दर्य व्यक्तिगत नहीं वस्तुगत होता है। यह सुन्दरता व्यक्ति की आँखों में रहने वाला सौन्दर्य नहीं, यह उसकी पसन्द-नापसन्द पर निर्भर रहने वाला सौन्दर्य भी नहीं। वह स्वयं ही सुन्दर है। शकुन्तला मात्र दुष्यन्त को ही सुन्दर नहीं लगी थी, सबको सुन्दर लगी थी। राम जब स्वयंवर मंडप में जा रहे थे तब कितनी ही विवाहित स्त्रियाँ भी आह भर रही थी कि हाय! राम जैसे सुन्दर पति को पाने का अवसर हम खो चुके। हर युग में, हमारे युग में भी ऐसे कितने चेहरे होते हैं जो सबको सुन्दर लगते हैं। इसी तरह कितने बदसूरत चेहरे ऐसे भी होते हैं जिनको देखकर कष्ट होता है।

जीवन में कितने सवालों के सन्तुष्ट करने वाले जवाब नहीं मिलते हैं। और इस प्रश्न का पूरा का पूरा उत्तर तो कभी नहीं मिलेगा। सौन्दर्यशास्त्रियों के पास भी इसका आधा-अधूरा जवाब है। वे तो रंग, रूप, आकार, प्रमाण आदि की बातें करते हैं। चपटी नाक की बजाय नुकीली नाक, छोटी आँखों की जगह बड़ी-बड़ी आँखें, मोटे होठों के स्थान पर पतले होंठ, टेढ़े-मेढ़े दाँतों की बजाये अनार के दानों जैसे दाँत अधिक सुन्दर लगते। स्त्रियों में लज्जा भी उसके सौन्दर्य को बढ़ाती है। किसी का रूप-रंग आकर्षित करता है, किसी में गजब मोहिनी दिखती है, किसी का धीमा मंजुल स्वर स्पर्श कर जाता है तो किसी में आकर्षण कहाँ है यही नहीं समझ में आता फिर भी हम बिना आकर्षित हुए

नहीं रहते। रंग जो गोरा हुआ तो कहना ही क्या। साँवली भी सुन्दर पर सुन्दर यदि गोरी हो तो सोने पे सुहागा।

मुझे लगता है एक महत्त्वपूर्ण मुद्दे पर तो किसी का ध्यान ही नहीं गया और वह है चेहरे के उत्तरार्ध तथा दक्षिणार्थ के बीच का सामंजस्य। अपना चेहरा जैसा बायीं ओर वैसा ही दाहिनी ओर। इसलिए पूर्वार्ध और पश्चिमार्ध के बीच सामंजस्य का प्रश्न ही नहीं उठता। सवाल ऊपर का अर्ध और नीचे के अर्ध के बीच सुमेल का है। यदि यह सुमेल है तो चेहरा सुन्दर, वरना बेडोल। एक प्रयोग आप खुद करके देख सकते हैं। चेहरे का जो भाग बेडोल लगता हो उसे आधा ढक दो और फिर खुले आधे भाग को देखें। हो सकता है वह आपको सुन्दर लगे। दोनों हिस्से एक साथ देखें तो असुन्दर। इसका कारण यह है कि दोनों हिस्से टीम-स्प्रिट की भावना से काम नहीं कर रहे। जहाँ परस्पर सहयोग न हो वहाँ सामंजस्य स्थापित नहीं होता, वहाँ रूप बेडोल होता है। ऊपर का आधा 'अ' का और नीचे का आधा 'ब' का। विधाता जहाँ ऐसा घोटाला करता है वहाँ 'अ' और 'ब' दोनों के चेहरे बिगड़ेंगे ही। अपने आप में कमल भी सुन्दर और गुलाब भी सुन्दर पर यदि किसी फूल की आधी पँखुड़ी कमल की और आधी पँखुड़ी गुलाब की हो तो वह फूल कितना बेहूदा लगेगा। अपना चेहरा यदि दो अलग-अलग छावनी में बँट जाये तो उसकी सुन्दरता खत्म हो जाती है। जहाँ एकता वहाँ सौन्दर्य।

अपना चेहरा है प्रकृति का डुप्लेक्स–दो मंजिला मकान। ठुड्डी से लेकर नाक तक एक मंजिल और उसके ऊपर का भाग दूसरी मंजिल। पुरुषों में मूँछें दोनों के बीच विभाजन रेखा का काम करती है। ऊपर के माले को नीचे के माले के अनुरूप न बाँधे तो मकान कितना बेढँगा दिखेगा। मकान बाँधना भी अपने हाथ में है। सावधानी रखते हुए इस तरह बनायें कि दोनों मंजिलें एक-दूसरे को शोभित करें, परन्तु चेहरे का बाँधकाम अपने हाथ में नहीं। उसकी खामियों को भी दूर नहीं कर सकते। जैसा भी चेहरा मिला है स्वीकारना ही होगा। प्लास्टिक सर्जरी और ब्यूटी पार्लर बेडोल चेहरे को कम बेडोल कर सकती है, सुन्दर नहीं। सच पूछा जाए तो ब्यूटी पार्लर का नाम होना चाहिए–अगलिनेस रिड्यूसिंग पार्लर। ब्यूटी कोई फरमाइशी माल नहीं कि ऑर्डर दो और मिल जाये। ब्यूटी पार्लर में से निकलते सौन्दर्य को देखकर हमें तुरन्त

समझ में आ जाता है कि यह सौन्दर्य का स्वांग है। ऊपर और नीचे के अर्ध-मुखों में सामंजस्य होगा दोनों की लय एक होगी तो चेहरा सुन्दर लगेगा, किन्तु सच में सुन्दर चेहरे के लिए सामंजस्य भी पर्याप्त नहीं है। उसके लिए और 'कुछ' चाहिए। यह 'कुछ' क्या है यह हमेशा रहस्य रहेगा।

संसद के सामने जूतों की दुकान

बचपन में मुझे सैंडिल का बहुत शौक़ था। तब हमारी आर्थिक स्थिति अच्छी न थी पर बेटे का मन रखने के लिए पिता ने सैंडल खरीद दी। मैं बहुत खुश। बड़े रुवाब से चलता। जरूरत न होने पर भी दूसरों को दिखाने के लिए पहनता। अभी एक सप्ताह भी न हुआ था, एक बार मन्दिर जाना हुआ। मन्दिर से बाहर आने पर देखा सैंडल गायब। बहुत ढूँढ़ा पर नहीं मिले तो नहीं मिले।

सैंडल खोने का दुख, पिता के क्रोध का भय और अब क्या होगा इसकी चिन्ता। इस तरह त्रिविध ताप झेलते हुए घर पहुँचा। पिताजी ने कितनी मुश्किल से सैंडल खरीदे थे, इसका अनुमान था मुझे। पिता बहुत नाराज हुए...फिर सस्ती चप्पल से काम चलाया। इसके बाद साल दो साल तक मुझे एक सपना जरूर आता–जूते बाहर उतार कर मैं मन्दिर गया हूँ और लौटने पर जूते गायब। घबराकर जाग जाता फिर निश्चिंत हो जाता कि यह तो सपना था।

दूसरी बार राजमहेंदरी में चप्पल चोरी हो गई। दस वर्ष पहले वहाँ आर्टिस्ट कैंप में जाना हुआ। मन्दिर के बरामदे में सभी कलाकार चित्र बनाते थे। मैं चप्पल बाहर उतारकर चित्र बनाता। तीसरे दिन मेरी चप्पल नहीं दिखी। पहले के जो सपने आना बन्द हुए थे वो फिर आने लगे। वास्तविक जीवन में जूते चप्पल दो बार ही चोरी हुए पर सपनों में न जाने कितनी बार।

मन्दिरों और अन्य सार्वजनिक स्थलों पर होने वाली चोरियाँ दो प्रकार की होती हैं। एक-जूते-चप्पल गायब ही हो जाते हैं और दूसरी-अदला-बदली हो जाती है। आने के बाद आपको पता चलता है कि आपके नये बढ़िया जूते चले गये, उसकी जगह लगभग उसी नाप और डिजाइन के पुराने जूते पड़े हैं। प्रथम पुरस्कार कोई और ले गया पर आपको निराश नहीं किया और

सांत्वना पुरस्कार आपके लिए छोड़ दिया। बहुराष्ट्रीय कम्पनियाँ कहती हैं न कि अपना पुराना स्कूटर ले आइए और नया ले जाइए। इस तरह कितने लोगों ने मन्दिर को भी कहते सुना है कि पुराने जूते ले आइये और मनपसन्द नये जूते ले जाइए।

प्राचीन काल से जूते हथियारों के रूप में भी उपयोग में आते रहें हैं। पैरों में धारण करने वाले जूते जब हाथ में आ जाये तो वह हथियार बन जाता है। अब जूतों के साम्राज्य का विस्तार हुआ है और वह संसद तक जा पहुँचे हैं। वहाँ भी जूतेबाजी होती है। जो बात तर्क से सिद्ध नहीं होती वह जूतों से होती है। जूते तर्क से आगे की चीज है, पुराने ग्रन्थों में लिखा है कि युद्ध के मैदान में दोनों पक्षों की ओर से इतने तीर चले कि पूरा आकाश तीरों से भर गया और सूरज भी ढक गया। युद्धभूमि के स्थान पर संसद भूमि तथा तीरों के स्थान पर जूते रखे तो वर्णन आज भी प्रासंगिक लगेगा। नये सांसदों के लिए जूते फेंकने का प्रशिक्षण शिविर की योजना बनाई जा सकती है। प्रशिक्षण के अन्त में वे इतने दक्ष हो जायेंगे कि जिस प्रकार अर्जुन को पक्षी की आँख के सिवाय कुछ नहीं दिखता था उसी प्रकार उनको भी विरोधी सांसदों के सर के अतिरिक्त कुछ न दिखे और यदि जूता माथे के बीचोंबीच पड़े तथा माथे से खून की धार बहने लगे, फिर तो क्या बात है! जब घायल सांसदों को स्ट्रेचर पर अस्पताल ले जाये तब बाहर गायकवृन्द समवेत स्वर में गाएँ–रक्त टपकती सो सो झोड़ी समरांगन थी आवे..." (क्रान्तिवीरों के लिए समर्पित जवेरचन्द मेघाणी का एक देश भक्ति गीत)।

संसद भवन ही आज की समरभूमि। पूरे वर्ष में जिसने सबसे अधिक जूते फेंके हो उस माननीय सदस्य को 'जूता श्री' की उपाधि से विभूषित किया जाए। वर्ष भर में जितने भी जूते जमा हुए हों उनको आर्ट गेलेरी में प्रदर्शित किया जाए। जो जूता सबसे अधिक खूनी साबित हो उस पर डाक टिकट भी जारी किया जा सकता है। समाजसेवी संस्थाएँ पुराने बेकार जूते (जोड़ी होना जरूरी नहीं, एक भी होगा तो चलेगा) संसद को भेंट स्वरूप भेजती रहे तो संसद सदस्य उनके आभारी होंगे।

मुझे इस बात का बहुत आश्चर्य होता है कि अभी तक संसद भवंन या विधान सभा के सामने जूतों की दुकान किसी ने क्यों नहीं खोली। उसमें तो

रिडक्शन सेल भी चलेगा। कौन-सा हमारे लिए है, यह तो विरोधियों के लिए है। दूसरा इसके रंग, आकार और साइज भी देखने की जरूरत नहीं। सभी स्वीकार। हाँ, तलवे में छोटी-छोटी कीलियों वाले जूते जो खिलाड़ी पहनते हैं, उनकी माँग सबसे अधिक रहेगी।

रामायणकालीन 'पादुका संस्कृति' की जगह लोकतन्त्र की यह जूता संस्कृति आयी। कितनी प्रगति की हमने। देख रहा हूँ मेरा लेखन एक पक्षीय हो गया है। इसलिए अब बन्द कर रहा हूँ एक सत्य घटना के साथ समापन।

जबलपुर और इटारसी के बीच गाडरवारा नामक गाँव आता है। वहाँ दो भाई मिलकर रहते थे। दुर्भाग्य से जमीन को लेकर दोनों में विवाद हो गया। 5-7 एकड़ जमीन थी। मामला कोर्ट में पहुँचा। मजे की बात कि दोनों भी साथ ही कोर्ट जाते। बड़ा भी बाहर चबूतरे पर पेड़ की छाँव में बैठता और छोटा पता लगाकर आता कि हमारा नम्बर कब आयेगा। एक बार छोटा भी जूते उतार कर गया। उसको वापस आने में देर हुई। आकर देखा तो जूते नहीं दिखे। बड़े भाई से पुछा तो बताया कि उस पर धूप आ गयी थी, इसलिए उठाकर यहाँ छाँव में रख दिये।

यह सुनते ही वह बड़े भाई के गले लग गया। उसे लगा कि जिसे मेरे जूतों की इतनी चिन्ता है उसे मेरी कितनी चिन्ता होगी? मैं कितना नादान हूँ जो ऐसे भाई से झगड़ा कर रहा हूँ। बस, मुकदमा वहीं खत्म हो गया। ऐसे भाई बहुत कम होंगे, किन्तु ऐसे जूते भी कहाँ देखने मिलते हैं।

पाँच साल के लिए एक प्रान्त किराये से देना है

उत्तर प्रदेश में चुनाव की जंग खत्म हुयी। 45% लोगों ने वोट दिये वह भी कितने रोड शो, रैली, सभाओं के बाद। मतदाताओं के आगे झोली फैलाने के बाद। यह सब नहीं किया होता तो मतदान का प्रतिशत क्या होता? शायद 25%। एक यक्ष प्रश्न हमारे सामने खड़ा होता है कि मतदाता वोट देने से विमुख क्यों हो रहे हैं?

उत्तर स्पष्ट है। बकरे के सामने सात-आठ छुरे रखकर उससे पूछा जाये कि बताओ किस छुरे से तुम्हारा क़त्ल किया जाये, तो वह क्या कहेगा? हमारे वर्तमान लोकतन्त्र की स्थिति भी कुछ ऐसी ही नहीं है? वोट डालने जाना यानी अपने क़त्ल के लिए छुरा पसन्द करने जाना। अब भला पसन्द करने जैसा भी क्या है? जैसे साँपनाथ वैसे नागनाथ। एक कहानी है–एक क्रोधित साँड ने चरवाहे पर हमला कर दिया। चरवाहा दौड़कर एक गड्ढे में कूद गया। जब बाहर निकला तो उसने फिर हमला करना चाहा। चरवाहा फिर से गड्ढे में छुप गया। ऐसा दस-बारह बार हुआ। किसी ने चरवाहे से कहा–तुम कुछ देर के लिए गड्ढे में ही क्यों नहीं रहते? चरवाहे ने जवाब दिया–गड्ढे में रीछ है!!

लोकतन्त्र के लिए दो चीजें जरूरी हैं–नैतिकता और शिक्षा। हमारे यहाँ दोनों नहीं है। हमारा लोकतन्त्र समय से पहले अवतरित सिजेरियन लोकतन्त्र है, इसलिए वह इतना दब्बू और रोगी सा है। चुनाव यानी देश की तिजोरी पर कब्जा करने की लड़ाई। लोकहित और राष्ट्रहित को भुलाकर व्यक्तिगत स्वार्थ का बोलबाला। इसी कारण भ्रष्टाचार दावानल की तरह फैल रहा है। भ्रष्टाचार के फुहारे अनिश्चित स्थानों से फूट रहे हैं। अधिकारों का दुरुपयोग सामान्य बात हो गयी है। चुनाव भ्रष्टाचार और जातिवाद की जननी

है। बिना पैसों के चुनाव नहीं लड़ा जा सकता। आज यदि विनोबा जी चुनाव में खड़े हों तो उनकी जमानत जब्त हो जायेगी, दूसरी ओर बाहुबली जेल के पीछे रहकर भी चुनाव जीत जायेंगे। संसद में लगभग पचास चर्चित गुनहगार हैं। पुलिस की फाइलों में दर्ज हिस्ट्रीशिटर हैं। चुनाव जीतते ही रहस्यभरी आवाज सुनाई देती है–ए भाई! बहुत मुश्किल से चुनाव जीता जाता है। जीतने के बाद भी मन्त्री की कुर्सी तक पहुँचना और कठिन है। यदि मन्त्री बन भी गया तो हे चुनावपुत्र! दोनों हाथ से धन जमा करने में बिल्कुल आलस नहीं करना। तुम्हारी कुर्सी कभी भी गिर सकती है, इसलिए हे चुनाव नन्दन! जल्दी से जल्दी अपनी तिजोरी छलका लो। मतदाता की जरा भी चिन्ता न करना। मतदान के दिन वह दुधारू गाय, बाद में आवारा पशु। बाहुबलियों को चुनाव के पँजे से छुड़ाना असम्भव है। अब कोई दूसरा उपाय देखना होगा। रिश्वत की बड़ी कमाई वाले सरकारी पद सरेआम बिकते हैं। थानेदार का पद चाहिए तो बहुत बड़ी कीमत (रिश्वत) चुकानी होगी क्योंकि वहाँ कमाई भी बड़ी है। यही हाल अन्य सरकारी पदों का भी है। सुना है कि जो उम्मीदवार पचास लाख से लेकर एक करोड़ रुपये तक की रकम पार्टी के फँड को देगा उसे ही टिकट मिलेगी। यदि थाने बिक सकते हैं, सरकारी पद बिक सकते हैं, सांसदों की टिकट बिक सकती है तो प्रदेश क्यों नहीं बिक सकता? जरा इस दृश्य की कल्पना करके देखिए–

लोक सभा परिसर में गांधी जी की प्रतिमा के सामने प्रमुख राजनीतिक दल के प्रतिनिधि एकत्रित हुए हैं। प्रारम्भिक औपचारिकता के बाद प्रधानमन्त्री घोषणा करते हैं–"आप सब जानते हैं कि अमुक प्रदेश की विधान सभा का कार्यकाल समाप्त होने वाला है। फिर से चुनाव न कराते हुए उस प्रदेश को पाँच साल के लिए किराये पर देने का निर्णय हुआ है। बोली लगाने के लिए दल आगे आयें"।

दल नम्बर 1-400 करोड़ रुपये प्रति माह

दल नम्बर 2-425 करोड़ रुपये प्रति माह

दल नम्बर 3-455 करोड़...

दल नम्बर 4-प्रधानमन्त्री जी, प्रति माह दी जाने वाली रकम में काला धन चलेगा?

प्रधानमन्त्री–बिल्कुल चलेगा। इससे तो देश का काला धन बाहर आयेगा।

दल नम्बर 4-ठीक 500 करोड़ रुपये प्रति माह।

प्रधानमन्त्री-500 करोड़ एक, 500 करोड़ दो, 500 करोड़ तीन! अगले पाँच वर्ष के लिए इस प्रदेश में अमुक दल का शासन रहेगा। कोई चुनाव नहीं होगा, कोई कोई विधान सभा नहीं, कोई विपक्ष नहीं। इस व्यवस्था में केवल लोक सभा के चुनाव होंगे, प्रदेशों की नीलामी होगी। जाइए, विजयी भव:। मेरी शुभकामनाएँ। चुनाव का कितना शानदार विकल्प!!

आज यह बात हास्यास्पद लगेगी, लेकिन अपना देश जिस दिशा में जा रहा है उसे देखते हुए तो लगता है कि चालीस-पचास साल बाद यही होना है। साफ-सुथरी छवि वाले नेता बीते युग की दास्तान हो गये हैं। जनता ने जिसे अपने कष्ट निवारण के लिए चुना था वे ही जनता को सबसे अधिक कष्ट देने वाले हो गये। यूँ तो अधिकांश संसद सदस्य स्वच्छ छवि रखते हैं, परन्तु जैसे एक सड़ी मछली पूरे तालाब का पानी खराब करती है, वैसे ही भ्रष्टाचार कुछ ही लोग करते हैं पर बदनाम सब होते हैं। समाज निरुत्साह और खिन्न होता है। प्रजा भयभीत है। ऐसी निरर्थक लोकशाही से तो नीलामी ही क्या बुरी?

धोबी फर्स्ट, रावण सेकेंड

आधी रात का समय था। एक मुहल्ले के अन्तिम घर में दिया टिमटिमा रहा था। उसके धुँधले प्रकाश में धोबी पति-पत्नी बात कर रहे थे। पत्नी के मुख पर विषाद की काली छाया थी। दुखी स्वर में बोल रही थी–"ऐसा तो सपने में भी सोचा न था। राम के अभिषेक में एक रात ही बाकी थी कि उन्हें वन जाना पड़ा। साथ में, सीता और लक्ष्मण को भी जाना पड़ा। कैकेयी के कहने पर दशरथ को आज्ञा देनी पड़ी। कैकेयी ने ऐसा क्यों किया होगा?" पति की आँखों में आनन्द की चमक थी। कठोर हँसी के साथ बोला–"कैकेयी ने ऐसा क्यों किया यह मैं कैसे बता सकता हूँ? लेकिन, अब मैं क्या करने वाला हूँ वह बताता हूँ। सुनो! मेरे लिए यह सुनहरा अवसर है। मैं नगर में अफवाह फैलाऊँगा कि यह योजना कैकेयी की नहीं, बल्कि खुद भरत की है। भरत स्वयं राजा बनना चाहता था, किन्तु दशरथ से बोलने की उसकी हिम्मत न थी, इसलिए उसने कैकेयी की प्रिय दासी मंथरा को स्वर्ण मुद्राओं से भरी थैली देकर उसे अपने पक्ष में लिया उस जमाने में सूटकेस नहीं होते थे। भरत ने राम के वनवास और खुद को राजगद्दी मिलने के लिए मंथरा को बहकाया और कैकेयी के कान भरने के लिए राजी किया। मंथरा लालच में आ गई। उसने कैकेयी के दिमाग में यह बात इस तरह कही कि कैकेयी ने दशरथ से ऐसे वरदान माँग लिए।'

पति की बात सुनकर पत्नी विमूढ़ सी हो गयी। आँखें नम हो गयी। दुखी स्वर में बोली–"ऐसा नीच विचार आपके मन में कैसे आया? ठहाका लगाकर पति बोला–पूरी बात तो सुनो। मैं यह भी कहूँगा कि भरत ने बड़ी चतुराई से यह षड्यन्त्र रचा है। उसने मंथरा को यह भी समझाया कि जब मैं और शत्रुघ्न

मामा के यहाँ चले जायें तब ही वह माता कैकेयी से यह बात कहे, ताकि हमारे ऊपर किसी को शक न हो। भरत ने यह लालच भी दिया कि राजा बनने पर वह मंथरा को उच्च पद देगा, फिर तो धन का भण्डार होगा तुम्हारे पास। आखिर कब तक दासी बनकर रहोगी? मंथरा प्रमुख पद की कल्पना में खो गई। समय देखकर उसने कैकेई के कान में प्रपंच मन्त्र फूँका। कैकेयी उसके फँदे में फँस गयी और उसने दशरथ से वरदान माँगे। वास्तव में यह भरत की चाल थी।

यह सुनते ही धोबन काँप उठी। उसका मन दुखी हो गया। बोली–"तुम क्या बोल रहे हो, कुछ होश भी है?"

"तुमको बताया मैंने पर किसी से कहना नहीं। जब भरत के कान में यह बात पड़ेगी तो वह बदनामी से बचने और मेरा मुँह बन्द रखने के लिए मुझे स्वर्णमुद्राओं की भेंट देगा। हम एकाएक धनवान हो जायेंगे। अमीर बनने का यह सबसे सरल मार्ग है। इसे चारित्रहनन कहते हैं। ऐसा छल न करें तो रातोंरात धनवान नहीं हो सकते। धोबिन ने इतने नीच काम न करने की बहुत विनती की पर धोबी टस से मस न हुआ। धोबन को पति की दुष्टता पर रोष आया। क्रोधित हो बोली–"अधमता की भी अवधि होती है इतने नीच कृत्य को तो भगवान भी माफ नहीं करेंगे। इतने वर्षों तक तुम्हारे साथ रही पर तुम्हें पहचान न सकी।"

धोबी की योजना असफल रही। प्रजा को जितना विश्वास और प्रेम राम पर था उतना ही भरत पर भी। इसलिए, किसी ने धोबी की बात पर भरोसा नहीं किया। जो भी सुनता धोबी को धिक्कारता। एक-दो जगह तो मार खाते भी बचा। उसका मन खिन्न हो गया पर उसने हार न मानी। उसने गम्भीरता से विचार किया कि सफलता क्यों नहीं मिली? लम्बे विचार मंथन के बाद उसे कारण समझ में आया कि मेरी बात भरत के कानों तक तो पहुँची ही नहीं तो फिर धन कहाँ से मिलेगा?

यह अवसर उसे तब मिला जब लंका-विजय के बाद राम वापस आये। उनका राज्याभिषेक हो चुका था। एक रात राम नगर भ्रमण के लिए निकले। धोबी ने उन्हें अपने घर की ओर आते देखा। जिस मौके की तलाश में वह था, आज मिल गया। राम के समीप आते ही वह चीख कर बोला–"धोबन, मैं

कोई राम नहीं जो देर रात वापस आने पर तुम्हें घर में रख लूँ। जाओ! तुम्हारी जैसी औरत के लिए मेरे घर में कोई जगह नहीं है। निकलो मेरे घर से!" यह वाक्य राम ने सुना। अचानक मानो वज्र गिर गया। धोबी ने यह झूठ राम से स्वर्ण मुद्राएँ पाने के लिए कहा था। भोले राम उसकी चाल समझ न सके और बेक़सूर सीता का परित्याग कर उसे वन में भेज दिया।

रामायण में तीन खलनायक–रावण, मंथरा और धोबी। इन तीनों में धोबी सबसे अधिक चतुर था। पहले दो के अपराध तो सामने आ गये, पर धोबी ने परदे के पीछे रहकर वार किया। भयंकर अपराध करने के बाद भी वह बहुत बदनाम नहीं हुआ। जिस काम के लिए रावण को लंका से दण्डकारण्य आना पड़ा, याचक का रूप धरना पड़ा, जटायु के साथ युद्ध करना पड़ा और अन्त में तो लंका तथा प्राण दोनों गँवाने पड़े। लगभग ऐसा ही काम धोबी ने घर बैठे केवल एक वाक्य बोलकर कर लिया और उसका बाल भी बाँका न हुआ। लोग आज तक रावण का पुतला जलाते आ रहे हैं। सच बात तो यह कि उसके बाजू में धोबी का पुतला भी होना चाहिए, रावण से भी बड़ा। उसे भी जलाना चाहिए। धोबी ने धोबन को इसलिए घर से निकाला क्योंकि धोबी नराधम था। राम ने सीता को इसलिए निकाला क्योंकि राम नरोत्तम थे, पुरुषोत्तम थे। पति दानव हो या देव, नारी के नसीब में तो पुरुष के हाथों प्रताड़ित होना लिखा है।

मुझे वाइस चांसलर नहीं बनना

वे डॉक्टर होने के बाद सरकारी इंजीनियरिंग कॉलेज में प्रिंसिपल थे। सेवानिवृत्ति के बाद वे एक प्राइवेट इंजीनियरिंग कॉलेज के प्राचार्य हैं। पिछले दो दिनों से अपने गुरुओं को याद कर रहें हैं। कहते हैं–मैंने, एम टेक आई.आई.टी., खड़गपुर से किया, जो बंगाल में है। मुझे बंगाली नहीं आयी, इसलिए शुरू में बहुत तकलीफ हुई। वर्कशॉप के फोरमेन सूद जी पंजाबी थे। हम भी मूल पंजाब के। उन्होंने बताया कि आप सबको दादा कहकर बुलाये। बंगाली में 'दादा' यानी बड़े भाई। फिर चाहे उम्र में वे छोटे ही क्यों न हो। मेरे 'दादा' सम्बोधन से बंगाली लोग खुश हो जाते। एक और सलाह उन्होंने दी कि दो-तीन बार वर्कशॉप के कर्मचारियों को रसगुल्ले भी खिलाइये, इससे तुम्हारा काम सबसे पहले हो जायेगा। पास के एक गाँव के रसगुल्ले बहुत प्रसिद्ध थे। हम वहाँ घूमने और रसगुल्ला खाने जाते ही थे। दो-तीन बार कर्मचारियों के लिए भी ले आया। अब वे मेरे मॉडल सबसे पहले बना देते और अन्य विद्यार्थियों के काम पड़े रहते। इस तरह सूद की सलाह मेरे लिए उपयोगी सिद्ध हुई।

एक बार मुझे वहाँ मेस का इंचार्ज बनाया गया। मैंने राजमा की सब्जी बनवायी। बंगाली विद्यार्थी नाराज हो गये। मैंने कहा एक बार खाकर तो देखो। जब उन्होंने खाकर देखा तो बहुत पसन्द आया। फिर तो वे इन्तजार करते राजमा बनने का और पूछते–'रेड केप्सूल' कब खाने मिलेंगे? राजमा का रंग लाल और आकार केप्सूल जैसा होने के कारण उन्होंने 'रेड केप्सूल' नाम रख दिया।

पीएच.डी. करने के लिए विभाग ने मुझे रुड़की भेजा। दोनों जगह वेतन और शिष्यवृत्ति के साथ गया। वहाँ मुझे तीन वर्ष तक रहना था, इसलिए पत्नी और बच्चों को साथ ले गया। वहाँ एक से एक बढ़कर प्रोफेसर्स थे। कितनों को तो मैं कभी नहीं भूलूँगा। उन सबने अपने विषय का गम्भीर ज्ञान दिया। उनके रिसर्च पेपर्स देश-विदेश के जर्नल में प्रकाशित होते रहते। डॉ. जोशी वहाँ फिजिक्स के प्रोफेसर थे। उनमें ज्ञान की सच्ची लगन थी। अपेक्षित परिणाम न मिले तब तक निरन्तर काम में लगे रहने वाले आदर्श पुरुष थे। उनका चयन रुड़की विश्वविद्यालय के वाइस चांसलर पद के लिए हुआ, किन्तु उन्होंने विनम्रतापूर्वक मना कर दिया यह कहकर कि इससे मैं रिसर्च का काम नहीं कर सकूँगा। पद या प्रतिष्ठा का मोह नहीं है। सर्जनात्मक बौद्धिक प्रवृत्ति और कौर भर धान, यही उनके आदर्श थे।

मैं वहाँ मेकेनिकल इंजीनियरिंग में पीएच.डी. करने गया था। मेरे गाइड थे डॉ. सिंह और को–गाइड डॉ. रामसिंहासन। वे बिहार से आये थे। डॉ. सिंह के प्रथम पीएच.डी. विद्यार्थी थे। उनके काम से खुश होकर डॉ. सिंह ने उन्हें वहीं अध्यापक नियुक्त कर दिया था। बिहार में उनकी बहुत जमीन थी। यदि वहाँ रहकर खेती की होती तो यहाँ के वेतन से बहुत अधिक कमा सकते थे पर उनकी जान तो रिसर्च में सब छोड़कर यहीं रह गये। वहाँ की जमीन पर दूसरों ने कब्जा कर लिया। हमारे बहुत कहने पर वे एक बार गाँव गये और जितनी जमीन हाथ आयी, पानी के भाव बेचकर वापस आ गये। उनका बेटा और बेटी अमेरिका गये फिर वहीं बस गये। डॉ रामसिंहासन बहुत प्रतिभाशाली थे। दुर्भाग्य से सेवानिवृत्ति से पहले उनका स्वर्गवास हो गया।

हमारे ही विभाग में डॉ. शंकरलाल भी अद्‌भुत विद्वान थे। नया विषय शुरू करने से पहले विद्यार्थियों से पूछते–"यह विषय अंग्रेजी में पढ़ाऊँ या हिन्दी में?" विद्यार्थी जो भाषा कहते उसी में पढ़ाते। जब हिन्दी में पढ़ते तो एक भी शब्द अंग्रेजी का न आता। पारिभाषिक शब्द उन्हें कण्ठस्थ थे। अंग्रेजी के टेक्निकल शब्दों का हिन्दी शब्दकोश में उनका महत्त्वपूर्ण योगदान था। एक बार किसी विद्यार्थी के कहने पर उन्होंने एक टॉपिक हिन्दी में पढ़ाया। टॉपिक पूरा पढ़ाने के बाद विद्यार्थी ने कहा–सर, प्लीज यही टॉपिक अब अंग्रेजी में पढ़ाइये। उन्होंने उसी विषय को इस तरह पढ़ाया जैसे हिन्दी जानते ही न हों।

विनोदी भी उतने। एक बार बताया–"हम बस से दिल्ली जा रहे थे। मेरे पास एक महिला और एक बच्ची बैठे थे। थोड़ी देर बाद बच्ची रोने लगी। मैंने उसे चाकलेट दी, पर चुप न हुई तो मैंने बेग से बिस्किट निकाल कर दिये। फिर भी वह रोती रही। उसकी माँ ने डाँटकर कहा–अजीब आदमी हैं आप! उसको लगी है प्यास और आप दे रहे हैं बिस्किट। तब से मैनें छोटे बच्चों को चुप कराने का प्रयास बन्द कर दिया।

उनकी पत्नी स्वीडन में थी और उनसे बहुत ऊँची थी। वार्षिक स्नेह सम्मेलन में हास्य-विनोद के कार्यक्रम भी होते थे। उसमें एक बार किसी ने उनसे पूछा कि आपकी पत्नी आपसे अधिक ऊँची है? कोई जवाब दे उसके पहले ही डॉ. शंकरलाल बोले–"मुजरिम हाजिर है"। हमारे प्रोफेसर के व्यक्तित्व में एक ओर मौलिकता और बुद्धिमत्ता थी तो दूसरी ओर प्रेम की नमी भी थी। मेरी इस बात को समझने के लिए मेरे गाइड प्रो. सिंह की बात जरा विस्तार से करूँगा कभी।

फिर से लिखो

रुड़की इंजीनियरिंग कॉलेज में मेरे गाइड थे प्रो. सिंह। जितने विद्वान उतने ही सुन्दर। कदावर शरीर, गौर वर्ण, तेजस्वी चेहरा। उनकी पत्नी भी उतनी ही सुन्दर। विवाह से पहले वे 'मिस नैनीताल' रह चुकी थीं। अति सुन्दर जोड़ी। दोनों के व्यक्तित्व में एक आकर्षण था। शाम को जब दोनों घूमने निकलते तो लोग उन्हें देखते ही रह जाते। डॉ. सिंह बेहद अनुशासनप्रिय। स्वयं नियमित रहते, इसलिए पूरे विभाग में अपने-आप अनुशासन का वातावरण बन जाता। उन्होंने अमेरिका से पीएच.डी. की थी। उनकी नौकरी केवल दस से पाँच नहीं, बल्कि रात ग्यारह बजे तक वे काम करते रहते। "जो करो उसमें पूरी-पूरी शक्ति लगाओ" यही उनका प्रिय सूत्र था। सब भूलकर वे खूब उत्साह से अपने काम में रचे- पचे रहते। 'भटनागर स्वरूप' जैसे महत्त्वपूर्ण पुरस्कार से वे सम्मानित हो चुके थे। पहली बार मिलने पर ही उन्होंने कहा था–तुम मुझे अपना गाइड नहीं, बल्कि तुम लोगों में से ही एक समझना। यदि गाइड समझोगे तो तुम्हारे मन में भी रहेगा और तुम प्रश्न नहीं पूछोगे, इसलिए निःसंकोच सवाल पूछना और जहाँ असहमति हो वहाँ तो जरूर पूछना।

उनकी मान्यतानुसार ओरिजिनल रिसर्च वर्क अधिक-से-अधिक पैंतीस की उम्र तक हो सकता है। पच्चीस की उम्र तक तो फण्डामेंटल्स ही स्पष्ट नहीं होते। वैसे ही पैंतीस के बाद भी नहीं हो सकता। मैंने कहा–आप तो इस उम्र में भी इतना काम करते हैं फिर ऐसा क्यों कहते हैं? जवाब था–मैं क्या करता हूँ, तुम लोगों को गाइड करता हूँ। तुम्हारी त्रुटियाँ निकालता हूँ। कुछ सूझता है तो बताता हूँ। इसमें मेरा ओरिजिनल रिसर्च कहाँ है? बिल्कुल नयी कल्पना, नया विचार, अब इस उम्र में नहीं आते। वह तो तुम युवाओं को आयेंगे। मैं

उसमें सुधार या वृद्धि कर सकता हूँ पर सर्वथा नवीन और मौलिक–वे दिन गये। इसमें अपवाद हो सकते हैं, लेकिन सामान्य नियम तो यही है।

एक बार मैंने रिव्यू पेपर तैयार कर उन्हें दिखाया। देखकर कहा–इसे इंस्टीट्यूट ऑफ इंजीनियर्स, कोलकाता भिजवा दो। उनके जर्नल में छप जायेगा। मैं वह पेपर विदेश में छपवाना चाहता था। मैनें अपनी इच्छा बताई तो बोले–तुम्हारा पेपर 45 पृष्ठ का है। इतना लम्बा पेपर विदेश के जर्नल में नहीं छपेगा फिर भी तुम्हारी इच्छा है तो भेज दो। एक दिन अमेरिकन जर्नल की स्वीकृति का पत्र आ गया। मेरी खुशी का तो क्या कहना! किन्तु उसमें मेरे पेपर को 5 से 7 पृष्ठ कम कर फिर से लिखने को कहा था। यह भी लिखा था कि यदि मैं पेपर को टेबुलर फॉर्म में लिखूँ तो पूरा लेख 5-7 पृष्ठ में आ जायेगा। यह काम मैं डॉ. सिंह की मदद के बिना नहीं कर सकता था। अगले ही दिन डॉ. सिंह पत्नी के साथ उनके मायके नैनीताल जा रहे थे। मैं निराश हो गया फिर भी मैंने उनको सारी बात बतायी। लेख की स्वीकृति के लिए पहले उन्होंने बधाई दी फिर कहा–संक्षिप्तीकरण का काम करके कल मुझे बताना, यदि सन्तोषप्रद हुआ तो मैं अपनी यात्रा रद्द कर दूँगा और तुम्हारा काम खत्म होने के बाद ही जाऊँगा।

पत्नी को केतली भर चाय बनाने को कहा। पूरी रात जागरण कर काम खत्म करके मैं सुबह थोड़ी देर के लिए सोया। डॉ. सिंह दस बजे तो अपनी कुर्सी पर होते ही हैं। जाकर उन्हें काम दिखाया। ध्यान से देखा फिर सीधा फोन उठाया–"हम आज नहीं निकल रहें। इसके पेपर को विदेश भेजे बिना मुझसे जाना नहीं होगा"। फोन पर हुई बात से लगा कि उनकी पत्नी नाराज हुई हैं और यह स्वाभाविक था। किसी भी स्त्री का अन्तिम घड़ी में मायके जाना केन्सल हो तो नाराजगी तो होगी, लेकिन डॉ. सिंह अपने निर्णय पर अडिग रहे। इस समय मेरे को-गाइड डॉ. रामसिंहासन भी वहाँ उपस्थित थे। हम रूम से बाहर आये। उन्होंने मुझसे कहा कि आज शाम को मैं अपनी पत्नी को लेकर साहब के घर जाऊँ और उनकी पत्नी से होने वाली असुविधा के लिए माफी माँगूँ। मैंने ऐसा ही किया। हम दोनों शाम को उनके घर गये। मैंने सोचा था कि उनकी पत्नी का चेहरा मुरझाया होगा, उनकी आँखों में मेरे लिए उलाहना होगी पर उन्होंने तो मीठे स्वर में स्वागत करते हुए बधाई दी। मैं माफी माँगने

लगा तो वे बोलीं—ऐसा पहली बार हुआ है क्या? अनेक बार हुआ है। मैं उनका स्वभाव जानती हूँ। उनके लिए काम ही पूजा है। जब लेख छपकर आया तो उन्होंने हम दोनों को घर बुलाया मिठाई खिलाकर सेलिब्रेट किया।

तीन वर्ष की मेहनत के बाद मेरी थीसिस पूरी हुई। मैंने डॉ. सिंह को दिखायी। डॉ. चार पन्ने पलटकर देखे फिर फेंकते हुए बोले—यह क्या बात हुई? फिर से लिखो। उन्हीं के मार्गदर्शन में लिखा था। मुझे कभी न लगा कि वे असन्तुष्ट हैं। अब जब थीसिस उन्हें सबमिट करने का समय आया तो फिर से लिखने को कह रहे! मुझे आश्चर्यचकित देखकर बोले—मेरे मूर्ख! आभार-प्रदर्शन में तुम्हारी पत्नी के लिए तुमने मात्र एक ही वाक्य लिखा है? जिसकी सेवा और त्याग के बिना तुम यह थीसिस लिख ही नहीं सकते थे उसके लिए केवल एक ही वाक्य? कम-से-कम एक पैराग्राफ तो होना चाहिए।

ऐसे थे मेरे गुरु डॉ. सिंह। सेवानिवृत्ति के बाद वे दिल्ली रहने लगे। आज भी बहुत काम करते हैं। जब भी दिल्ली जाता हूँ तब इन सिंहपुरुष के दर्शन कर नयी प्रेरणा लेकर आता हूँ।

तुम्हारी उम्र कितनी?

अत्यन्त आकर्षक व्यक्तित्व रखने वाले सरदार राजेन्द्र सिंह सिक्ख थे, पर वे दाढ़ी-मूँछ और केश नहीं रखते थे। कोर्ट जाते समय पगड़ी जरूर बाँधते थे। जबलपुर, मध्य प्रदेश में हाई कोर्ट की स्थापना होते ही वे सुप्रीम कोर्ट के साथ यहाँ भी वकालत करने लगे। तलवार की धार जैसी बुद्धि, न्यायवादी वाक्पटुता और अटूट आत्मविश्वास। बोलने खड़े होते हैं तो शब्दों की अविरल धारा बहती। अंग्रेजी बोलने का तरीका फक्कड़ और सटीक। अनोखे अन्दाज से हँसकर जज से मनचाहा काम करवा लेते। वे मुख्य रूप से क्रिमिनल केस लेते। सामने वाले की गलतियों को पकड़ने में माहिर। गवाहों से निर्धारित जवाब निकलवाते। बहुत विवादों के बाद जब बहुचर्चित, किस्सा कुर्सी का केस चला था तब विद्याचरण शुक्ल के वकील वे ही थे। लालू यादव के चारा घोटाला का केस भी उन्हीं के हाथ में था। पूरे देश में वे फौजदारी केस के सबसे बड़े वकील माने गये। इतने प्रसिद्ध एडवोकेट थे पर घमण्ड बिल्कुल न था। वे जितने अपनी बुद्धिमत्ता और तेजस्विता के लिए लोकप्रिय थे, उतने ही मृदु और सौम्य भी थे।

एक बार यहाँ की किसी संस्था ने उनका सम्मान करना चाहा, परन्तु वे तैयार न हुए। एक मित्र के दबाव पर वे इस शर्त के साथ माने कि मैं वहाँ केवल दस मिनट के लिए ही आऊँगा। वे आये, उनका सम्मान हुआ, संक्षिप्त भाषण भी दिया। दस मिनट पूरे हुए फिर भी वापस नहीं गये। मित्र ने याद भी दिलाया पर वे बैठे रहे। कार्यक्रम खत्म होने के बाद ही गये। लौटते समय मित्र से कहा–"देखा, दस मिनट के स्थान पर दो घण्टे हो गये, इसलिए मैं नहीं आ रहा था"। मित्र बोला पर मैं तो आपको याद दिलाता रहा, आप ही उठे नहीं।

उन्होंने कहा–"आपने जस्टिस वर्मा को सभापति बनाया। वे बैठें हों और मैं चला जाऊँ यह कैसे हो सकता है? वे भले ही रिटायर हो गये हैं पर इसका अर्थ यह तो नहीं कि मैं उनका मान न रखूँ"। विवेक में उनका जवाब नहीं। चाहे जितने जूनियर जज हों वे सबके साथ बड़े अदब से व्यवहार करते। मुवक्किल से भी उतनी ही विनम्रता से बात करते।

एक वकील ने बताया, उसे आई.ए.एस बनना था। दिल्ली के किसी रिटायर्ड आई.ए.एस से कोचिंग भी ली। परीक्षा दी। लिखित परीक्षा में अच्छे नम्बरों से पास हुआ। मौखिक परीक्षा में समय था। किसी अपने ने बताया कि सुप्रीम कोर्ट में सरदार राजेन्द्र सिंह हैं जो 'किस्सा कुर्सी का' लड़ रहें हैं। तुम अभी फुरसत में हो जाकर उनको सुनो। मैंने बीस दिनों तक उनको सुना और मन ही मन तय किया कि मुझे आई.ए.एस नहीं, एडवोकेट बनना है। राजेन्द्र सिंह ने मेरे जीवन की दिशा बदल दी। यह कथन है मध्य प्रदेश के हाई कोर्ट और सुप्रीम कोर्ट के वरिष्ठ वकील रवीन्द्र श्रीवास्तव का।

पहली पत्नी के देहान्त के बाद राजेन्द्र सिंह ने एक पारसी महिला से विवाह किया। उनके जीवन का एक नितान्त निजी प्रसंग है–एक बार किसी केस के सिलसिले में उनका दिल्ली जाना हुआ। उनके मुवक्किल ने एक शानदार होटल में रहने की व्यवस्था की। वे नहा-धोकर तैयार हुए। देर शाम होटल का कर्मचारी एक एल्बम देकर गया। उन्हें आश्चर्य हुआ। खोलकर देखा तो उसमें एक से बढ़कर एक सुन्दर युवतियों के फोटो थे। आप जिसको ऑर्डर करेंगे वह आपके कमरे में हाजिर होगी। एल्बम देख राजेन्द्र सिंह हतप्रभ थे। उन्होंने तुरन्त बैरे को बुलाया और एल्बम वापस ले जाने को कहा। एक घण्टे बाद फोन की घंटी बजी। सामने से किसी ने मीठी आवाज में कहा–"सर, मैं यहाँ की सबसे सुन्दर लड़की हूँ। यदि अनुमति दें तो रूम में आऊँ। आप मुझे एक बार देखिए तो, फिर न कहना हो तो खुशी से कह दीजियेगा। मैं चली जाऊँगी, पर मुझे एक बार देखिए जरूर"

राजेन्द्र सिंह ने पूछा–"तुम्हारा चार्ज क्या है?"

"एक रात का दस हजार" वह बोली

"तुम्हारी उम्र कितनी है?" "बाईस वर्ष"

"सुनो, मेरी उम्र तुमसे चार गुनी है। तुम मेरी पौती के बराबर हो। पोती बनकर दादा से मिलने आना हो तो खुशी से आओ"।

थोड़ी देर तक वह कुछ न बोली। फिर एक हिचकी सुनाई दी।

"देखो बेटी, मैं तुम्हारा नुकसान नहीं होने दूँगा। परसों शाम को मैं यह होटल छोड़ूँगा, तब तुम काउण्टर पर आकर दस हजार ले जाना। यदि तुम नहीं आओगी तो वह रुपये मैं मैनेजर के पास रख दूँगा और कह दूँगा कि वो तुमको दे दे।"

ऐसा लगा कि उस तरफ वह लड़की पहले से भी अधिक रुदन रोकने का प्रयास कर रही है, फिर भी एक हिचकी निकल ही गयी।

तीसरे दिन जाते हुए उन्होंने लड़की की राह देखी पर वह नहीं आयी। मैनेजर को रुपये दिये तो उसने कहा–लड़की ने पैसे लेने से मना किया है"।

कुछ वर्ष पहले 95 की उम्र में राजेन्द्र सिंह का निधन हुआ। उनका नाम न्यायालय के इतिहास में किसी पुराण-पुरुष की तरह हमेशा स्मरणीय रहेगा।

कथा

शिकार सरकारी शेर का

सवा सौ वर्ष से भी अधिक पुरानी बात है। 1858 में भारत के वायसराय लॉर्ड मेयो मुलाकात के लिए मध्य प्रदेश आये थे। उन दिनों मध्य प्रदेश में बहुत घने जंगल थे और शिकार के लिए बाघ आसानी से मिल जाते थे। प्रदेश के अधिकारी ने सोचा कि वायसराय को खुश करने का यह अच्छा अवसर है। इसलिए, उन्होंने शिकार पर जाने की व्यवस्था की।

शिकार के लिए सतपुड़ा पर्वत में एक जगह तय की गयी। शिकार के लिए जिस बाघ को पसन्द किया गया वह बहुत तगड़ा था। आस-पास के गाँवों का वह प्रिय था क्योंकि वह 'शरीफ बाघ' था। जी, शरीफ या भले बाघ भी होते हैं जो नरभक्षी नहीं होते। वे लगभग उन जानवरों का शिकार करते हैं जो खेतों को नुकसान पहुँचाते हैं। इससे खेत की रक्षा होती है। घर में बिल्ली के रहने पर जैसे चूहों से रक्षा होती है, ठीक उसी तरह। इस बाघ ने अभी तक किसी को नुकसान नहीं पहुँचाया था, इसलिए गाँव वाले नहीं चाहते थे कि इसका शिकार किया जाए, परन्तु वे कर भी क्या सकते थे?

अधिकारियों को इस बात का खयाल रखना था कि जब तक वायसराय आ न जाये तब तक बाघ वहीं रहे, कही और न चला जाए, इसलिए रक्षकों की एक टोली खाई में नियुक्त कर दी गयी। ये रक्षक बाघ की हरेक हलचल पर नजर रखते पर रक्षकों के डर से हिरण, नीलगाय, जंगली सूअर आदि जानवर वहाँ से चले गये। यही जानवर बाघ के शिकार थे। उनके चले जाने से बाघ के उपवास होने लगे। वह भूख से मरने लगा।

इधर वायसराय के आने में देर होती रही। अधिकारियों की बेचैनी बढ़ने लगी। कहीं ऐसा न हो कि लाटसाहब के आने से पहले ही बाघ भूख से मर

जाये। मारने के लिए भी उसको जिन्दा रखना जरूरी था। तब उन्होंने तय किया कि बाघ के भोजन के लिए रोज एक बैल भेजा जाये। अब एक बैल खरीदकर रोज बाघ के पास भेज दिया जाता। यह खर्च कलेक्टर के फण्ड से होता। इस फण्ड को खर्च करने की पूरा अधिकार कलेक्टर को था। जिस काम के लिए बजट में गुँजाइश न रहती उसे वह बेधड़क 'लोकल फण्ड' के पैसों से कर लेते। इसका ऑडिट नहीं होता।

रोज बैल मिलने की सुविधा से बाघ खुश था। बैठे-बिठाये इतना अच्छा बैल खाने मिलने लगा। पहले तो शिकार के लिए कितनी दौड़-धूप करनी पड़ती थी। कभी झपट-झपटी भी करनी पड़ती थी। अब तो अनायास भोजन मिलने लगा पर अब एक नयी समस्या खड़ी हो गयी। कुछ ही दिनों में उसके स्वास्थ्य पर बुरा असर होने लगा। उसकी पाचन शक्ति खराब हो गयी। अपचन रहने लगा। शिकार पकड़ने के चक्कर में अच्छा व्यायाम हो जाता था। शरीर चुस्त और सक्रिय रहता था। अब शारीरिक श्रम बन्द और ख़ुराक बढ़ गयी थी। दिन भर बैठे रहने से तबीयत तो खराब होगी ही न?

अधिकारियों को डर लगा कि कहीं बाघ मर गया तो वायसराय के शिकार का क्या होगा? वे 8-10 दिनों में आने वाले ही थे। अब नया बाघ ढूँढ़ने का भी समय नहीं था। निर्णय लिया गया कि बाघ का उचित इलाज कर किसी भी कीमत पर उसे जीवित रखा जाये। यदि वह मर गया तो अपनी मौत भी पक्की। बाघ को आई.सी.यू. में रखा गया। अंग्रेज सिविल सर्जन पूरे मनोयोग से इस शाही रोगी की सेवा सुश्रुषा में लग गये। अपने रोगी की देखभाल और इलाज के लिए वे जबलपुर से सुदूर घने जंगलों में जाने लगे। बड़े विशेषज्ञ थे इसलिए उनकी फीस भी बड़ी थी। आने-जाने का अच्छा ख़ास यात्रा-भत्ता भी मिलता, लेकिन खर्च की परवाह किसे थी?

सिविल सर्जन के इशारे पर देसी वेटनरी डॉक्टर बैल के माँस में अफीम मिलाने लगा। वह खाकर बाघ दिन-रात नींद में पड़ा रहता। अन्ततः वायसराय अपनी टोली के साथ आ पहुँचे। शिकार की पूरी व्यवस्था कर ली गयी थी। तय यह भी हुआ कि यदि घायल होकर बाघ भागने लगे तो वायसराय मचान से उतरकर हाथी पर सवार हो जायेंगे फिर बाघ का पीछा कर उसे खत्म कर देंगे। गाँव के लोगों ने हाँक लगाना शुरू किया। ढोल या टीन के डब्बे बजाकर

तो कभी पटाखे फोड़ कर बाघ को मचान की ओर लाने के काम में लग गये। उन्होंने बाघ के पलायन के मार्ग बन्द कर दिये। वह जैसे ही निशाने के घेरे में आया कि वायसराय ने बन्दूक का घोड़ा दबा दिया। गोली छूटने की तेज आवाज सुनायी डिऑउर लगभग उसके साथ ही बाघ की चीख भी। चारों तरफ सन्नाटा छा गया।

थोड़ी देर में खबर मिली कि बाघ घायल हो गया है। वायसराय को तुरन्त मचान से उतार कर हाथी पर बैठाया गया। महावत शीघ्रता से उनको बाघ की तरफ ले जाने लगा। बाघ मिला जरूर किन्तु मृत। उसका पेट सिविल सर्जन की दवाओं के कारण बहुत फूल गया था। वायसराय का डॉक्टर भी दल के साथ आया था। उन्होंने बाघ की पूरी जाँच की और बताया कि वह पूरी तरह मर चुका है। अधिकारी खुश हो गये। वायसराय को बधाई देने के लिए उतावले होने लगे। वायसराय का निशाना तो कितना अचूक कि एक ही गोली में काम तमाम कर दिया।

इस समय गाँव के सयाने लोगों मन ही मन सोच रहे थे कि बाघ मरा जरूर पर किसकी गोली खाकर, वायसराय की या सिविल सर्जन की!!

सच्चा कौन?

ठिंगने, लेकिन गठीले धरमदास पुरी पुलिस विभाग में सब इंस्पेक्टर थे। वे जिन्दगी भर सब इंस्पेक्टर ही रहे। उन्हें कभी प्रमोशन न मिला। उनसे जूनियर लोगों को प्रमोशन मिला पर वे वहीं के वहीं। उन्हें इस बात का दुख भी न था। वे अपने प्रमोट हुए साथियों से कहते–"तुम सब खोटे सिक्के हो। रंग-रूप बदलते रहते हो। मुझे देखो टकसाल से जैसा निकला था, आज भी वैसा का वैसा हूँ"।

धरमदास के मित्र प्रोविडेंट फण्ड में यह सोचकर पैसा जमा करवाते कि इससे अनिवार्य रूप से बचत होती है और ब्याज भी मिलता है। इसलिए इसमें अधिक-से-अधिक पैसे जमा करते। धरमदस को प्रोविडेंट फण्ड में बिल्कुल विश्वास न था। इसके बदले वे सोना या जमीन खरीदना पसन्द करते। वे कहते-अपने पूर्वज ऐसा ही करते थे और यही सही है। उन दिनों पच्चीस पैसे फुट जमीन मिलती थी और सोना 18 रुपये तोला। आखिरी-आखिरी में तो सोना नहीं केवल जमीन ही खरीदते।

सेवानिवृत्ति के समय उनके साथियों को रकम तो अच्छी मिली, किन्तु बाजार में रुपये की कीमत घट गयी थी। दूसरी ओर जमीन और सोने की कीमत बहुत बढ़ गई। अब धरमदास जिन्हें एक भी प्रमोशन नहीं मिला था, लक्ष्मीनारायण हो गये और उनके साथी जिन्हें प्राविडेंट फण्ड के पैसे मिले थे, दरिद्रनारायण हो गये। धरमदास अपने भाग्य से परम सन्तुष्ट थे। एक बार उन्होंने अपना प्लॉट बेचा। अच्छी कीमत मिली। दूर के किसी रिश्तेदार को इसकी खबर मिली। वे उनके पास आये और मृदु वाणी में बोले–"काका, खेती के लिए ट्रैक्टर खरीदना है पर पैसे कम पड़ रहे हैं। यदि आप पचास हजार

रुपये उधार दे तो खरीद सकूँगा। समयानुसार वापस कर दूँगा"। धरमदास ने कहा–"देखो भाई, जवानी की ताकत शरीर में होती है और बुढ़ापे की पैसे में। यदि तुम्हें पैसे दूँ तो मेरी ताकत चली जायेगी, इसलिए मैं पैसे नहीं दे सकूँगा। इसके सिवा मेरे लायक कोई दूसरा काम हो तो बोलो, मैं खुशी से करूँगा"। यह बात उन्होंने इतने सहज रूप से कही कि रिश्तेदार को बिल्कुल भी बुरा नहीं लगा।

धरमदास की सात सन्तान। चार बेटे और तीन बेटियाँ। दुनिया से विदाई के पहले अपनी वसीयत में सम्पत्ति का बँटवारा सातों को बराबर रूप से कर गये। वसीयत में यह भी लिखा कि यदि बेटियाँ जमीन न लेना चाहे तो प्रत्येक को दस-दस हजार रुपये दिये जायें। एक बेटी इन्दौर में दूसरी बैंगलोर में और तीसरी जम्मू में। स्वाभाविक ही उन्होंने कहा–यहाँ की जमीन हमारे किस काम की। हमें नकद रुपये दे दो।

धरमदस के चार पुत्रों में से तीन का अवसान हो चुका था। तीनों रिवर्स ऑर्डर में गये। पहले सबसे छोटा, उसके बाद उससे बड़ा और फिर उससे बड़ा। सबसे बड़ा भाई अब बचा था। वसीयत को कार्यान्वित करने का जिम्मा धरमदस ने उसे ही सौंपा था। बहनें जमीन के बदले रुपये चाहती थीं। भाई ने कहा–तुम लोगों को देने के लिए मेरे पास नकद रुपये नहीं हैं। कहो तो तुम्हारी जमीन बेचकर रुपये दे सकता हूँ। अनुमानत: नौ हजार रुपये आयेंगे। बहनों ने कहा–वसीयत के मुताबिक हमें दस हजार रुपये मिलने चाहिए। व्यावहारिक कुशलता बताते हुए भाई बोला–ऐसा करो, अभी जितने रुपये आये उतने ले लो। सुविधा होते ही बाकी के रुपये भी दे दूँगा। परन्तु बहनें इसके लिए तैयार न हुई। कहा–हमको तो अभी ही पूरी रकम चाहिए। भाई ने बताया कि यदि मैं अपने हिस्से का प्लॉट बेच दूँ तभी पूरी रकम दे सकूँगा, लेकिन फिर मैं कहाँ जाऊँ? इस तरह भाई बहनों के बीच जो उलझन पड़ी उसका कोई उपाय नहीं मिला। वर्षों बीत गये। एक ओर यह विवाद चलता रहा दूसरी ओर जमीन के भाव आसमान पर पहुँच गये। स्थिति पलट गयी। अब बहनों को जमीन चाहिए थी। भाई ने कहा–"तुम लोगों को तो पैसे चाहिए थे। अब मैं पैसे ही दूँगा"। इस तरह पहले जो झगड़ा मनी वर्सेस प्लॉट का था वह अब प्लॉट वर्सेस मनी हो गया। भाई ने यह भी कहा कि मैं रुपये चक्रवृद्धि ब्याज सहित

दूँगा। दस हजार के स्थान पर डेढ़ लाख दूँगा, लेकिन प्लॉट तो नहीं दूँगा। तब प्लॉट की कीमत लगभग चार लाख थी। बहनें नहीं मानी और तीनों ने मिलकर भाई पर केस दर्ज कर दिया। मामला कोर्ट में है। स्टे ऑर्डर के कारण कोई जमीन नहीं बेच सकता। इनके जीते-जी तो कोर्ट का फैसला आयेगा भी नहीं। इसके बाद उनकी सन्तानें लड़ेंगी। केवल खेल के मैदान में ही रिले रेस नहीं होती। कोर्ट कचहरी में भी केस मुकदमों की मशाल एक पीढ़ी से दूसरी पीढ़ी के हाथ में आती रहती है और केस चलते ही रहते हैं।

मैंने एक मित्र से पूछा–"यह विवाद यदि तुम्हारे पास आता तो तुम क्या निर्णय लेते?"। मित्र बोला–"भाई दोषी है। जब रुपये की कीमत अधिक थी तो वह जमीन दे रहा था और अब जमीन महँगी हो गयी तो रुपये देना चाहता है। उसकी नियत खराब है। वह अपने पिता की भावनाओं का अपमान कर रहा है"।

दूसरे मित्र ने कहा–"भाई तो जमीन दे रहा था। बहनों ने ही इनकार किया। जब जमीन सस्ती थी तब उन्हें रुपये चाहिए थे। अब जब रुपये की कीमत कम है तो उन्हें जमीन चाहिए। बहनें ही लालची हैं"। मुझे एक बात याद आयी। दो बच्चें आपस में विवाद कर रहे थे। इतने में कन्फ्यूशियस वहाँ पहुँचे। उन्होंने विवाद का कारण पूछा। एक लड़के ने बताया "मैं कहता हूँ सूर्य सुबह हमारे समीप होता है और दोपहर को दूर। सुबह वह कितना बड़ा होता है और दोपहर को कितना छोटा। पास की चीज बड़ी दिखती है और दूर की छोटी।

इसलिए वह सुबह हमारे पास होता है, दोपहर को दूर"। दूसरे ने कहा– "सूर्य सुबह दूर होता है और दोपहर को पास, क्योंकि सुबह हवा ठण्डी होती है और दोपहर को गर्म हवा जब गर्म हो तो सूरज पास होना चाहिए और जब ठण्डी हो तो दूर"।

कन्फ्यूशियस निर्णय न कर सके कि किसकी बात सच है। वे यदि इन भाई-बहनों का किस्सा सुनते तो दूसरी बार निर्णय नहीं ले पाते कि दोनों में से कौन सच्चा है?

भाग्य की भूमिका

आज से लगभग साठ वर्ष पहले कच्छ से अनेक भाई लोग धन्धा करने यहाँ जबलपुर आये। रहने के लिए मकान चाहिए था। हमारा मकान बड़ा था और पिताजी किराये पर भी देते थे। हीरजी भाई हमारे बंगले में किराये से रहे। उनकी पत्नी विमला बहन जैसी विनोदी महिला बहुत कम देखी हैं। वे लोग जैन और हम हिन्दू। मेरा मानना है कि मनुष्य से मनुष्य को जितना धर्म जोड़ता है उतना ही भाषा भी जोड़ती है। भाषा के बन्धन हम जितना सोचते हैं उससे कहीं बहुत अधिक मजबूत होते हैं। गुजराती भाषा के कारण हम एक-दूसरे के बिल्कुल करीब के सगे जैसे लगते थे। वे लोग हमारे मकान में तीस वर्ष रहे। विमला बहन तो हमारे परिवार की बेटी ही लगती।

हीरजी भाई के हार्डवेयर का धन्धा था। जबलपुर मिलेटरी का प्रमुख केन्द्र है। यहाँ विशाल गन कैरिज फैक्ट्री है। अन्य भी कई फैक्ट्रियाँ हैं। उसका कबाड़ नीलाम होता। हीरजी भाई नीलामी का सामान खरीदते। एक दिन मैंने उनसे पूछा–"मैं तो नौकरी वाला आदमी। मुझे दुनिया का कोई ख़ास अनुभव नहीं। आप धन्धे वाले हैं, तरह-तरह के अनुभव होते होंगे। मेरा सवाल यह है कि धन्धे में भाग्य की कोई भूमिका होती है? या मेहनत और कौशल्य से आदमी पैसा कमाता है? सहज विचार कर वे बोले–"आपको एक सच्ची घटना सुनाता हूँ। हम नीलामी का सामान खरीदते और बेचते भी हैं। एक बार गन कैरिज फैक्ट्री से अच्छा ख़ासा सामान खरीदा। वहाँ के साहब ने कहा–मेरे पास सफेद पाउडर के डब्बे पड़े हैं। मुझे वे निकालने हैं। तुम खरीद लो। बिल्कुल सस्ते में बहुत दूँगा।

हमारा धन्धा तो लोहे का। हम डब्बे खरीदकर क्या करेंगे? लेकिन, उन साहब से हमेशा काम पड़ता हमें, इसलिए उन्हें नाराज करना नहीं चाहते थे। मन मारकर खरीद लिए और गोदाम में रखवा दिये। मेरे पिताजी गोदाम में ही रहते। उनके लिए घर से खाना भेज दिया जाता, पर सोना और रहना वहीं पर। कई वर्षों से रहते थे। अचानक ही उन्हें पेशाब की तकलीफ हुई। ऐसा कैसे हुआ? कुछ तो कारण होना चाहिए। फैक्ट्री से खरीदे पाउडर को गोदाम में रखे लगभग 6 महीने हो गये थे। उसके बाद ही पिताजी को यह तकलीफ हुई। कहीं पाउडर के कारण तो नहीं? हमने उसका नमूना परीक्षण के लिए मुम्बई भेजा। खबर मिली कि यह तो बहुत तीक्ष्ण डी.डी.टी. पाउडर है।

द्वितीय विश्वयुद्ध के दिन थे। डी.डी.टी. पाउडर की बहुत कमी थी। मुँह माँगे दाम मिलते थे। हमने पाउडर मुम्बई की एक पार्टी को बेच दिया। हमको उसके बीस गुना अधिक कीमत मिली। हमारे पास से जिसने खरीदा उसने भी खूब लाभ कमाया। अब आप ही कहो, यह भाग्य नहीं तो और क्या है? हम तो खरीदना ही नहीं चाहते थे। जबरन खरीदे पाउडर की हमें तीन लाख रुपये कीमत मिली। क्या इसमें हमारी कोई मेहनत थी? पाउडर गया और पिताजी की तकलीफ भी दूर हो गयी। कुछ देर बाद फिर बोले–अब एक दूसरी घटना सुनो, हालाँकि यह सुनी हुई बात है। यात्रियों को लेकर एक बस हिमालय की पहाड़ियों से नीचे आ रही थी। किसी होटल पर बस रुकी। यात्री चाय-पानी के लिए उतरे।

इस दरमियान एक साँप बस में घुस गया और ड्राइवर की सीट के पास कोने में जा दुबका। यात्रियों के आने के बाद बस वापस चली। इंजन की गर्मी से परेशान होकर साँप बाहर निकला और एक यात्री के पैर से लिपट गया। यात्रियों में घबराहट फैल गयी। बस रोक दी गयी। जिसके पैर से साँप लिपटा था, वह दरवाजे के पास ही बैठा था। उसने दरवाजा खोलने को कहा, ताकि साँप बाहर निकल जाये, लेकिन साँप भी शायद घबरा गया था। वह पैरों से ही लिपटा रहा। बहुत देर तक वहाँ बस रोकना सम्भव न था। सबने उस यात्री को ही धीरे-धीरे बस से उतर जाने को कहा, ताकि हम सब तो जा सकें। तुम्हारे कारण हम सब का समय भी खराब हो रहा है। जब साँप चला जायेगा तो तुम दूसरी बस से वापस आ जाना।

असहाय वह व्यक्ति डरते-डरते साँप के साथ नीचे उतर गया। बस चली गयी। थोड़ी देर बाद साँप भी चला गया तब उस व्यक्ति की जान में जान आयी। लगभग दो घण्टे बाद दूसरी बस मिली और वह सवार हो गया। एकाध घण्टे चलने के बाद उसने जो दृश्य देखा वह दंग रह गया। वह बस जो उसे उतार कर आगे निकल गयी थी वह एक खायी में उलटी गिरी थी। शायद ही उसमें कोई जीवित बचा होगा। उसे लगा इस साँप ने ही मुझे बचाया, वह मुझे बचाने ही आया था। यदि वह नहीं आया होता तो मैं भी आज इसी बस में होता और मेरी भी यही गत हुई होती।

कई बार वरदान अभिशाप के रूप में आता है। बाद में समझ आता है कि जिसको मैं अभिशाप समझ रहा था, वह वरदान था। किसी ने कहा भी है–प्रभु, हमें ऐसा वरदान दो जो अभिशाप के वेश में आये। तभी हम उसकी कदर कर सकेंगे। तर्क और विज्ञान के युग में भाग्य को दकियानूसी माना जाता है, परन्तु भाग्य की भूमिका है जरूर। सब-कुछ हमारी मुट्ठी में नहीं है। थोड़ा हमारी पहुँच के बाहर भी है। इससे पुरुषार्थ का महत्त्व बिल्कुल भी कम नहीं होता। हमारे हाथ में तो कर्म ही है और वही हमारा सच्चा मित्र है फिर भी उससे ऊपर कुछ है।

आइंस्टीन ने लिखा है–"विज्ञान की खोज में गम्भीरता से प्रवृत्त होने वाले को यह बात माननी पड़ती है कि दुनिया के नियमों में कहीं कोई ऐसी अदृश्य शक्ति है जो मनुष्य से श्रेष्ठ है। उसके सामने मनुष्य की ताकत बहुत साधारण लगती है। इस अदृश्य शक्ति के अनेक रूपों में से एक है भाग्य।

दादी की सूझ

हरिया को यह बात बिल्कुल अच्छी न लगी। उसके काका मिठाई की दुकान हमेशा के लिए बन्द कर देंगे। यह भी कोई बात हुई? पर इसमें हरिया कर भी क्या सकता। उसके पिता कब से गाँव छोड़कर शहर चले गये थे और अब छोटे भाइयों को भी वहाँ बुलवा रहे थे। केवल सबसे छोटा भाई गाँव में रहकर मिठाई की दुकान चलाता और परिवार की देखभाल करता। पानी के अभाव में गाँव बिखरने लगा। आधा गाँव खाली हो चुका था। शहर गये लोग जैसे-जैसे अपने पैरों पर खड़े होते गये, वैसे-वैसे वे परिवारजनों को शहर बुलवाते गये। गाँव में ग्राहकी घटती गयी। इसलिए दुकान बन्द करनी पड़ी। दुकान के कारण हरिया तथा घर के दूसरे बच्चों को जब-तब मिठाई खाने के लिए मिलती। उनको भला यह बात कैसे पसन्द आती? लेकिन कोई उपाय न था। नुकसान उठाकर दुकान चालू नहीं रखी जा सकती थी।

दुकान बन्द हुए एक महीना हो रहा था। काका एक दिन बड़ा सा मटका लेकर आये, वृद्ध माता-पिता को देते हुए बोले–"सुबह दुकान की सफाई करवा रहा था तब समान में पेड़ों (मिठाई) से भरा यह मटका मिला। वैसे तो यह ढका हुआ था फिर भी एक महीना हो रहा है, हो सकता है कहीं कोई जहरीला जीव-जन्तु इसमें मुँह मार गया हो, इसलिए आप खुद सामने खड़े होकर यह किसी जानवर को खिला दीजिए। खबरदार! आप लोग कोई नहीं खाना इसे"।

उसी दिन की बात है। अभी आधी रात भी नहीं हुई थी कि अचानक हरिया की नींद खुल गयी। सर्दियों के दिन थे। वह गुदड़ी ओढ़े सोया था। पास के रसोईघर से लालटेन का पीला प्रकाश आ रहा था, साथ ही धीमे स्वर में

फुसफुसाहट की आवाज भी। इसी आवाज से हरिया की नींद खुल गयी थी। उत्सुकतावश वह ध्यान से सुनने लगा। आवाज उसकी दादी की थी। दबे स्वर में वह कह रही थी–"पेड़े से भरा मटका भूल से दुकान में रह गया था, वह आज मिला। छोटे ने यह मुझे देते हुए कहा है, इसे कोई मत खाना। जानवरों को खिला देना। उसका कहना गलत नहीं है। शायद कोई जहरीले जीव–जन्तु ने उसमें मुँह डाला हो तो वह जहर हम पर चढ़ेगा। लेकिन बहू, इतने सारे पेड़े डाल देने को मेरा तो मन नहीं मान रहा। सर्दियों में पेड़े खराब तो नहीं होते चाहे एक महीना हो गया हो। फिर भी सावधानी तो रखनी चाहिए। मैंने इसका एक रास्ता निकाला है।

'क्या?" हरिया ने दादी से पूछा।

"मैं अभी तीन पेड़े खाकर सो जाऊँगी। यदि मुझे कुछ हुआ तो भी रंज नहीं। मैं तो वृद्ध पीले पत्ते-सी। जीवित हूँ तो क्या और मर भी गयी तो क्या! पर यदि जिन्दा रही तो समझ लेना पेड़े अच्छे हैं। खाये जा सकते हैं। फिर मैं कल रात भी पेड़े खाऊँगी, परसों भी। यदि मुझे कुछ न हुआ तो तुम सब भी खाना"। बहुओं ने आपत्ति उठाई ऐसा जोखिम न लेने की। बहुत विनती की पर कोई लाभ न हुआ। बुढ़िया ने दृढ़ स्वर में कहा–"जो होना है होने दो। मैं तो पेड़ा खाऊँगी"। उसके चेहरे पर अनोखी उमंग थी पर बहुओं के चेहरे उचाट थे। पेड़े सख्त हो गये थे, इसलिए दादी ने उसका चूरा बनाकर खाया, पानी पिया और सो गयी। थोड़ी देर में तो खर्राटे भरने लगी।

हरिया बावरी आँखों से सब देख रहा था। वह घबरा गया। मन ही मन प्रार्थना करने लगा–हे भगवान, मेरी दादी की रक्षा करना। उसे बहुत देर तक नींद नहीं आयी। दिन चढ़ने पर ही आँख खुली। देखा तो दादी बिल्कुल भली-चँगी। खोखला मुँह मुस्कुरा रहा था। अपनी दादी पर हरिया को कितना तो प्यार उमड़ा। अगली रात दादी ने फिर तीन पेड़े खाये। सुबह सकुशल मुस्कान के साथ सामने। बस, पेड़े सार्वजनिक कर दिये गये, पर घर की महिलाओं ने इतना ध्यान जरूर रखा कि छोटे भाई की उपस्थिति में कोई न खाये। बच्चें भी नहीं। हरिया को अपनी दादी की ताकत की सच्ची अनुभूति हुई। वो कितनी वीरांगना थी।

लगभग एक सप्ताह तक बच्चों की मौज हो गयी। उसमें भी हरिया के आनन्द का तो कहना ही क्या? सुबह दूध के साथ पेड़ा, दोपहर को खाना खाते समय पेड़ा और रात को सोते समय पेड़ा।

एक सुबह पूजा-पाठ निपटा कर हरिया के काका बाहर जा रहे थे तभी अचानक उन्हें पेड़े का मटका याद आया। पूछा–माँ, तुमने वो पेड़े जानवरों को खिला दिए न? बुढ़िया बेटे के सामने देखकर मुस्कुराई। बोली–"यूँ तो कहीं पेड़े फेंके जाते हैं? वो तो हमने खा लिए"।

"क्या कहा? खा लिए? यह आपने क्या अनर्थ किया? किसी को कुछ हो गया तो? मैंने खाने के लिए साफ मना किया था"। 'क्यों इतना परेशान हो रहे हो बेटा? उन पेड़ों को खाये तो आज दो महीने हो गये और हम सब सही-सलामत हैं"।

बड़ा होकर हरिया केमिस्ट्री का प्रोफेसर बना। जब उसने पढ़ा कि एक वैज्ञानिक ने जहर का स्वाद जानने के लिए खुद जहर खाया, या खतरनाक विषाणुओं का प्रभाव जानने के लिए उन्हें खुद अपने शरीर में प्रवेश करवाया। तब हरिया का मस्तक श्रद्धा से झुक गया। साथ ही, यह भी लगा कि उन वैज्ञानिकों और उसकी दादी का कुल-गोत्र एक ही होना चाहिए।

अब तो यही मेरे शंख, चक्र

मंच से उतरकर मैं नीचे बैठा। अनेक बंगाली स्त्री-पुरुषों ने मुझे बधाई दी। निखिल भारत बंग साहित्य सम्मेलन की स्वर्ण जयन्ती का आयोजन जबलपुर में हुआ था। उसी के अन्तर्गत सर्व भाषा गोष्ठी थी। मैंने भी सम्बोधित किया था। थोड़ी देर बाद एक बंगाली सज्जन आये। खूब बधाई देते हुए बोले–"आपने मुझे नहीं पहचाना?" मैं सचमुच उन्हें नहीं पहचान सका था।

"मैं शशांक भादुरी"

मैं उनके गले लग गया–"यह क्या, शशांक दा, आप तो बिल्कुल पहचान में नहीं आ रहे"।

मैं जब शान्ति निकेतन में पढ़ता था तब वे मुझसे दो वर्ष आगे थे। मेरी तरह वे भी साहित्य-प्रेमी, इसलिए हमारी मित्रता हुई। हम पचास से भी अधिक सालों बाद मिले थे। मेरे आनन्द की सीमा न थी। शशांक दादा को मैंनें हमेशा उत्साहित, ऊर्जावान और शक्तिशाली देखा है। उनका वही शरीर आज जर्जरित हो गया था। मुझे आश्चर्य हुआ। उन्हें मैं अपने घर ले आया। भोजन कर हम बातों में लगे।

वे बोले–"तुम मुझे नहीं पहचान सके। यह बहुत स्वाभाविक है। मेरी लम्बी कहानी है। पुरानी बात है। एक स्नेही के पुत्र की बारात में आंध्र प्रदेश गया था। अचानक विवाह मंडप में आग लग गयी। 70 से अधिक लोग जलकर मर गये। मैं मरा तो नहीं पर आग में मेरी आँखें झुलस गयी। पता चलते ही मेरा बेटा मुझे तुरन्त कोलकाता ले गया। उसके बाद सीतापुर ले गया जहाँ मेरी आँखों का ऑपरेशन हुआ। जिन आँखों से मैं आपको देख रहा हूँ, वह मेरी नहीं किसी अन्य की आँखें है जिसे मृत्यु से पहले वह दान कर गया था"।

हँसकर फिर कहा–"आज पूरी दास्तान सुना ही दूँ। एक बार खड़गपुर से कोलकाता आ रहा था। कार मैं ही चला रहा था। ट्रक ने हमारी कार को ऐसी टक्कर मारी कि कार का चूरा हो गया। साथ आयी पत्नी की मृत्यु हो गयी। मैं बचा, लेकिन मेरा पैर कट गया। तबसे नकली पैर से काम चला रहा हूँ।" यह सब वे ऐसे बता रहे थे जैसे दुर्घटना उनके साथ नहीं किसी और के साथ हुई हो। "इसके बाद मेरी किडनी खराब हो गयी। बेटा दिल्ली ले गया। वहाँ मेरे शरीर मैं किसी और की किडनी लगाई गयी"। कुछ देर रुककर बोले–"मुझे ठीक से सुनाई भी नहीं देता, इसलिए हियरिंग एड्स की मदद लेता हूँ। दस-बारह वर्षों से मुँह में बत्तीसी भी लगवायी है। छाती में पेसमेकर लगा है। कमर पर बेल्ट बाँधता हूँ। जेब में इनहेलर रखता हूँ। अब तो यही सब मेरे शंख, चक्र, गदा, पद्म।"

"शशांक दादा, यह सब आपके साथ ही क्यों हुआ? मुझे तो आपकी बात सुनकर ही डर लग रहा है। आपने यह सब कैसे सहन किया होगा? आपकी हिम्मत की जितनी तारीफ करूँ कम है"।

गम्भीर आवाज में वे बोले–"मेरे सामने दो ही विकल्प थे। या तो हिम्मत से परिस्थितियों का मुकाबला करूँ या आत्महत्या कर मर जाऊँ। मैंने पहला मार्ग ठीक समझा। विपत्ति के सामने झुकना कायरता है। पलायन है। जीवन की सार्थकता मुसीबतों में राह निकालने में है, भागने में नहीं।'

मैं ध्यान से उनकी बातें सुन रहा था और मन ही मन उनकी प्रशंसा कर रहा था। उदास चेहरे से वे फिर बोले–"इस शरीर में आँखे दूसरे की हैं, किडनी दूसरे की है, पैर भी मेरा नहीं है, हृदय और कान भी आधे-आधे मेरे हैं, दाँत नकली है तो इसमें 'मैं' कहाँ हूँ? मेरा शरीर दूसरों के अंगों की दया पर जी रहा है। जन्म के साथ जो अंग सहज ही मिले थे उनमें से कितने रहे? जो है उन्हें भी मैं अपना नहीं कह सकता। मुझे रह रहकर इस बात का अफसोस होता है कि अब मैं 'मैं' न रहा!"

"शशांक दादा, आप तो 'आप' ही हो। वही खुशमिजाज स्वभाव, वही दृढ़ता वही धैर्य, वही साहस। दुख में तपकर आपकी आत्मा और तेजस्वी बनी है। वृक्ष के पत्ते बदलते हैं पर वृक्ष तो वही रहता है। आप भी वही हैं। ईश्वर

की कठिन से कठिन परीक्षा में भी आप पराजित नहीं हुए। एक के बाद एक लगने वाले आघातों ने आपके शरीर को हानि जरूर पहुँचाई है, परन्तु आपकी आत्मा को और अधिक शुभ्र कर दिया है।"

मैंने मन ही मन अपने इस पुराने मित्र को प्रणाम किया।

सहेली जैसी सासू

विजयादशमी के दिन जन्म हुआ, इसलिए पिता ने नाम रखा विजया। विजया कान्ता की सहेली। रोज सुबह पार्क में मिलती। उनका घर भी हमारे घर के पास ही है, इसलिए दिन में भी कभी आ जाती। नाटा कद पर मजबूत देह वाली विजया बहन को पूरी गीता कंठस्थ। महाराष्ट्रीयन यूँ भी संस्कृत प्रेमी होते हैं। उसके पिता तो नियम निष्ठ ब्राह्मण। उनकी नोटबुक संस्कृत के सुभाषितों से ठसाठस भरी हुई रहती। विजया बहन ने वे सब बचपन में ही सीख लिया था। विवाह कर यहाँ आयी तो सासू जी भी संस्कृत की बड़ी प्रेमी। उन्होंने विजया को और प्रोत्साहित किया। बड़ा परिवार, जेठ-जेठानी और बच्चों का कोलाहल घर में हमेशा रहता। इसलिए, सासू ने कहा–घर के पास छोटा मन्दिर है वहाँ जाकर शान्ति से श्लोक का पाठ करो।

बेहद सरल स्वभाव की विजया बहन को कभी भी गुस्सा नहीं आता। उनके पतिदेव ने धर्मग्रन्थों में पढ़ा था कि क्रोध को जीतना बहुत बड़ा गुण है, लेकिन पत्नी के स्वभाव में यह गुण उन्हें दुखदायी लगता था। निर्गुण-निराकार विजया पर वे एक बार इतना गुस्सा हुए कि उन्हें गुस्सा क्यों नहीं आता? तिस पर भी विजया बहन को गुस्सा न आया तो वे और अधिक गुस्से से भर गये। विजया बहन की आँखें नम हो गयी पर उन्हें गुस्सा नहीं आया।

विजया बहन अपनी सासू की बातें इस तरह करती जैसे अपनी किसी प्रिय सहेली की बात कर रही हो। कहती–"पौ फटते ही मेरी सासू की पूजा शुरू हो जाती और दोपहर तक चलती। पूजा करने की उनकी रीत अजब थी। थोड़ी पूजा कर आँगन साफ कर आती। फिर थोड़ी पूजा कर नाश्ता बना लेती। पूजा कर गाय दुह लेती। इस तरह पूजा और घर के कई काम साथ चलते। यानी उनकी पूजा आसान किस्तों में चलती।"

विजया बहन के पति सबसे छोटे। उनसे बड़े दो भाई। तीनों का खाना खाने का समय अलग-अलग। सासूजी को खाना बनाने और खिलाने का शौक़। अकेले तो कभी खाना नहीं खाया। साथ, कम-से-कम चार लोग तो होते ही। "हमारे घर में दाल-चावल मुट्ठी के माप से नहीं खोखे के माप से पकते। एक बार हम दोनों दिल्ली गये। ट्रेन में खाने के लिए सासूजी ने साबूदाना की खिचड़ी और स्वादिष्ट चटनी बनायी। कितने लोग मिलने आये तो खिचड़ी उनको खिला दी और हमसे कहा–तुम लोग केले लेकर खा लेना या एक दिन निराहार रहना"!! उनकी रसोई में पकवानों की मिठास रहती।

विजया बहन ने बताया–मेरी दोनों प्रसूति यहीं पर हुई। प्रसव की घड़ियाँ गिनी जा रही थी। तभी वे अपनी सहेली के साथ नाटक देखने चली गई। बोली कि प्रसव वेदना तो सहनी पड़ेगी। उसमें हम कुछ नहीं कर सकते। दूसरी प्रसूति के समय माता का वार्षिक श्राद्ध करने नागपुर चली गयी। ऐसा नहीं कि केवल बहुओं के साथ उनका व्यवहार इस तरह था। बेटियों के प्रति भी उनका यही व्यवहार था। मेरी तीनों नन्दों की पहली प्रसूति यहाँ घर में ही हुई। तब भी वे घर में नहीं थी। जरूरत के समय वे हमेशा कहीं और होती। फिर भी हम सब उनको दिल से चाहते। क्योंकि वे भी हमें बेहद प्रेम करती हैं। तैराकी का भी उन्हें शौक़। जब-तब नर्मदा में तैरने चली जाती अकेली नहीं, अपनी सहेलियों को भी साथ ले जाती। लहरों में मुट्ठियाँ मारती डुबकियाँ लगाती, एक-दूसरे पर पानी उड़ाती, पर उन्हें कोई संकोच न होता। जब मेरी माँ का देहान्त हुआ तब वे यवतमाल जिले के गाँव में हमारे घर आयी। वहाँ निरगुना नदी है। बस, नदी देखते ही उन्होंने पल्लू कसा और ऊँची चट्टान पर चढ़कर नदी में छलांग लगा दी। कितनी देर तक तैरती रही। उन्हें डर जरा भी न लगा कि यह अनजाने गाँव की अनजानी नदी है और फिर मैं यहाँ शोक व्यक्त करने आयी हूँ, मुझे गम्भीर रहना चाहिए। 72 वर्ष की उम्र होने तक उन्होंने तैरना नहीं छोड़ा। 77 वर्ष की आयु में उनका अवसान हुआ। उनकी धिंगामस्ती आखिर तक चली। अन्त समय तक वे आनन्द में रही। उनके चेहरे पर हमने कभी परेशानी का भाव नहीं देखा था। वे जहाँ जाती खुशी का वातावरण बन जाता। छोटे बच्चे की तरह चंचल और निष्पाप थी। कोई आडम्बर, कोई दिखावा नहीं। आज भी उनका प्रेममयी चेहरा स्पष्ट देख सकता हूँ।

वे हमारे मकान में किराये से रहते थे, पर हमारे सम्बन्ध कभी मकान मालिक और किरायेदार की तरह न थे, बल्कि एक परिवार की तरह थे। मेरे दोनों बच्चें उनके साथ उनकी थाली में खाते थे। मेरे बेटे को तो उनके घर की ही दाल पसन्द आती। दोनों घर के बीच का दरवाजा हमेशा खुला रहता। विजया बहन की सासूजी प्रतिभा ताई और मेरी सासूजी का आपस में सगी बहनों जैसा प्रेम दोनों साथ ही खाना खाती और साथ ही घूमने जातीं चालीस वर्षों तक हमारे यहाँ रहने के बाद वे दूसरे शहर चले गये। अब प्रतिभा ताई तो नहीं रही, परन्तु उनके घर के किसी भी सदस्य का यहाँ आना होता तो हमारे घर जरूर आता। कभी हमारे यहाँ ठहरते। अभी उनकी बड़ी बेटी यहाँ आयी हैं। उम्र मेरे बराबर। मैंने उनको नर्मदा परिक्रमा की बात बतायी। वे अपनी भाभी के साथ शाम को मिलने आयी। परिक्रमा की अनेक बातें हुई। मैंने कहा– "आपका नाम पूछना तो भूल ही गया"।

"उषा भागवत"

"और आपकी भाभी का नाम?"

"मनीषा गोडसे "

'गोडसे' सुनकर मैं चौंका।

सन्दूक है पर बन्दूक नहीं

उषा भागवत पहले उषा गोडसे थी। भागवत तो वे शादी के बाद हुई। इसलिए, मैंने उनको पूछा–"जब महात्मा गांधी की हत्या हुई तब आपको भी थोड़ी-बहुत परेशानी तो हुई होगी?" उषा जी ने थोड़ा हँसकर बताया–"तब मेरी उम्र बारह वर्ष की थी। मेरे पिताजी और बड़े पिताजी साथ रहते थे। वासुदेव काका बनारस में रहते थे। वहाँ उनका एक बड़ा प्रेस था। एक बार वे हमारे यहाँ आये। हमारे घर में कोई स्त्री वाले कपड़े न पहनता था, परन्तु उनको कपड़ों में स्त्री चाहिए। कल्लू धोबी की गुमटी हमारे घर के पास ही थी। उनके कपड़े लेकर मैं धोबी को देने गयी। उसे आश्चर्य हुआ। बोला–आपके यहाँ से तो कभी कोई कपड़े प्रेस के लिए नहीं आते, आज कैसे?

"मेरे काका के कपड़े हैं" मैंने बताया।

"काका कहाँ से आये हैं?"

"बनारस से। वे वहीं रहते हैं"

"कहाँ जाने वाले हैं?"

"दिल्ली"

धोबी ने अपने रजिस्टर में गोडसे नाम लिखा। दूसरे दिन मैं कपड़े वापस ले आयी। काका दो दिन रुककर दिल्ली चले गये। वहाँ उन्हें अपनी प्रेस के लिए टाइप मशीन खरीदनी थी। इसके आठ दिन बाद दिल्ली में गांधी जी की हत्या हुई। शाम को रेडियो में यह समाचार आये। हत्यारे नाथुराम गोडसे का नाम भी प्रसारित हो रहा था। पूरे देश में हाहाकार मचा था। जहाँ-तहाँ धरपकड़ शुरू हो गयी थी। 'गोडसे' के नाम से जो माहौल बना था उससे हम समझ गये थे कि हमारे घर कभी भी पुलिस छापा मार सकती है। हमारे यहाँ वैसे तो

कुछ भी न था पर दशहरे के दिन शस्त्र पूजा की परम्परा होने के कारण एक छोटी तलवार और कटार बाहर निकाली थी। आशंका के चलते हमने उसे घर के पीछे के वाड़े में दबा दिया था।

सुबह अखबार में भी खबर प्रकाशित हो चुकी थी। लोग झुण्ड बनाकर इसी विषय पर चर्चा कर रहे थे। उस धोबी को लगा कि लगभग आठ दिन पहले जिस गोडसे के कपड़े मेरे यहाँ आये थे और फिर दिल्ली गये थे, वह जरूर नाथुराम के ही होने चाहिए। वह लोगों को जोर-शोर से यह बात बताने लगा। बात पुलिस तक पहुँची। दो सिपाहियों ने आकर धोबी का रजिस्टर जब्त कर लिया। दोपहर को 70-80 सिपाहियों सहित पुलिस वालों ने हमारे वाड़े को घेर लिया। इतने सारे सिपाही देखकर हम बच्चे तो घबरा गये। पिताजी और बड़े पिताजी सुबह ही काम पर निकल गये थे। घर में केवल स्त्रियाँ ही थी, परन्तु मेरी बुआ बहुत होशियार और साहसी थी। उनकी उम्र भी बहुत हो गयी थी। सभी भाई-बहनों को उन्हीं ने पाल-पोस कर बड़ा किया था। वे बाल विधवा थी और हमारे साथ ही रहती थी। बिल्कुल घबराये बिना उन्होंने पुलिस वाले से पूछा–"आप यहाँ क्यों आये हो?"

"हमें आपके घर की तलाशी लेनी पड़ेगी"–पुलिस ने कहा।

बुआ बोली–"खुशी से लो, लेकिन इसके पहले मुझे आपकी तलाशी लेनी है। क्या पता कहीं आप ही कोई आपत्तिजनक वस्तु अन्दर ले जायें और फिर कहे कि यह तुम्हारे घर से मिला है तो गुनाह न करके भी हम गुनहगार साबित होंगे। दूसरी बात घर में नवजात बालक है, सर्दियों का मौसम है। हम ठण्ड में अधिक समय तक बाहर नहीं बैठ सकेंगे, इसलिए जितनी जल्दी हो सके तलाशी ले लीजिए"। हम सब बाहर बैठें। बुआ ने ही दो सिपाहियों की तलाशी ले ली थी और केवल वहीं दो सिपाही घर के अन्दर गये। पिताजी और बड़े पिताजी गनकेरेज फैक्ट्री में काम करते थे। वहाँ बन्दूक, तोप आदि शस्त्र बनते हैं। सिपाहियों को आशा थी कि उन्हें घर में फैक्ट्री से चुराकर लायी गयी रिवाल्वर या बन्दूक मिलेगी। पूरा घर छान लिया। अचार की बरनी तक खाली करके देख ली पर घर में कुछ था ही नहीं। घर में पुराने जमाने की लोहे की पेटियाँ जरूर थी। बाहर निकल कर सिपाही ने कहा–घर में सन्दूक तो बहुत है पर बन्दूक एक भी नहीं"।

शाम को पिताजी और बड़े पिताजी घर वापस आये। सिपाही उन्हें सिटी कोतवाली ले गये। पूरी रात वहाँ रखा। सुबह छोड़ दिया, लेकिन एक सप्ताह तक रोज शाम को थाने हाजिरी लगाने जाना पड़ता। यह झंझट तो किसी तरह खत्म हुई पर दूसरी मुश्किल आ पड़ी। घर की महिलाओं ने थैलियों पर बड़े-बड़े अक्षरों में पुरुषों के नाम लिखे थे। कोई खरीदी करने बाजार जाती तो जैसे ही 'गोडसे' नाम पर नजर पड़ती, सामान देने से मना कर देते। बाद में उन्होंने थैलियाँ उलटी कर बाजार जाना शुरू किया।

हमसे कई गुनी अधिक परेशानी हमारे पड़ोसी पेंढारकर को हुई। वे लोकल इंटेलिजेंस में एरिया ऑफिसर थे। सादी भाषा में सी.आई.डी.। नाथुराम गोडसे जबलपुर आये और गांधी जी की हत्या के तार जबलपुर तक जुड़े हैं, यह अफवाह दिल्ली तक पहुँची। जबलपुर में इनफॉर्मेशन ब्यूरो के प्रमुख श्री सिन्हा को इसकी जाँच और तुरन्त रिपोर्ट भेजने का आदेश दिया गया। सिन्हा ने रिपोर्ट में लिखा कि जिस धोबी के यहाँ गोडसे के कपड़े आये, वहीं सी.आई.डी. इंस्पेक्टर पेंढारकर रहते हैं। गोडसे के आने की खबर उन्हें हमें देना चाहिए था, लेकिन नहीं दी। इस तरह लापरवाही के केस में पेंढारकर सस्पेंड हो गये। जब पता चला कि नाथुराम गोडसे तो जबलपुर आये ही नहीं, तब पूरी छानबीन लिए बिना सरकार को भ्रामक जानकारी देने के कारण सिन्हा जी का ट्रान्सफर हो गया।

उनकी बात सुनकर मुझे लगा यह सब एक धोबी के कारण हुआ। रामायण काल के धोबी का असली वंश।

शौर्य

जय-पराजय

जंगल में आग लगी थी।

आग लगने की शुरुआत ही थी, लेकिन गर्मियों के दिन थे इसलिए फैलते देर न लगी। यदि आग पर तुरन्त काबू न किया जाये तो भारी नुकसान होता है। जंगल में सागौन के कीमती वृक्ष थे। भाग्य से वनरक्षक सोहन सिंह ने आग देख ली। आग अभी नीचे की घास-पत्तियों में ही लगी थी पर उसकी लपटें पेड़ों की झुकी डालियों तक पहुँच रही थी। यदि आग रोकी न गयी तो ये पेड़ भी आग पकड़ लेंगे। फिर तो उसे बुझाना मुश्किल होगा।

सोहन सिंह ने तुरन्त मुख्यालय में खबर दी फिर उनके आने की राह न देखते हुए अपनी कोशिशें शुरू कर दी। वह बाल्टियाँ भर-भर कर मिट्टी आग पर फेंकने लगा। 25 वर्षीय युवा सोहन सिंह में भरपूर ताकत थी, लेकिन आग फिर भी आग है। प्राकृतिक प्रकोप, चाहे वह बाढ़ हो या भूकम्प या आग मनुष्य के लिए हमेशा विनाशकारी है। आग कितनी भी भयंकर क्यों न हो मनुष्य ने उस पर काबू पाया है, वरना हमारी ज्वलनशील पृथ्वी कब की जलकर राख हो गयी होती।

सोहन सिंह मानों आग पर टूट पड़ा हो। पूरी फुर्ती से मिट्टी फेंकता जा रहा था। उसके सामने दूसरा विकल्प भी था कि मुख्यालय को सूचित कर अपने काम की इतिश्री समझ लेता और एक ओर खड़े होकर आग को देखता रहता। आग बुझाने की कोशिश करने का ढोंग करता या मदद के लिए किसी की राह देखता। उस पर कोई आरोप नहीं लगा सकता था। केवल एक आदमी की ताकत और जोर पकड़ती आग की ताकत-इन दोनों के बीच भला क्या मुकाबला? लेकिन सोहन सिंह आखिर वनरक्षक था। वन की रक्षा करना

उसका कर्तव्य था। वह अच्छी तरह जानता था कि आग बुझाने के प्रयास में वह भी जल सकता था, जान भी जा सकती थी फिर भी वह पूरी ताकत से आग बुझाने के काम में जुट गया।

मदद मिलने में थोड़ी देर हुई। लोगों ने देखा आग की लपटें सोहन को घेर चुकी थी। उसके साथियों ने बिजली की गति से सोहन को बाहर निकाला। उसे तुरन्त अस्पताल ले जाना जरूरी था। जान जाने का ख़तरा था। जैसे-तैसे कामचलाऊ स्ट्रेचर तैयार किया और सोहन को उस पर सीधा लिटाया। तड़पते हुए वह बुदबुदाया–"मुझे उल्टा लिटाओ। मेरी पीठ में भयंकर पीड़ा है"। पगडण्डी संकरी खाई से होकर जाती थी। लोग, सोहन को जरा भी तकलीफ न हो, इसका पूरा ध्यान रखकर चल रहे थे। पगडण्डी इतनी पथरीली और ऊँची-नीची थी कि आधा किलोमीटर चलने में उन्हें एक घण्टा लग गया। आकाश धुएँ से भर गया था। साँस लेना मुश्किल हो रहा था। सोहन सिंह बार बार बेहोशी में चला जाता। होश में आते ही कहता–"करवट बदल दो"। साथी करवट बदलते और पानी भी पिलाते। उसका पूरा शरीर जल गया था। स्ट्रेचर उठाने वालों को बड़ी मुश्किल का सामना कर पड़ रहा था। बहुत सँभल कर चलना पड़ रहा था। पगडण्डी और अधिक दुर्गम होती जा रही थी।

सोहन सिंह का अंग-अंग जल रहा था। भूँज गये शरीर में असहनीय जलन हो रही थी पर उसके साथी असहाय थे। उनके कन्धे छिल गये थे, पैरों में छाले पड़ गये थे, शरीर थकान से चूर हो गया, लेकिन उन्होंने इसकी जरा भी परवाह न की। इस समय उनकी एक ही चिन्ता थी–जल्दी-से-जल्दी सोहन को अस्पताल पहुँचाना। सोहन को देख कर डर लगता था। उसकी कराह सुनकर दिल काँप उठता। वह मौत से लड़ रहा था। भूख-प्यास भूलकर ऊबड़-खाबड़ पगडण्डियों पर चलकर, जब-तब सोहन सिंह की करवट बदलते वे चार घण्टे में अस्पताल पहुँचे। सोहन कितना बलिष्ठ था पर आज वह जलकर भुरता बन गया था। डॉक्टरों ने उसे बचाने की भरसक कोशिश की। पास के शहर से बड़े डॉक्टरों को भी बुलाया। कितने साथी उसे अपनी त्वचा देने को भी तैयार बैठे थे। बत्तीस घण्टे तक सोहन मौत से लड़ता रहा। सबकी जान अटकी पड़ी थी। अन्तत: होश में आये बिना उसने अपने जीवन

की बाजी समेट ली। वहाँ जंगल में आग पर काबू पाने में सफलता मिल चुकी थी। जंगल बच गया, पर सोहन चला गया। "गढ़ आला पण सिंह गेला" जैसी बात हुई।

बात जय-पराजय की नहीं। सोहन पराजित हुआ था। आग बुझाने में वह असफल रहा था। इतना ही नहीं इसमें वह अपनी जान गँवा बैठा था। कवि गण हमेशा विजेता के ही गीत गाते हैं, यह जानते हुए भी कि हार निश्चित है फिर भी अच्छे काम के लिए कोई संघर्ष करता है, अपना सब कुछ न्योछावर करता है, अपने प्राण तक अर्पित कर देता है, इन पराजितों का महत्त्व भी तो कम नहीं। ऐसे पराजितों से ही मानव जाति दृढ़ बनती है।

बेटे इतने बड़े कब हो गये!

डेम की चौड़ी दीवार सड़क का काम भी करती। एक सुबह दुर्भाग्य से ट्रैक्टर से ट्रॉली छूटकर डेम में गिर गया। ट्रॉली में घास भरा था जिस पर मजदूर बैठे थे। चार पुरुष, दो स्त्री। सब के सब पानी में डूब गये। उसी समय सुरेश अपने भाई महेश के साथ वहाँ से गुजरा। छुट्टियों में दोनों अपने गाँव आये थे और सुबह जॉगिंग के लिए निकले थे। दोनों अच्छे तैराक थे। उसमें भी सुरेश तो गजब का गोताखोर। उन्होंने ट्रॉली को पानी में गिरते देखा। सोचने का समय न था। जूते और शर्ट निकाल कर सुरेश ने पानी में छलांग लगा दी। महेश ने भी उसका अनुकरण किया। आश्चर्य की बात कि अपनी जिन्दगी का ऐसा निर्णय लेने में सुरेश ने एक मिनट की भी देर नहीं लगाई। जबकि, कितने साधारण निर्णय लेने में सप्ताह और कभी महीना लग जाता।

लोगों की भीड़ एकत्रित होने लगी हमेशा की तरह जिनमें तमाशबीन अधिक थे। घटना के भागीदार कोई नहीं। सब खड़े-खड़े होनी को देख रहे थे। सुरेश ने भाई से कहा—मैं छलाँग लगा कर डूबने वाले को किनारे लाऊँगा, तुम उसे किनारे पर ले लेना। पानी में स्पष्ट दिखाई नहीं दे रहा था। ट्रॉली के गिरने से जो वर्तुलाकार लहरें उत्पन्न हुई थी वह अभी तक खत्म न हुई थी। पानी में गिरे मजदूर घास के ढेर के नीचे दब गये थे। उन्हें पहले वहाँ से निकालना था फिर ऊपर ले जाना था। पानी की इस कब्र से बाहर निकलने के लिए कुछ लोग कोशिश भी कर रहे थे। इस बीच एक मानव आकृति सुरेश के हाथ लगी। वह तुरन्त उसे ऊपर ले आया। ऊपर आकर देखा तो वह स्त्री की देह थी। उसे अपने भाई महेश को सौंप कर वह फिर से पानी के अन्दर चला गया। लगातार हाथ-पैर चलाते एक और देह अपनी मजबूत बाहों में लेकर

वह ऊपर आया। पहले वाली स्त्री को किनारे पर पहुँचा दिया गया था। उसे कृत्रिम श्वास दिया जा रहा था।

अभी निकाली दूसरी स्त्री को भाई ने सुरेश के हाथ से ले लिया। इतनी देर में एक नाव आ गयी थी, इसलिए उसे नाव में किनारे पर ले गये। तीसरी बार पानी में कूद कर सुरेश घास के ढेर के उस ओर गया जहाँ आकुल-व्याकुल होती एक छाया को उसने थामा। इतना भी न देख सका कि वह स्त्री है या पुरुष। उसे भाई के पास पहुँचाकर वह तुरन्त पानी के अन्दर चला गया। इस समय एक-एक पल कीमती था। समय गँवाना यानी जिन्दगी गँवाना। उसने गोताखोरी का सिलसिला जारी रखा और तय किया कि यह काम और तेजी से करना होगा।

पानी से बाहर निकलकर अब सुरेश ने चौथे व्यक्ति को भाई के हाथों में दिया। वह फिर पानी में चला गया। किनारे पर डूबे हुए लोगों की देखभाल की जा रही थी। अब तक कुछ और लोग भी आ गये थे पर सुरेश जैसा गोताखोर कोई न था। इसलिए सुरेश ने अपना काम चालू रखा। अब वह डूबे व्यक्ति को अपने शरीर के बराबरी से पकड़ कर बाहर ला रहा था। इससे पानी का प्रतिरोध कम हो जाता था और बचाव कार्य में पहले से आधा समय ही लगता था। अब वह बहुत थक गया था पर अभी आराम का समय कहाँ था? अपने शरीर को उसने यन्त्रवत कर लिया तथा अपना मिशन जारी रखा।

सुरेश उन लोगों को बचा रहा था जिसे उसने कभी देखा भी न था। जिनके विषय में कुछ जानता भी न था। वह अनजाने पराये लोगों की जान बचाने में जुटा था। हम सबको एक बात समझ लेनी चाहिए कि इस संसार में एक भी व्यक्ति ऐसा नहीं है जो बिल्कुल अकेला अपने आप बड़ा हुआ हो, ऐसा एक भी नहीं जो बिना किसी की मदद के अपने पैरों पर खड़ा हुआ हो। हर व्यक्ति ने एक-दूसरे को सहारा दिया होगा, मदद की होगी या ख़तरों से उसे बचाया होगा। हम में से कोई भी निरपेक्ष नहीं है।

अन्तिम व्यक्ति को बाहर निकालते समय सुरेश के मस्तिष्क में मानों वज्र सा प्रहार होने लगा। उसने पूरी ताकत से डूबने वाले को बगल में दबाया और अधिक गति से पैर चलाने लगा। ऊपर आते ही दूसरे लोगों ने उसे थाम लिया। इस दरमियान एक वृद्ध वहाँ आये थे। उन्होंने स्वयं यह सब अपनी आँखों से

देखा। जैसे ही सुरेश पानी में कूदता वे मन ही मन बोलने लगते-दस, बीस, तीस...उनका हृदय जोर से धड़कने लगता बेटा ऊपर आयेगा या नहीं! उनके पुत्र का काम मानव के सामर्थ्य की पराकाष्ठा थी। बेटे ने छह के छह लोगों को मौत के मुँह से बचा लिया था। पिता की छाती गर्व से फूल गयी, परन्तु उनको एक बात समझ में नहीं आयी–जिन बच्चों को वे अभी छोटा ही समझ रहे थे, वे कब इतने बड़े हो गये?

कुएँ में क़ैद

सुखराम किसी विवाह समारोह में शामिल होने इस गाँव में आया था। रात को थोड़ा अधिक खाना खा लिया था तो टहलने निकला। अनजानी जगह। रात का अन्धेरा। वह एक कुएँ में गिर गया। दुख की बात यह थी कि सुखराम गूँगा और बहरा था। कुआँ लगभग सूखा था। वहाँ कोई आता-जाता न था। वह कुएँ में ही पड़ा रहा। उसके हाथ-पैर छिल गये थे। उसके होशोहवास गुम हो गये थे। इतनी गहराई में गिरने के बाद भी वह जिन्दा बच गया इस बात की उसे खुशी भी थी। बहुत देर के बाद उसने ऊपर धुँधला उजास देखा। सुबह होने आयी थी। उसने खड़े होने की कोशिश की तो पसलियों में तीव्र पीड़ा महसूस हुई। उसे अभी यह पता ही न था कि उसके बायें घुटने में गहरा ज़ख़्म हुआ था और दाहिने पैर का अँगूठा टूट कर लटक गया था।

कुएँ की दीवार ईंटों से बनी थी जिस पर प्लास्टर भी न था। सुखराम ने ऊपर चढ़ने का प्रयत्न किया। लगभग दो मीटर तक चढ़ भी गया पर बाद में एक धड़ाम के साथ नीचे गिरा। देर तक जमीन पर यूँ ही पड़ा रहा। वह ठीक से सो भी नहीं सकता था क्योंकि कुएँ की तलहटी ऊबड़-खाबड़ थी। एक कोने में गड्ढा था जिसमें पानी कम कीचड़ अधिक था। उसने महसूस किया कि अचानक उसके पैर के ताजे घाव में किसी ने डंक मारा। तीव्र पीड़ा से वह उछल पड़ा। कुछ देर बाद उसे यह जानकर राहत हुई कि वह कोई कीड़ा था।

शाम को तीन बज रहे थे। कुएँ की तलहटी में अन्धेरा छा गया था। उसने सोचा बिना खाये-पिये मैं यहाँ कैसे रह सकूँगा? लेकिन, कोई उपाय न था। अगली सुबह उसने फिर ऊपर चढ़ने का प्रयास किया, लेकिन जैसे ही खड़े होने की कोशिश की दर्द के कारण जमीन पर गिर पड़ा। वैसे तो उसका

शरीर कसरती था, किन्तु यहाँ वह खुद को दुर्बल, असहाय महसूस कर रहा था। 'ओ, ओ' जैसी कुछ आवाज उसने निकाली। उसके टूटे अँगूठे में भी भयंकर पीड़ा हो रही थी। उसने पैर की उँगलियों को कीचड़ में डाल दिया। अब उसे कुछ राहत महसूस हुई। भूख भी उसे बहुत जोर से लगी थी। उसने सोचा वह इस कुएँ में ही मर जायेगा। उसकी लाश भी किसी को नहीं मिलेगी। अपने को चारों तरफ से लाचार पाकर सुखराम दोनों हथेलियों में चेहरा छुपा कर रोने लगा। उसे अपनी प्यारी माँ याद आयी–मैं तो यहाँ मर जाऊँगा पर दूर गाँव में रहने वाली उसकी वृद्ध माँ पर क्या गुजरेगी?

दोपहर बाद बादल छा गये। रिमझिम पानी बरसने लगा। मुँह ऊपर उठाकर सुखराम पानी की बूँदें पीने की कोशिश करने लगा। पर क्या इस तरह प्यास बुझती? बल्कि और अधिक बढ़ गयी। वह कुएँ की दीवार का सहारा लेकर सो गया। बार-बार डरावने सपने आने के कारण वह चौंक कर उठ जाता।

कुएँ में गिरे उसे आज तीसरा दिन था। उसकी निराशा अब आक्रोश में बदल गई। वह कुएँ की दीवार पर जोर-जोर से मुक्के मारने लगा। इस कुएँ में वह पिंजरे में बन्द जानवर की तरह था। जोर लगाकर उसने फिर ऊपर चढ़ने का प्रयत्न किया और फिर असफल रहा। उसे बहुत अधिक प्यास लगी थी। उसने अपनी धोती के छोर को कीचड़ में गीला किया और फिर मुँह में निचोड़ लिया। एक बूँद पानी पीते ही कीचड़ की बदबू से उसकी साँस रुकने लगी अपनी नाक बन्द कर उसने और एक बूँद पानी पिया। अब थोड़ी ताकत महसूस हुई। वह ध्यान से कुएँ की दीवार को देखने लगा। उसने देखा कि दीवार के एक ओर से कुछ ईंटें यहाँ-वहाँ से गायब है। तब उसे विचार आया कि यदि थोड़े-थोड़े अन्तराल पर कुछ ईंटें निकाल दी जायें तो उसे पैर रखने की जगह मिल जायेगी। नये उत्साह से वह काम पर लग गया। अन्धेरा होते तक वह आधी दीवार चढ़ चुका था। नीचे उतरकर वह फिर दीवार से लगकर सो गया।

कुएँ की दीवार पर लगे झाड़-झँकाड़ से उसके हाथ-पैर छिल गये थे। शरीर पर कई खरोंचे उभर आयी थी। लेकिन, सुबह होते ही वह फिर काम में लग गया। जैसे-जैसे वह ऊपर चढ़ता गया वैसे-वैसे ईंटें आसानी से

बाहर निकलने लगी। अन्तत: वह क्षण भी आ गया–थोड़ी ईंटें, थोड़ा श्रम और वह कुएँ के बाहर आ गया। सबसे पहले उसने दो हाथ जोड़कर प्रार्थना की। प्रभु ने उसे तकलीफ नहीं दी। जब वह स्वयं को शक्तिहीन महसूस कर रहा था तब ईश्वर ने ही उसमें शक्ति का भण्डार भरा था। इतने में ही किसी की नजर सुखराम पर पड़ी। लोग जमा हो गये। उसे शादी वाले घर ले गये। उसकी बूढ़ी माँ उसे ढूँढ़ते हुए गाँव आयी थी। बेटे को देखकर वह खुद पर काबू न रख सकी और उसे सीने से लगाकर फूट-फूट कर रोने लगी।

इस सत्य घटना पर यदि फिल्म वालों को फिल्म बनानी हो तो उन्हें इतने पर सन्तोष न होगा। वो ऐसा दिखायेंगे कि माँ को देखते ही सुखराम की वाणी वापस आ गयी और वह बोलने लगा। चमत्कार के बिना फिल्म कैसे बन सकती है? परन्तु एक युवा चार दिन तक कुएँ में रहकर, अथक परिश्रम कर बाहर निकल आया, यह क्या कम चमत्कार है?

अदलाबदली

मान लीजिए यम किसी को लेने आये और कोई अन्य आकर यम से कहे कि उसके बदले मैं चलने को तैयार हूँ, उसे छोड़ दो और मुझे ले चलो। तो क्या यम मान जायेगा? ऐसा हो सकता है क्या? नहीं चलेगा, किन्तु नहीं ही चलेगा ऐसा भी नहीं है। नियम के अनुसार नहीं चलेगा, पर अपवाद रूप में चलेगा। बाबर और हुमायूँ से सब परिचित हैं। बाबर ने खुदा से बन्दगी कर कहा कि मेरे बेटे के बदले मुझे उठा ले और उसी क्षण से हुमायूँ स्वस्थ होने लगा। बाबर बीमार हुआ और चल बसा।

कुछ समय पहले मेरे एक आत्मीय की पत्नी बीमार हुई। अनेक उपचार के बाद भी उनकी बीमारी बढ़ती गयी। मौत सामने नजर आने लगी थी पर एक माह के भीतर वो स्वस्थ हो गयी और अचानक उनके पति का अवसान हो गया। मानों पत्नी की मौत उन्होंने अपने ऊपर ले ली हो।

मैं एक बार नर्मदा के किनारे सांकल घाट गया था। एक वृक्ष के नीचे बैठा था। नदी के प्रवाह को देख रहा था। इतने में एक पुरुष और स्त्री को नदी के प्रवाह की ओर जाते देखा। स्त्री के हाथ में पूजा का थाल था। प्रवाह के पास जाकर पुरुष ने एक बाल्टी में जल भरा। स्त्री ने पास की थोड़ी सी जगह को गोबर से लीपा और वहाँ दिया जलाया। अगरबत्ती जलाई। फूल चढ़ाए और दोनों ने पूरे भक्तिभाव से सिर झुकाकर प्रणाम किया। इसके बाद वे बहुत देर तक ध्यान में अविचल बैठे रहे। मुझे आश्चर्य हुआ। वहाँ न कोई मन्दिर था न कोई मूर्ति। छोटा-मोटा कोई शिवलिंग भी न दिखा। फिर ये पूजा अर्चना किस के लिए थी? मुझसे रहा नहीं गया तो नदी किनारे जाकर उनसे ऐसा करने का कारण पूछा। पुरुष ने बताया–"आठ वर्ष पहले की बात है। मैं नर्मदा की

परिक्रमा कर रहा था। सिवनी संगम में चातुर्मास किया था। वहाँ एक संन्यासी से परिचय हुआ। वे तपस्वी तो थे ही प्रखर ज्ञानी भी थे। मेरे मन में उनके प्रति बहुत आदर भाव उत्पन्न हुआ। वहाँ से हम साथ-साथ ही निकले और यहाँ पहुँचे। सुबह का समय था। उन्होंने स्नान कर लिया था। हमने जहाँ अभी पूजा की वहीं बैठकर वे पूजा कर रहे थे। मैं नहा रहा था। मुझे तैरना नहीं आता, इसलिए किनारे पर ही नहा रहा था। तभी अचानक मेरे पैरों के नीचे की रेत नीचे धँसने लगी और मैं अन्दर पोल में जाने लगा। जैसे-जैसे बाहर निकलने की कोशिश करता और अन्दर जाने लगता। मैं इतना घबरा गया कि किसी भी तरह बाहर आने के लिए छटपटाने लगा। मेरी चीखें सुनकर संन्यासी पानी में आये और मेरा हाथ पकड़ कर मुझे बाहर खींचने लगे।

वे मजबूत काठी के थे, मुझे पूरी ताकत से खींच रहे थे। दुर्भाग्य से उनके पैरों के नीचे से भी रेत धँसने लगी और वे भी पानी की खोल में आ गये। उनके आते ही मैं उनसे लिपट गया। मुझे लगा अब मैं नहीं डूबूँगा। संन्यासी मुझे किसी तरह बचा लेंगे तब तक तो संन्यासी मुझे जोर से धकेल कर लुप्त हो गये। अचानक मेरे पैरों के नीचे कोई कठोर चीज आ गयी। उसके ऊपर पैर टिकाकर मैंने ऊपर आने का मरियल सा प्रयास किया और मैं बाहर आ गया पर संन्यासी कहाँ गये?

मेरे नाक-मुँह में पानी चला गया था। स्वस्थ होने में थोड़ा समय लगा। बाद में समझ में आया कि जिस कठोर चीज पर पैर रखकर मैं बाहर आया था वह संन्यासी की पीठ या कन्धे थे। उन्होंने देखा कि मुझे बचाने का एक ही उपाय है, वे नीचे चले जायें और मैं अपने पैरों में आधार पाकर बाहर निकल सकूँ। मुझे पूरा विश्वास है कि मुझे बचाने के लिए बहुत सोच-विचार कर वे नदी में नीचे उतर गये। मेरी मौत उन्होंने अपने सिर ले ली। मुझे जीवन दान दिया। तब से हर वर्ष हम पति-पत्नी यहाँ आते हैं। इस स्थान को पवित्र मानकर, धूप-दीप जलाकर उनकी पावन स्मृति में ध्यान करते हैं। यहाँ हमें उनकी सौम्य मूर्ति और उनके शान्त-सात्विक तेज का अनुभव होता है। इसके बाद कन्या भोज कराते हैं"।

नदी के पास टेकरी पर बड़े वटवृक्ष के नीचे कन्या भोज शुरू होने वाला था। उनके आग्रह पर मैंने भी श्रद्धापूर्वक प्रसाद ग्रहण किया। जब भी यह बात

याद आती है तब लगता है कि दूसरों के प्राण बचाने के लिए जो सच्चे दिल से अपने प्राण न्योछावर करने के लिए तैयार होता है तो उसे यम भी मना नहीं कर सकते। अपने नियम को एक ओर छोड़ देता है और एक के बदले दूसरे को ले जाने के लिए तैयार हो जाता है। हम जितना समझते हैं, यम उतना निर्दयी या कठोर नहीं है।

द शो मस्ट गो ऑन

उज्ज्वल अट्ठाईस वर्ष का बलिष्ठ युवा गजब का तैराक था। डुबकी मार कर देर तक पानी में तैरता। दो महीने पहले बारिश में जब बरगी बाँध के 19 द्वार खोल दिये गये थे तब वह मित्रों के साथ नर्मदा के तेज प्रवाह में 30 किलोमीटर तैरते हुए जबलपुर के जिलहरी घाट तक आया था। यह सचमुच विकट साहस था। ऊँचे और मजबूत काठी वाले उसके पिता गोविन्द मिश्र उससे भी अधिक बड़े सितारे। पूरे प्रदेश में वे बेजोड़ थे। उन्हें तैराकी का बेहद शौक़, बल्कि कहें तो नशा। 365 दिन तैरने आते। एक दिन भी खाली न जाता। उन्होंने तैराकों का एक दल तैयार किया था और वे सब नर्मदा के उद्गम से सरदार सरोवर तक तैरते हुए पहुँचे। तैराकी का यह गुण उनके छोटे बेटे उज्ज्वल में भी आया था। मेरी उनसे मुलाकात शूलपाणी की खतरनाक झाड़ी में हुई थी। रोज सुबह दोनों नर्मदा में घण्टों तैरते।

17 नवम्बर, 2003 की खुशनुमा सुबह। हमेशा की तरह पिता-पुत्र नर्मदा में तैर रहे थे। पूरी ताकत से हाथ घुमाते हुए इस पार से उस पार हो रहे थे। ढाई-तीन घण्टे बाद सब बाहर आये तब किसी का ध्यान गया कि उज्ज्वल बाहर नहीं आया। सब उसकी खोज में लग गये। बहुत देर तक न मिलने पर आशंका होने लगी कि वह कहीं डूब न गया हो। सबके चेहरे का रंग उड़ गया। नदी के गोताखोरों के साथ होमगार्ड के गोताखोर भी उसकी खोज में लग गये, परन्तु वे भी पानी में बहुत गहरे नहीं जा सकते थे, इसलिए मुम्बई से नौकादल के गोताखोरों को बुलाने का निर्णय लिया गया। किन्तु उनके आने से पहले ही 36 घण्टे बाद शव अपने-आप ऊपर आ गया। पानी की गहरायी में भँवर थे जिससे वहाँ की चट्टानों में उसका शरीर फँस गया था। फिर फूल कर ऊपर आ गया था।

गोविन्द मिश्र पर तो जैसे आसमान टूट पड़ा। मातृ विहीन दो पुत्रों में से उसे उज्ज्वल पर अधिक स्नेह था। वह 24 वर्ष की युवा पत्नी और ढाई वर्ष की अबोध बेटी को छोड़ हँसता-खेलता यूँ ही चल गया। युवा पुत्र के आकस्मिक निधन से पिता कितने क्षुब्ध होंगे? इसकी कल्पना मैं कर सकता था। तीन दिन के बाद मैं उनसे मिलने घर गया। शाम हो चली थी। वे शान्त-स्वस्थ बैठे थे। पास ही दिवंगत पुत्र की मासूम बच्ची खेल रही थी। उसे देखकर दिल भर आया। मैं चुपचाप बैठा रहा। मुँह से शब्द ही नहीं निकल रहे थे। मौन के इस भारी-भरकम वातावरण को उन्होंने ही तोड़ा। बोले–"मीरा बहन अभी कहाँ है?" इस अंग्रेज महिला का मूल नाम मेरिएटा मेडरल था। भारत आकर उसने अपना नाम मीरा कर लिया था। उसने भिक्षा माँगकर खुले पैर नर्मदा की कठिन परिक्रमा की थी। इस परिक्रमा में उसे सवा तीन वर्ष लगे थे। उसी दरमियान वे यहाँ रुकी थी और उनका गोविन्द मिश्र जी से परिचय हुआ था। उसके बाद मिश्र जी ने मुझसे मीरा बहन का परिचय करवाया। नर्मदा परिक्रमा से लौटकर मीरा बहन ने बरगी बाँध के पास चातुर्मास किया तब मेरी परिक्रमा की पुस्तक का अंग्रेजी में उन्होंने अनुवाद भी किया। परिक्रमा पूरी होने के बाद वे हमारे घर दो महीने रहीं थी। इसलिए, मिश्र जी ने मुझसे उनके विषय में पूछा।

"वे अभी अमरकंटक में माई की बगिया में है"

"यहाँ आये तब मुझे जानकारी देना। गहरे पानी में डूबते व्यक्ति को बचाने की कला वे जानती हैं। मेरे साथी उनसे यह विद्या सीख लेंगे तो भविष्य में किसी डूबते को बचा सकेंगे"।

बेटे की कोई चर्चा नहीं। किसी अन्य की ऐसी मौत न हो यही उनकी चिन्ता। 24 वर्ष की पुत्रवधू विधवा हुई, ढाई वर्ष की बच्ची ने पिता की छाया खोई, खुद उनका लाडला पुत्र चल बसा, क्या इन सब घटनाओं से वे मर्माहत न हुए होंगे? लेकिन, अपना दुख वे पी गये। जब बेटे की अर्थी बाप के कन्धों पर घर से निकली तब पुत्रवधू के हृदय विदारक रुदन से जरूर वे भाव विह्वल हो गये, किन्तु थोड़ी ही देर मैं वे सामान्य हो गये।

नर्मदा के प्रति उनके अनुराग भाव से मैं परिचित था। वे नर्मदा को देखे बिना और उसमें घण्टों तैरे बिना नहीं रह सकते थे। इसके बावजूद मन में कुतूहल तो था कि बीस वर्षों से चले आ रहे इस क्रम को मिश्र जी अब भी

जारी रखेंगे? परन्तु वे तो चौथे दिन ही नदी किनारे हाजिर थे और हमेशा की तरह युवाओं को उसी उत्साह से तैराकी सिखा रहे थे। द शो मस्ट गो ऑन। ये थे गोविन्द मिश्र। अच्छे-अच्छों का सीना फट जायें ऐसी स्थितियों का उन्होंने सामना किया था लेकिन धीरज नहीं खोया, दुख से कातर नहीं हुए। मन कठोर करके भाग्य को स्वीकार किया। शान्त चित्त से प्रिय बेटे को नर्मदा के हवाले कर काम में लग गये। उनके साहस और धैर्य को देख सभी चकित थे। उन्होंने किस्मत से टक्कर ली और वे पूरी तरह सफल हुए।

छोटा सा विमान और असीम समुद्र

यह एक महिला पायलट के शौर्य की कहानी है। वैसे यह दुश्मन माने जाने वाले दो देशों के बीच प्रेम और भाईचारे की भी कहानी है।

जाने का सिग्नल मिलते ही युवा अमेरिकन विमान चालिका हैडी ने अपने एक इंजन वाले विमान को केलीफॉर्निया के आकाश में उड़ने के लिए छोड़ दिया। वह न्यूजीलैण्ड जा रही थी। प्रशान्त महासागर पर यह उसकी दसवीं उड़ान थी। इसके पहले की नौ उड़ानों की तरह यह उड़ान भी वह ऑस्ट्रेलिया और न्यूजीलैण्ड के विमान विक्रेताओं के अनुरोध पर भर रही थी। वह शान्त चित्त से बीथोवन की सुरावली सुन रही थी। कभी उसे लगता कि विमान स्थिर खड़ा है, परन्तु जब वह नीचे खिलौने जैसे दिखने वाले जहाजों को दूर जाते देखती तब उसे समझ में आता कि वह तो तेजी से अपने लक्ष्य की ओर बढ़ रही है। वह बहुत खुश होती। किसी किशोर को पतंग उड़ाने में जैसा आनन्द आता ऐसा ही आनन्द उसे विमान उड़ाने में आता।

पर यह क्या!! तेज कर्कश आवाज के साथ ही इंजन बन्द हो गया। विमान की गति धीमी होने लगी। महासागर के ऊपर उड़ता विमान नीचे गिरने लगा। हैडी ने विमान को गिरने से रोकने की भरसक कोशिश की, किन्तु व्यर्थ। अब वह रेडियो सिग्नल से इस दुर्घटना की खबर देने लगी। उसे आशा थी कि पास के किसी हवाई टापू पर कोई उसके सिग्नल को सुन लेगा और मदद के लिए आ जायेगा। विमान और तेजी से नीचे की तरफ गिर रहा था। समुद्र में गिरकर उसके टुकड़े-टुकड़े होना और डूबना निश्चित लग रहा था। साथ में वह भी समुद्र की अनजान गहराई में खो जायेगी। कुछ देर पहले हैडी का विमान आकाश में हंस की तरह उड़ रहा था और अब इस मुसीबत में फँस गया।

एक धमाके के साथ विमान समुद्र में जा गिरा फिर ऊपर उछला और उल्टा हो गया। केबिन पानी के नीचे चला गया। हैडी को समझते देर न लगी कि यदि वह केबिन से बाहर न निकली तो विमान के साथ वह भी डूब जायेगी। उसकी पीठ में दर्द हो रहा था पर वह नीचे झुक सकती थी। इसका मतलब कोई गम्भीर चोट नहीं थी। उसके अस्थिपंजर सही सलामत थे। उसने तुरन्त लाइफ राफ्ट (रबर की छोटी नौका) निकाली और केबिन के बाहर निकल आयी। उसके बाहर निकलते ही केबिन में पानी भर गया। वह फुर्ती से नारंगी रंग के राफ्ट पर सवार हो गई। हिलती-डुलती नौका यद्यपि ऊँची लहरों से उसकी रक्षा नहीं कर सकती थी पर उसे किसी तरह पानी की सतह पर तो रख सकती थी। इस समय जीवित रहने के लिए यही एक जरूरी उपाय था।

हैडी मन ही मन ईश्वर से प्रार्थना करती रही कि मेरा विमान जल्दी न डूबे। पानी में यदि वह जब तक दिखाई देता रहेगा, मुझे या खोजी जहाज को उसे निकालने में सुविधा होगी। नौका दूर से नहीं दिखाई देगी पर विमान दिख जायेगा। डूब जाने से पहले विमान उसकी इतनी मदद तो कर सकता है। उसे इस बात की भी आशंका थी कि उसने रेडियो सन्देश में जो दुर्घटना स्थल बताया था वह तो अब तेज लहरों के साथ बहकर कौन जाने कहाँ पहुँच गया होगा। उसे फिर भी आशा थी कि आकाश में कोई विमान दिखाई देगा या क्षितिज में कोई जहाज झाँकता दिखाई दे जाये अथवा समुद्र के पेट से कोई पनडुब्बी ही प्रकट हो जाये और उसे सुरक्षित ले जाये। परन्तु कल्पना और वास्तविकता में बहुत अन्तर होता है। घण्टों पर घण्टे बीतने लगे पर कहीं कोई दिखाई नहीं दे रहा था। हैडी प्रशान्त महासागर की अदृश्य जगह में फँस गयी थी।

दुर्घटना के बाद शुरू के क्षणों में व्यक्ति में आत्मविश्वास रहता है, परन्तु जैसे-जैसे समय बीतता जाता है वैसे-वैसे विश्वास क्षीण होने लगता है। हिम्मत टूटने लगती है। उसे क्रोध आने लगता है कि कोई उसे बचाने क्यों नहीं आ रहा? क्या किसी को मेरी फिक्र नहीं है? वह निराश होने लगता है, लेकिन यदि वह विचार शक्ति नहीं खो देता तो उसे समझ में आता है कि विपत्ति के इस समय में आशा और आत्मविश्वास बनाए रखना ही एकमात्र उपाय है।

यह अच्छी बात थी कि हैडी ने अब भी आशा नहीं छोड़ी थी, जबकि मन में अनेक शुभ-अशुभ विचार आ जा रहे थे फिर भी उम्मीद थी कि इस विकट घड़ी से वह जरूर उबर जायेगी।

लहरों का वेग बढ़ रहा था। लगातार यहाँ से वहाँ थपेड़े खाती हैडी की ताकत अब कम होती जा रही थी। ढलती शाम ने उसे चिन्तातुर कर दिया। थोड़ी देर में सूरज डूब जायेगा और अन्धेरी रात हो जायेगी। काली सुनसान रात उसे समुद्र पर ही बितानी पड़ेगी। यह समुद्र उसे निगल जायेगा! हैडी की आँखों के सामने अन्धेरा छा गया। देखते-देखते पूरा वातावरण अन्धेरे की चादर में लिपट गया। वह सोच रही थी, यह मेरे साथ ही क्यों हो रहा है? वह खुद को छोटे बच्चे की तरह असहाय महसूस कर रही थी। उसे लगा इस विशाल समुद्र में वह बिल्कुल अकेली है। हिमधवल बादल उसे भयानक राक्षस की तरह लग रहे थे। उसने तुरन्त वहाँ से अपनी नजर हटा ली। उसे अपनी धरती याद आ रही थी। धरती की स्थिरता और दृढ़ता उसे परम पावन वरदान जैसी लगती। अपने पैरों के नीचे धरती के स्पर्श के लिए वह कितनी व्याकुल थी पर कहाँ थी धरती? यहाँ तो था पानी, पानी और पानी!

बहुत अच्छी बात यह थी कि उसका विमान अभी पूरा डूबा नहीं था पर कितनी देर? जैसे ही लहरों की गति तीव्र होगी कि विमान डूब जायेगा। यह विचार आते ही हैडी का मन भी डूबने लगता। उसे भूख, लहरों, हवाओं के साथ कड़ाके की ठण्ड का भी सामना करना पड़ेगा। बारह घण्टे से भी अधिक समय बीत गया। ठण्ड के कारण वह गठरी सी बनी बैठी थी। तभी थोड़ी दूर पर उसने शार्क मछली को देखा। क्या वह इस भयानक मछली का ग्रास बन जायेगी? भय से उसका पूरा शरीर काँप उठा। ठीक इसी समय उसने एक और चीज देखी। चार इंजन वाला एक विमान उसकी तरफ आ रहा था। यह तो अमेरिकन तटरक्षक दल का विमान है! शायद उसे बचाने के लिए आ रहा है। एक ओर शार्क दूसरी ओर विमान! एक ओर आतंक दूसरी ओर उल्लास! उसके आधे डूबे हुए विमान के बाजू में विशाल लहर का एक झटका लगा और विमान ने जलसमाधि ले ली। मानों इतना पर्याप्त न था और हैडी की तरफ आने वाले विमान ने दिशा बदली फिर वापस मुड़ गया! हैडी की निराशा का अन्त न था।

2

भाग्य से हवाई टापुओं के रेडियो संचार के ऑपरेटरों ने हैडी का सन्देश सुन लिया था। तुरन्त ही अमेरिकन तटरक्षक दल का विमान दुर्घटना स्थल की खोज के लिए निकल पड़ा। शुरू में असफल प्रयासों के बाद वह दुर्घटना स्थल के बहुत निकट पहुँच गये तभी विमान चालकों ने सोचा कि वे विमान तो ढूँढ लेंगे पर उसके पायलट को नहीं उठा सकेंगे। यह काम तो नाविक ही कर सकते हैं। इसलिए वे हैडी की खोज छोड़कर उसके विमान की खोज में लग गये। थोड़ी देर में एक माल वाहक जहाज दिखा। इस रशियन माल वाहक जहाज के कैप्टन को नेविगेटर ने बताया कि अमेरिकन तटरक्षक दल का जहाज हमारी ओर आ रहा है, किन्तु उसने दिशा बदली और दूसरी तरफ मुड़ गया और कुछ देर में फिर वापस आया। दुर्भाग्य से रेडियो सम्पर्क स्थापित नहीं हो रहा था। ऐसे समय में अपने जहाज का एक इंजन बन्द कर दिया था। जहाज का कप्तान ब्रिज के ऊपर खुले में खड़े होकर ध्यान से चारों ओर देख रहा था। वह बहुत अनुभवी था। उसने महासागर पर वर्षों गुजारे थे। उसका जहाज कभी दुर्घटनाग्रस्त नहीं हुआ था। अपने अनुभवों के आधार पर वह समझ गया कि विमान उसे अपने पीछे आने के लिए संकेत दे रहा है वह उसे कहाँ ले जाना चाहता है? कितनी दूर? और विशेष रूप से क्यों?

यह सब सोचने का समय अभी नहीं था। जहाज की दिशा बदलकर वह विमान की दिशा में चलने लगा। थोड़ी देर बाद सहायक कप्तान ने बताया–"रडार पर विमान दिख रहा है। वह एक ही जगह पर चक्कर काट रहा है"। "वह जरूर दुर्घटनास्थल होना चाहिए। पूरी तेजी से चलो"।

रात के अन्धेरे में जहाज तीर की तरह सरसराता आगे बढ़ने लगा। अमेरिकन विमान चालकों ने पास आते रशियन जहाज को देखा। उन्होंने नारगी रंग की आतिशबाजी की जिसका अर्थ था दुर्घटनाग्रस्त व्यक्ति को आपकी मदद चाहिए। आतिशबाजी के कारण चारों तरफ उजाला फैल गया। कप्तान ने देखा कि पानी के ऊपर कोई इन्सान है।

पहले विमान और फिर जहाज को देख हैडी खुशी से पागल हो गयी। मदद पहुँच चुकी है! अब वह बच जायेगी! उसने देखा कि प्रकाश का एक गोला विमान से समुद्र पर पड़ रहा है। फिर दूसरा, तीसरा। वह पानी में बुझा

नहीं, बल्कि उसकी रोशनी और तेज हो गयी। इसका मतलब अब शार्क उसके पास आने की हिम्मत नहीं करेगी। उसमें नयी चेतना का संचार हुआ। रशियन जहाज के कप्तान ने सर्च लाइट जलाने का आदेश दिया। अन्धेरे को चीरती तीन सर्च लाइट एक साथ जल उठी। जहाज रोक दिया गया। उसमें से रक्षा जेकेट पहने बारह नाविक उतरे और एक छोटी नाव में बैठ गये। लहरों का सामना करती नौका हैडी की ओर बढ़ने लगी। विमान चालकों ने और अधिक शक्तिशाली सर्च लाइटें जला दी। उसकी रोशनी ने राफ्ट की दिशा भी दिखा दी जो तेज लहरों पर खिलौने की तरह यहाँ-वहाँ डॉल रहा था। नाविक नौका को राफ्ट के नजदीक ले गये और उन्होंने राफ्ट को पकड़ भी लिया, किन्तु लहर के प्रवाह में वह उनके हाथ से छूट गयी। वे फिर से नौका हैडी के पास ले गये पर हैडी में कूदने की ताकत न बची थी तब नाविकों ने उसे खींचकर अपनी नौका में बैठा लिया। हैडी के पानी से तरबतर शरीर में अब खड़े रहने की ताकत भी न बची थी। उसके पैर लड़खड़ा रहे थे। चेहरे पर थकान की छाया थी। इसके बावजूद वह अपने राफ्ट को अन्तिम बार देखना न भूली। उसी पर तो उसने पूरी रात गुजारी थी।

जहाज पर पहुँचने पर हैडी को स्वच्छ वार्ड में ले जाया गया। जहाज की डॉक्टर नताशा ने तुरन्त उसकी देखभाल शुरू कर दी। मानसिक तनाव, शारीरिक चोटें, जानलेवा ठण्ड और समुद्र के प्रचंड थपेड़ों के कारण हैडी की हालत बहुत खराब थी। वह लगभग बेहोश सी थी पर बच जाने की खुशी ने चमत्कारिक असर किया। उसकी आँखों से खुशी के आँसू बहने लगे। खुद को बचाने वालों के प्रति वह कृतज्ञता के भाव से भर गयी। जहाज के कप्तान ने बताया–होनोलूलू से सम्पर्क स्थापित करने में हम सफल हुए हैं। चार-पाँच घण्टे में वहाँ से जहाज आ जायेगा। तब हम आपको उन्हें सौंप देंगे। तब तक आप आराम करिए। हैडी गहरी निद्रा में चली गयी।

लगभग चार घण्टे के बाद जब जागी तब तरोताजा लग रही थी उसने अपने बाल सुखाने के लिए ड्रायर माँगा तो नताशा समझ गयी कि हैडी अब बिल्कुल ठीक है। कप्तान को देख हैडी बोली–"कप्तान यदि आपको पहुँचने में जरा भी देर हुई होती तो पता नहीं मेरा क्या होता?" कप्तान उसके कन्धे पर हाथ रखते हुए बोला- "बस बस, अब वह सब भूल जाओ"। सोवियत जहाज और

अमेरिकन युद्धपोत पाँच घण्टे बाद मिले। रात बीत चुकी थी। हैडी को विदा करने सब नाविक डेक पर आये। हैडी नताशा के गले लग गई। कप्तान तथा उसके साथियों से हाथ मिलाया फिर अमेरिकन बंधुओं के साथ चली गयी। दोनों जहाजों के कप्तानों ने ध्वज फहराया और एक-दूसरे से विदा ली। जहाजों के बीच अन्तर बढ़ने लगा।

कुछ दिनों बाद रशियन जहाज के कप्तान को हैडी का पत्र मिला जिसमें लिखा था–"मुझे दुख है कि पत्र लिखने में देर हुई, परन्तु महासागर के उस अनुभव के बाद सामान्य होने में मुझे इतना समय लग गया। आपकी तथा आपकी टीम की बहुत आभारी हूँ। सच कहूँ तो जब मुझे पता चला कि मैं सोवियत जहाज पर हूँ तब मुझे घबराहट हो रही थी, किन्तु आप सबके आत्मीय व्यवहार से मेरा संदेह दूर हो गया। नताशा की मैं विशेष रूप से आभारी हूँ। उसके साथ तो मेरा बहनापा हो गया है। फिर से आप सबको हार्दिक धन्यवाद..

यह तब की बात है जब अमेरिका और रशिया के बीच सम्बन्ध ठीक नहीं थे, किन्तु मनुष्य किसी भी देश का क्यों न हो, अन्तत: है तो वह मानव जाति का अंश। हम एक ही शक्ति के वारिस हैं। क्या इस घटना में 'वसुधैव कुटुम्बकम' की भावना नहीं झलकती?

पतझड़ के पत्ते

नेहा नाम की लड़की

छोटी सी नेहा बड़ी हो गयी, लेकिन अपने अटपटे सवालों से दादा जी को परेशान करने की आदत नहीं गयी। दादा जी को भी परेशान होने में उससे अधिक आनन्द आता था। कल ही पूछा था–"अच्छा दादाजी बताइए सूर्य की किरणें क्या-क्या लाती हैं?"

"लगभग साठ वर्ष पहले पढ़ा तो था, पर अब कहाँ याद होगा? फिर भी हल्का सा याद है कि वह दो चीजें लाती हैं–'प्रकाश और ऊष्मा।'

"गलत, दो नहीं ढाई चीजें लाती हैं"

"ढाई? आधी कौन सी? इस आधी चीज का तो आइजेक न्यूटन को भी पता नहीं होगा।" अरे दादाजी, इस आधी चीज की बात सबसे पहले न्यूटन ने ही की थी। तभी तो हमें पता चला"

"जल्दी बताओ, वह आधी चीज क्या है?"

"रंग! सूर्य की किरणों में प्रकाश और ऊष्मा के साथ रंग भी होता है। बारिश के दिनों में इन्द्रधनुष में हमें सात रंग दिखाई देते हैं। वो सूर्य की किरणों में ही होते हैं। काँच के एक त्रिभुजाकार प्रिजम से सूर्य किरणों को पसार कर इन सात रंगों को अलग-अलग कर न्यूटन ने प्रमाणित किया है कि सूर्य की किरणों में रंग होता है"।

"ठीक है पर हम इसे आधी चीज क्यों कहते हैं?"

"देखो, प्रकाश के बिना तो जीवन सम्भव नहीं है। मनुष्य, पशु-पक्षी, वनस्पति सबका जीवन प्रकाश पर निर्भर है। प्रकाश बिना अन्धेरे की चादर ओढ़े पृथ्वी की हम कल्पना भी नहीं कर सकते। ठीक इसी तरह सूर्य की गर्मी। उसके बिना समुद्र का पानी न भाप बनता और न बादल बनकर वर्षा

होती। वर्षा से खेत में अनाज, वृक्षों में फल पकते हैं। भविष्य में सौर ऊर्जा का महत्त्व खूब बढ़ने वाला है। प्रकाश और ऊष्मा हमारे लिए जितने उपयोगी है, रंगों का उतना महत्त्व नहीं।

मान ले कि सूर्य किरणों में रंग न होते तो कोई फर्क नहीं पड़ता। वे बरसात में यदा-कदा दिखते हैं, बस इतना ही। इसलिए, वह सूर्य की आधी सौगात है।

नेहा का तर्क सही था। नेहा ने आगे बोला–"पहले रंग वनस्पति से बनते थे। मिट्टी और पत्थर से भी बनते थे। जैसे-जैसे रंगों की जरूरत बढ़ती गयी, वैसे-वैसे मनुष्य ने कारखानों में कृत्रिम रंग बनाना शुरू कर दिया। तरह-तरह के केमिकल्स के द्वारा बने ये रंग हानिकारक होते हैं। अब जो मैं कहना चाहती हूँ वह यह है–सूर्य किरणें सात रंगों से भरी होने के बाद भी मानव उससे रंग क्यों नहीं बना सकता? फाइबर ग्लास के ऐसे विशाल प्रिजम बनाये जो किरणों के सात रंगों को अलग-अलग कर दे। फिर वे रंग धारायें बड़े-बड़े हौज में गिरती हों। उसमें से सात रंग अलग-अलग केन में पेक किए जायें और उस पर लिखा हो सूर्य के सहयोग से भारत में निर्मित!

आनन्दित होकर मैंने कहा–धन्य है नेहा तुम्हें और तुम्हारी कल्पना को। वह बोली–"इससे अधिक प्राकृतिक सर्वथा निर्दोष और हानि रहित रंग दूसरे क्या होंगे? ये हानिरहित नहीं बल्कि स्वास्थ्यवर्धक। सूर्य की किरणों में विटामिन होता है इसलिए इस रंग का उपयोग खाद्य सामग्री में भी किया जा सकता है। हमारे पास भरपूर धूप है। हम ऐसे रंगों का बड़े पैमाने पर उत्पादन कर कितनी सारी विदेशी मुद्रा प्राप्त कर सकते हैं। हमारे देश के वैज्ञानिकों ने भला क्यों इस विषय में सोचा नहीं?"

मैं हँस पड़ा, कहा–"नेहा, मुझे नरसिंह मेहता के भजन की एक पंक्ति याद आ रही है–भोली रे भरवाड़न हरि ने वेचवा चाली, मटूकीमाँ घाली! तुम भी अपनी मटकी में रविरंगों को लेकर बेचने निकली हो! परन्तु तुम्हारे इस कार्यक्रम में सफलता मिलना मुझे संदिग्ध लग रहा है"।

"क्यों?"

"अपने आँगन में रातरानी के पेड़ हैं। रात को हवा उसकी सुगन्ध ले आती है अब क्या इस हवा से सुगन्ध को अलग किया जा सकता है? तुम आईने में अपना चेहरा देखती हो। आईने से अपना प्रतिबिम्ब अलग कर सकती हो? इसी तरह सूर्य किरणों से रंग अलग नहीं किये जा सकते हैं"।

"दादा जी ऐसी कितनी बातें हैं जो पहले असम्भव लगती थी पर आज वह सम्भव है। विज्ञान ने कितनी कल्पनाओं को साकार कर दिखाया है।" "हाँ, यह सच है। यदि ऐसा हुआ तो तुम्हारा नाम इतिहास में अमर हो जायेगा। लोग कहेंगे इस अद्भुत शोध की कल्पना नेहा नाम की लड़की ने की थी। तो उन रंगों का नाम भी रख दूँ। रंग को संस्कृत में वर्ण कहते हैं, जैसे कि गौरवर्ण। सूर्य किरणों से बने रंगों का नाम रखना सौरवर्ण!"

धरती पर पहाड़ से लेकर पाताल तक एक-एक चीज का दोहन मनुष्य कर चुका है। रविरश्मि बाकी रह गयी थी सूर्य की किरणें! धरती माता के चीरहरण करने के बाद धरती पुत्रों का ध्यान अब आपकी तरफ गया है। अब आपकी भी खैर नहीं! एक दिन आपको चक्की में डालकर निचोड़ कर, आपके छिलके सागर में फेंक दिये जायेंगे!!

हड्डी चटकने की आवाज

सुबह-सुबह जब कलियों के चटकने की आवाज के बदले हड्डियाँ चटकने की आवाज सुनाई दे तो समझ जाइये कि बुढ़ापा आ पहुँचा है, परन्तु हम उसकी आवाज नहीं सुनते-सुनने की इच्छा भी नहीं रखते। दुर्भाग्य से हमारी हड्डी चटकने की आवाज दूसरों को तुरन्त सुनायी दे जाती है और फिर वे हमें सुनाते हैं। मन मारकर हमें सुनना पड़ता है।

अपनी ही बात करता हूँ। नर्मदा परिक्रमा में पदयात्रा कर रहा था। राह में एक ग्रामीण साथ हो लिया। उसके बाल सफेद हो गये थे, गाल पिचक गये थे और सामने के दाँत भी टूट गये थे। मुझे लगा कि यह आदमी मुझसे सात-आठ वर्ष तो बड़ा होगा। उसने मुझसे पूछा–"आप कहाँ रहते हैं पिताजी?"

यह थी मेरी हड्डियाँ चटकने की आवाज। मैंने नहीं सुनी पर उसने सुनाई। मेरी भी मति मारी गयी थी जो विद्यार्थियों को यह घटना सुनाकर पूछा था–बताओ भला, यह घटना हास्य रस की है या करुण रस की? तब मेरी एक छात्रा ने धीरे से कहा था वात्सल्य रस की!!

एक बार कुछ कॉलेज की लड़कियाँ ट्रेन में जा रही थी। उनमें एक लड़की बहुत मोटी थी। सब उसे 'मुट्टली' कह कर बुलाते। फिर शायद वह नाम लम्बा लगने के कारण 'फेटी' कहने लगे। एक लड़की जो कद में छोटी थी, उसकी गोद में बैठी थी। ट्रेन एक स्टेशन पर रुकी। एक चाय वाला बार-बार चिल्ला रहा था। उससे तंग आकर उस छोटी लड़की ने कहा–"सौ कप चाय दे दो"। चायवाले ने मोटी लड़की से कहा–माताजी, आपकी लड़की सौ कप चाय माँग रही है, कहे तो दे दूँ?" यह सुनते ही वह गरजी–"मैं तुम्हें माताजी लगती हूँ? मैं इसकी सहेली हूँ"। (हड्डी चटकने की आवाज!) इसके

साथ ही उसने छोटी को गोद से धकेल दिया। यह तो अच्छा हुआ उसे अधिक चोट नहीं लगी वरना फेटी ने उसकी हड्डियाँ तोड़ने में कोई कमी न छोड़ी थी।

यदि कोई हमें हमारी हड्डी टूटने की आवाज सुनाये तो हम उसकी हड्डी तोड़ने को तैयार हो जाते हैं। इतनी अप्रिय है यह आवाज!! मेरे एक स्नेही परिचित को भी ऐसा ही अनुभव हुआ था। वे अपने बड़े भाई और मित्र के साथ किसी से मिलने गये थे। मेरे स्नेही का स्थूल शरीर, बड़ी तोंद और टकले। इसलिए वे अपनी उम्र से बहुत बड़े लगते। जबकि, उनके बड़े भाई की सन्तुलित काया और सिर पर काले बाल, इसलिए वह अपनी उम्र से भी छोटे दिखते। मित्र का डील-डौल भी ठीक था। तीनों में मेरा स्नेही सबसे छोटा होने पर भी सबसे बड़ा लगता। स्वागत करते हुए मेजबान ने कहा–"इन दो भाइयों के लिए चाय और बाबा के लिए छाछ लाओ"!!

मेरा अनुभव तो इससे भी बढ़कर है। वैसे तो मैं कृश काया वाला और कॉलेज के दिनों से ही सफेद बाल वाला। इसलिए बुढ़ापा अपने निर्धारित समय से बहुत पहले ही आ गया। मैं जितना कुरूप, पत्नी कान्ता उतनी ही सुन्दर। उम्र में भी मुझसे आठ साल छोटी। एक बार कान्ता के लिए साड़ी खरीदने बाजार गये। मुझे इन सब मामले में अधिक समझ नहीं, इसलिए थोड़ा दूर ही बैठा। कान्ता ने साड़ी पसन्द कर खरीद ली। उस दुकानदार ने तो गजब ही कर दिया बोला–"बहन जी, वो जो बैठे हैं क्या आपके पिताजी है?"। हड्डी चटकने की आवाज! उस दुकानदार ने सुनाई। कान्ता ने मेरी रक्षा की। जवाब दिया–वे मेरे बच्चों के पिताजी हैं।

लेकिन, इस दुर्बल काया की सिर्फ निन्दा ही करूँगा तो अयोग्य ठहराया जाऊँगा। थोड़ी तारीफ भी करूँगा। मेरी इस डेढ़ हड्डी की काया ने नर्मदा की पूरी परिक्रमा करायी है। ठण्डी-गर्मी की परवाह किये बिना 2624 कि.मी. पैदल चला शूलपान की झाड़ी नर्मदा परिक्रमा का सबसे खतरनाक प्रदेश। इस सुनसान जगह में है केवल नग्न, वीरान पहाड़ों की श्रेणियाँ। यहाँ से कोई परिक्रमा करने वाला वन लुटेरों का सामना किये बिना नहीं जा सकता। तीर-कमान, या पत्थरबाजी के साधन लेकर भील आते हैं और यात्री को लूट लेते हैं, लेकिन जब मेरे दुर्बल शरीर ने दोनों किनारों की झाड़ी पार करा दी तब

पहली बार इस उपेक्षित काया पर प्यार आया। मन ही मन प्रार्थना की थी-हे दीनानाथ! जनमोजन्म यही शरीर देना!

मीरा बड़भागी थी। उसे आवाज सुनाई देती हरि के आने की–"सुनी री मैंने हरी आवन की आवाज"। मेरे भाग्य में हड्डी टूटने की आवाज सुनना लिखा है! पर कोई बात नहीं, यमराज के अपार्टमेंट में एक फ्लैट बुक करवा लिया है, फ्लैट अभी बन रहा है। बनते ही रहने चला जाऊँगा। मेरा मानना है कि मेरी आत्मा झगड़ालू किरायेदार नहीं है। मालिक कहेगा और तुरन्त ही घर खाली कर देगी, लेकिन तब तक तो इन खड़खड़ाती हड्डियों की आवाज सुने बिना छुटकारा नहीं।

बुढ़ापे को किसने विस्तार दिया

"ओहो, निगम साहब, आइए आइए। मैंने तो सुना था आप अमेरिका चले गये। कब आये?"

निगम साहब और मैं एक ही संस्था में पढ़ाते थे। वे मुझसे लगभग 15 वर्ष बड़े थे, लेकिन इतने मिलनसार कि हम मित्र बन गये। वे विज्ञान के अध्यापक थे और मैं कला का। हमारी मित्रता बाद ही। रिटायर होने के बाद हम सपरिवार बैतूल चले गये। आज अचानक उनको आया देखकर बहुत खुशी हुई।

आपने ठीक सुना था। मैं अपने बेटे के पास अमेरिका चला गया था, किन्तु बहुत दुखद परिस्थिति में वापस आया हूँ"। मेरे अनुरोध पर उन्होंने पूरी बात सुनाई–"मेरी छः बेटियाँ और एक बेटा है। सब बेटियों का विवाह करवाया। बेटा पढ़ने में बहुत होशियार। स्कॉलरशिप लेकर वह अमेरिका गया। वहाँ पूरी यूनिवर्सिटी में प्रथम आया। बहुत बढ़िया नौकरी भी मिली। वहीं एक अमेरिकन लड़की से विवाह किया। हम सब बहुत खुश हुए थे। थोड़े दिनों के बाद मेरी पत्नी का निधन हो गया। बेटे ने लिखा–

"पापा, हमें आपकी चिन्ता लगी रहती है, आपको हमारी चिन्ता रहती है। इससे अच्छा यह होगा कि आप प्रॉपर्टी बेचकर यहाँ आ जाइए। अकेले कब तक रहेंगे ?"

मुझे उसकी बात ठीक लगी। बैतूल में मेरे सात मकान थे। उनमें से छः बेच दिये। सातवाँ बेचने को मन नहीं माना। इसके बाद मैं अमेरिका चला गया। वहाँ पुत्र और उसके परिवार को देखकर बहुत खुशी हुई। सुन्दर अमेरिकन बहू, उतने ही सुन्दर दो पौत्र। इससे अधिक मुझे और क्या चाहिए?

लेकिन, अभी तो एक वर्ष भी पूरा न हुआ था कि एक सड़क दुर्घटना में बेटे की मृत्यु हो गयी। मुझ पर तो जैसे आसमान टूट पड़ा। मन शान्त होने पर सोचा कि जो होना था वह तो हो गया। अब क्या करूँ? बेटे का अग्नि संस्कार करूँ या यहाँ जैसे सब करते हैं वैसे करूँ। मैं तो अभी विचार में ही था कि बहू ने शव को दफन भी करवा दिया। मुझे यह बात अच्छी न लगी पर इतनी छोटी बात पर बहू को टोकना ठीक न लगा। मैं चुप रहा। कुछ दिनों बाद रास्ते में एक पण्डित जी मिले। उन्हें देख सोचा कि बेटे की आत्मा की शान्ति के लिए कम-से-कम पूजा-पाठ करवा लूँ। रविवार को उनको आने के लिए कहा, ताकि बहू भी हाजिर रह सके। अपने पति की स्मृति में यह कार्यक्रम देखके उसे अच्छा लगेगा। पूजन सामग्री पण्डित जी अपने साथ ही लेकर आये। शान्तिपाठ आरम्भ हुआ। उस समय बहू घर में नहीं थी। आते ही गुस्से से बोली–यह क्या तमाशा है? यह सब यहाँ नहीं चलेगा। बन्द करो यह सब ढोंग और उसने पाठ बन्द करवा दिया। मुझे उसका ऐसा व्यवहार अपमानजनक लगा फिर भी चुप रहा।

इस बात को अभी 15 दिन भी नहीं हुए थे कि एक दिन उसने आकर कहा–"यू ओल्ड मेन आप इंडिया चले जाइए। मुझे आपकी जरूरत नहीं"। सुनकर मैं जड़ सा हो गया। सबकुछ बेच-बाचकर आया था। अब कहाँ जाऊँगा? मैंने कहा–"बहू बेटा, जरा सोचो ये बच्चे मेरा खून हैं। मैं उनको स्कूल ले जाऊँगा, ले आऊँगा। उन्हें पढ़ाऊँगा, बाजार से साग-सब्जी ले आऊँगा। जितनी हो सकेगी तुम्हारी मदद करूँगा, बोझ नहीं बनूँगा"।

"मुझे और मेरे बच्चों को आपकी कोई जरूरत नहीं है, बच्चों को मैं हॉस्टल भेज दूँगी। मैं अच्छा कमाती हूँ। उनका खर्च उठा सकती हूँ। यदि कम पड़ेगा तो मेरा नया पति उसे पूरा करेगा। मैं नये सिरे से अपनी जिन्दगी शुरू करूँगी। यह सब झँझट मुझे नहीं चाहिए, इसलिए आप जल्दी-से-जल्दी इंडिया चले जाइये"।

इस तरह उसने मुझे लगभग पूरी तरह घर से निकाल दिया। अच्छा हुआ एक मकान रहने दिया था। वैसे तो बैंक में पैसे भी है तो बिल्कुल असहाय नहीं हूँ। बीच-बीच में बेटियों के घर भी जाता रहता हूँ। मेरी एक बेटी तो यहीं है। थोड़े दिन रहकर वापस बैतूल चला जाऊँगा। अभी मेरा 87 वाँ साल चल

रहा है। मेडिकल साइंस ने हमारी उम्र बढ़ा दी है और दिनोंदिन बढ़ाती ही जा रही है, परन्तु वह हमारी जो उम्र बढ़ाती है, वह है तो बुढ़ापे की उम्र। अब इस बुड्ढी उम्र को लेकर हम क्या करेंगे? अमेरिका के एक गवर्नर ने कहा था "Senior American citizens have a moral duty to die in time." (अमेरिकन वृद्धों का कर्तव्य है कि समय रहते वे दिवंगत हो जायें) आज हमारे यहाँ भी वृद्धों की संख्या बढ़ती जा रही है। आने वाले 30-40 सालों में सरकारी नौकरियों में कर्मचारियों से ज्यादा पेंशनरों की संख्या होगी। बच्चें मुश्किल से ही देखने मिलेंगे। जहाँ देखो वहाँ वृद्ध ही वृद्ध! बात यह नहीं कि मेरी बहू अमेरिकन थी, इसलिए उसका व्यवहार ऐसा था। भारतीय बहू भी ऐसा कर सकती है। बात यह है कि उपभोक्ता संस्कृति के इस युग में जिसका कोई उपयोग नहीं वह नहीं चाहिए, फिर चाहे वह झाड़ू हो या वृद्ध माँ-बाप। हमारे यहाँ भी यह स्थिति आ रही है। लम्बा जीवन जीने वालों को इसके लिए तैयार रहना चाहिए"।

मैंने कहा–"निगम साहब, आपकी बात सच है। बहुत लम्बी उम्र अभिशाप है, किन्तु मरना भी तो अपने हाथ की बात नहीं है। हमें यह पसन्द करने का अधिकार नहीं कि हम किस तरह और कब मरेंगे, लेकिन इतना जरूर निश्चित कर सकते हैं कि अब हम जियेंगे किस तरह।

एक व्यक्ति ने कहा था कि मेरा सपना है कि बड़ा होकर मैं छोटा बच्चा बनना चाहता हूँ। विज्ञान के कारण हम बड़ी उम्र तो पा सकेंगे, लेकिन छोटे बच्चें की तरह हमें कोई नहीं चाहेगा। पहले कहा जाता था–बुढ़ापा किसने भेजा रे...अब कहेंगे–बुढ़ापा किसने बढ़ाया रे!!

भाषण जो हुआ नहीं

भाषण देने का मुझे जरा शौक़ है। मेरा बोलना लोगों को पसन्द भी है। 10-12 मिनट से अधिक नहीं बोलता हूँ। पहले पूरी तैयारी करता हूँ। दो मिनट भी! बोलना हो तो बिना तैयारी के नहीं बोलता। प्रत्येक शब्द का स्पष्ट उच्चारण करता हूँ। आरम्भ प्रायः किसी रोचक घटना से करता हूँ। एक उदाहरण- सज्जनों, कहीं भी बोलने से पहले मैं एक वक्ता का स्मरण जरूर करता हूँ। एक वक्ता थे धुआँधार वक्ता। बोलते ही जाते। श्रोता बोर हुए पर वे रुकने का नाम ही न लेते। श्रोताओं में पति-पत्नी थे। पति को नींद आ गयी। नाराज होकर वक्ता ने उनकी पत्नी से कहा–जगाओ अपने पति को! पत्नी ने शान्ति से कहा–मैं क्यों जगाऊँ? आपने ही उसे सुलाया है आप ही जगाओ! सज्जनों मैं ऐसा वक्ता नहीं हूँ। मैं संक्षेप में ही अपनी बात रखूँगा।

लोग ऐसी बातों से आकर्षित होकर ध्यान से आपकी बात सुनते हैं। अनुभव से मैं जानता हूँ कि मेरे एक भाषण में वास्तव में तीन भाषण होते हैं। एक–जो मैं घर में तैयार करता हूँ, दूसरा–जो मैं श्रोताओं के सामने बोलता हूँ, तीसरा– घर आने के बाद अकेले में स्वयं से बोलता हूँ कि मैंने ऐसा बोला होता तो या ऐसा नहीं बोला होता तो अधिक अच्छा होता। मेरा यह तीसरा भाषण ही सबसे अच्छा होता है।

29-12-2001 को गुजराती साहित्य परिषद, पाटन के अधिवेशन में अन्य तीन वरिष्ठ साहित्यकारों के साथ मुझे अपना आलेख पढ़ना था। उत्तर गुजरात यूनिवर्सिटी का भव्य केम्पस। उतना ही भव्य सभामंडप। सामने लगभग हजार प्रबुद्ध श्रोतागण। इतने बड़े सभागृह में बोलने का यह मेरा पहला अवसर था। मैनें आलेख पढ़ना छोड़कर मुखाग्र बोलना शुरू किया। मेरा मानना है कि

एक साथ पढ़ने से अच्छा अटकते-भटकते बोलना अच्छा। बोला हुआ भाषण झरझर बहते झरने के समान, पढ़ा हुआ भाषण बँधे हुए पानी की तरह। भाग्य ने साथ दिया। श्रोताओं को भाषण बहुत पसन्द आया। उन दो दिनों के दरमियान मुझे जितने अभिनन्दन मिले, उतने जीवन में कभी न मिलें थे।

पर हाय रे नसीब! मेरा वह सुख अधिक देर नहीं टिका। रात को जैसे ही बिस्तर पर लेटा कि तीसरा भाषण हाजिर–"तुम अच्छा बोले वह तो ठीक है, लेकिन तुमने यह बात क्यों नहीं कही? तुम्हें यह जरूर कहना चाहिए था- "सज्जनों, जिस तरह पुस्तक के अन्त में एक परिशिष्ट होता है वह कहता हूँ–कल शाम को जब हम परिषद की बस में बैठ यहाँ आये तो आते ही हमें एक पवित्र दृश्य देखने मिला। शिक्षक मोहन भाई पटेल का उनके विद्यार्थियों की ओर से भव्य अभिनन्दन समारोह चल रहा था। मैंने सोच ऐसी गुरु वन्दना तो गुजरात के विद्यार्थी ही कर सकते हैं। उनके विद्यार्थियों में बड़े-बड़े लेखक और राज्य सरकार के कितने ही प्रधान भी शामिल थे। कुछ विद्यार्थी तो विशेष रूप से इस अवसर पर अमेरिका से आये थे। मैं सबके वक्तव्य सुनता रहा और मन ही मन सोचता रहा, ऐसा क्या ख़ास गुण होगा मोहन भाई में कि उनका इतना ऊर्जा भरा स्वागत हो रहा है।

कुछ देर में जवाब भी मिल गया। सुनिये मेरा जवाब–मातृदेवो भव ठीक, पितृदेवों भव बिल्कुल ठीक, आचार्यदेवों भव ऑबजेक्शन माइ लॉर्ड! ऋषिवर मैं तो आपके चरणों की धूल भी नहीं हूँ, परन्तु मुझे जो सच लग रहा है वह कहे बिना नहीं रहूँगा। आपने अर्ध सत्य कहा। आपने आधी बात कही और आधी बात छुपाई है। जब आपने कहा–आचार्य देवो भव तब आपको उसी क्षण कहना चाहिए था कि छात्रदेवों भव। मोहन भाई ने यह जरूर कहा होगा कि मैं तो नाम का ही मोहन हूँ सच्चे मोहन तो मेरे ये विद्यार्थी ही हैं। अपने विद्यार्थियों को उन्होंने बालरूप भगवान ही माना होगा और ऐसा ही उनका पालन-पोषण किया होगा।

सज्जनों, हम माता-पिता से चलना सीखते हैं पर सच्चे शिक्षक के पास आकर लगता है कि हमारे तो पंख भी हैं। हम उड़ सकते हैं। मोहन भाई पटेल ऐसे ही शिक्षक रहे होंगे, इसी लिए आज उनका अद्भुत सम्मान हुआ। किसी

भी समाज की श्रेष्ठता का मापदंड यह भी है कि उसे कैसे शिक्षक मिले हैं। इस विषय में गुजरात भाग्यशाली है।

बस, अपने भाषण के अन्त में इतना ही बोला होता तो लोगों को जरूर अच्छा लगता। यह प्रसंग के अनुकूल भी होता। मेरे साथ हमेशा ऐसा होता है–मेरे तीसरा भाषण सर्वश्रेष्ठ होता है। (जो श्रोताओं को कभी सुनने नहीं मिलता)। काश! श्रोताओं के समक्ष सीधे तीसरा भाषण प्रस्तुत कर सकता।

यदि रामायण में किराये के पात्र होते

नाम तो बाबूराव परांजपे था पर हम सब उन्हें दादा कहते थे। उनके जैसे प्रियदर्शन व्यक्ति मुश्किल से ही मिलते हैं। उनकी पत्नी को हम 'वहिनी' कहते थे। वे भी उतनी ही सुन्दर। आज से आधी सदी पहले जब वे हमारे यहाँ किरायेदार के रूप में आये थे तब उनके बच्चें छोटे थे। हमारे घर के पास ही उनकी दुकान थी–दूध, दही, पनीर आदि की। बेटे के नाम पर दुकान का नाम था- 'अरुण डेरी'। दुकान इतनी प्रसिद्ध थी कि आसपास रहने वाले लोग रिक्शेवाले से कहते-अरुण डेरी के पास।

कुछ ही दिनों में हम लोगों के परिवार आपस में घुलमिल गये। उनके घर से पातलभाजी आती तो हमारे घर से ढोकला जाते। उन दिनों बहुत से प्लॉट खाली पड़े थे। गाहे-बगाहे साँप निकलते थे। जहाँ कहीं साँप निकलता कि दादा लाठी लेकर पहुँच जाते। उन्होंने अनेक साँप मारे। दरअसल दादा आजाद हिन्द फौज में रह चुके थे। उन्होंने लोगों को खाई-खंदक में लोगों को मरते देखा था, इसलिए उन्हें मृत्यु का भय न था। मोहल्ले में किसी के यहाँ भी मृत्यु होती तब अन्तिम यात्रा में दादा अवश्य साथ होते। दूसरों के दुख में दुखी होना उनका जन्मजात गुण था।

धीरे-धीरे उनका राजनीतिक जीवन आरम्भ हुआ। नगर निगम के चुनाव से लेकर लोक सभा तक पहुँचे। जिस दिन मतदान होता सुबह माता-पिता के चरण स्पर्श कर ही बाहर निकलते। दादा जनसंघी, पिता गांधीवादी, इसलिए वोट कांग्रेस को ही देते फिर भी दादा को आशीर्वाद जरूर देते। हमारे सम्बन्ध अब पारिवारिक थे किरायेदार और मकान मालिक के नहीं, इसलिए किरायेदार को किराया बढ़ाने के लिए कहने की बजाय उल्टा हुआ। जैसे-जैसे महँगाई

बढ़ती गयी वैसे-वैसे दादा खुद ही किराया बढ़ाते गये। दादा की लोकप्रियता बढ़ती जा रही थी। पूरा शहर उनको जानता था। स्थिति ऐसी भी आयी कि लोगों को मकान दादा का और हम किरायेदार लगते थे।

उनके सामाजिक और राजनीतिक जीवन के विस्तार के साथ उनकी कर्मठता भी बढ़ती गयी। मुँह अन्धेरे निकल जाते और देर रात वापस आते। ग्रामीण क्षेत्रों की खूब यात्रा करते। कहाँ खाते, कहाँ रहते, कहाँ आराम करते, किन-किन मुश्किलों का सामना कर जीप या बस में यात्रा करते यह सब हम सोचते ही रह जाते। सेवा उनका कोरा उपदेश नहीं, जीवन व्रत था।

दादा को हमने चुनाव हारते भी देखा है और लोक सभा में उनकी ऐतिहासिक विजय भी देखी है। उनके लिए दोनों बराबर। जीतने के बाद उनकी विनम्रता बढ़ जाती थी। किसी को देखते ही सबसे पहले उनके ही हाथ जुड़ जाते। भाग्य से ही पहले नमस्कार करने का अवसर किसी दूसरे को मिला हो। उन दिनों महिलाएँ घर के बाहर नहीं निकलती थी, लेकिन वहिनी ने दादा का पूरा साथ दिया। सभा हो, रैली हो या चुनाव प्रचार, वहिनी सब में शामिल रहती। मुझे लगता था कि दादा भले ही बड़े-बड़े राजनेताओं के साथ उठते-बैठते हैं पर उनका मन सामान्य जन में ही रमता था। वे दीवाने-ख़ास के नहीं बल्कि दीवाने-आम के व्यक्ति थे। अपनी सेवाओं का लाभ उठाने की कोशिश उन्होंने कभी नहीं की। अपने परिवार के लिए भी कुछ ख़ास नहीं किया। ढलती उम्र में बच्चों को एक छोटा सा फ्लैट जरूर दे सके।

खुद के फ्लैट में जाने से पहले वे मुझसे बोले–"अमृत भाई कुछ ही समय में हम अपने फ्लैट में रहने चले जायेंगे। आपका मकान खाली हो जायेगा। मैं जानता हूँ कि वह आप किसी को किराये पर नहीं देंगे पर आपका मकान रेट कंट्रोल में आता है, इसलिए कचहरी के लोग उसे किसी बड़े सरकारी अफसर को एलॉट कर देंगे। फिर वह कभी खाली नहीं होगा। मैं चाहता हूँ आप मुझ पर मकान खाली करने का केस दर्ज कर दें। कहना कि मैंने आपको वचन दिया था कि जब आपको जरूरत होगी, हम खाली कर देंगे। मैं कहूँगा–सच है, मैंने ऐसा कहा था। कृपया मुझे तीन महीने का समय दीजिए, ताकि मैं अपनी व्यवस्था कर सकूँ। ऐसा करने से आपको कोर्ट से डिक्री मिल जायेगी। फिर वे लोग दूसरे किसी को मकान एलॉट नहीं कर सकेंगे और वह आपको मिल जायेगा।

मुझे वे अपना छोटा भाई समझते थे। जाते-जाते भी उन्हें मेरी चिन्ता थी। खुद सामने चलकर अपने पर ही केस करने की बात कही। हम यह नाटक करने की सम्भावित परेशानी से बच गये। रामायण में एक से अधिक आदर्श पात्र हैं। यदि उनमें आदर्श किरायेदार का पात्र होता तो वह हमारे दादा से भिन्न न होता। 1999 में 77 वर्ष की उम्र में उनका स्वर्गवास हुआ। अब तो वहिनी भी नहीं रही।

पीला पत्ता तो झड़ता है पर हरा पत्ता?

नवोढ़ा रेखा को लोग देखते ही रह गये। नक्षत्र जैसी सुन्दर। छरहरी काया, काले लम्बे केश, यौवन के दीप्ति से झिलमिलाता चेहरा, गौर वर्ण, बोले तो मुँह से फूल झरे। रेखा मानों रामजी भाई के लिए ही बनी थी। इतने वर्षों से जैसे उसी की राह देख रहे थे। वे भी इतने ही सुपुरुष। ऐसा युगल तो हजारों में एक देखने मिलता है।

राममनोहर सिन्हा और मैं शान्ति निकेतन में एक साथ पढ़े थे। वे वहाँ दस वर्ष रहे। पहले विद्यार्थी के रूप में फिर अध्यापक बनकर। सम्पन्न परिवार। किसी सुन्दर बंगाली लड़की से विवाह करना उनके लिए कठिन न था, परन्तु कभी किसी लड़की को आँख उठाकर नहीं देखा। सरकारी आर्ट कॉलेज खुलते ही वे यहाँ आ गये। वे हमारे आचार्य थे, किन्तु उनका व्यवहार पहले जैसा ही मित्रवत।

कान्ता और रेखा में अच्छी मित्रता हो गयी। वे लोग जब भी घर आते रेखा सीधे रसोई में जाती। कान्ता यदि बर्तन साफ कर रही होती तो वह भी बर्तन धोने बैठ जाती। कहती–दोनों मिलकर जल्दी काम खत्म कर लेते हैं फिर आराम से बैठकर बातें करेंगे। इतने बड़े मालगुजार घराने की बहू पर जरा भी घमंड नहीं। बोलती, आपके घर आती हूँ तो लगता है कि मायके आयी हूँ।

हमारा गुजराती का घर इसलिए तरह-तरह के अचार रहते ही। रेखा को आचार लहसुन की चटनी और खट्टी चीजें बहुत पसन्द थी। बरनी से खुद अपने हाथों आचार और चटनी निकाल कर खाती।

कुछ समय बाद मेरे छोटे भाई की शादी हुई। शादी की पार्टी में अन्य महिलाओं के साथ रेखा भी बैठी थी, बढ़िया सिर पर पल्लू लिये। पड़ोस की

औरतें कान्ता से कहती-आप देवरानी तो बहुत सुन्दर लाई हैं। कान्ता हँसकर बताती कि यह तो मेरी सहेली है। देवरानी तो बाहर देवर जी के साथ बैठी है। कितने वर्षों तक रेखा नयी दुल्हन की तरह ही लगती थी।

उनके तीन पुत्र हुए। तीनों सुन्दर और होशियार। सबसे बड़ा इंजीनियर, मँझला कृषि वैज्ञानिक और छोटा डॉक्टर। सुख का प्याला छलाछल, लेकिन सुख के सर्वोत्तम क्षणों में ही दुख प्रहार करता है। निरभ्र आकाश में काली बदली छाई। रेखा को पीलिया हो गया फिर पेट में पानी भर गया। पूरे शरीर में ऐसी सूजन आयी कि करवट बदलना मुश्किल हो गया। इस काली बदली ने विकराल रूप लिया।

इलाहाबाद से आयी रेखा ने संगीत में एम.ए. किया था। यहाँ आकर पीएच.डी किया। संगीत पर कितने लेख लिखे जो रंगीन चित्रों के साथ हिन्दी की प्रमुख पत्रिकाओं में प्रकाशित हुए। डॉ रेखा सिन्हा ने अच्छा नाम कमाया। रामजी भाई और मेरी निष्ठा भारतीय चित्रकला में थी। मॉर्डन आर्ट के नक्कारखाने में अपनी तूती कौन सुनता? ऐसा सोचकर उन्होंने चित्र बनाना लगभग छोड़ दिया था, लेकिन रेखा ने उनके पीछे पड़कर चित्र बनाने के लिए प्रेरित किया। राम जी भाई चीन जाकर चीनी चित्रकला सीख आये। भारतीय और चीनी चित्रकला का समन्वय कर उन्होंने खुद अपनी शैली विकसित की। बहुत सुन्दर चित्र बनायें। अनेक एकल प्रदर्शनियाँ लगायी और लोकप्रियता पाई। ब्रिटिश म्यूजियम ने भी उनके चित्रों की प्रदर्शनी लगायी। इन सबके पीछे प्रेरक बल रेखा का ही।

वही रेखा अब गम्भीर बीमारी की चपेट में आ गयी। राम जी भाई ने देखभाल करने में कोई कसर बाकी न रखी। बड़े-बड़े डॉक्टरों से इलाज करवाया। दिल्ली, मुम्बई ले गये। विदेशों से दवायें मँगवाई, होम्योपैथी-आयुर्वेदिक भी आजमाया पर रोग बढ़ता ही गया। रेखा एक ने एक दिन कान्ता से कहा था–पीला रंग मुझे सबसे अधिक पसन्द है, परन्तु जब से पीलिया हुआ है इसके नाम से ही कँपकँपी छूटती है। अपने बड़े बेटे के विवाह के समय तो वह कुछ स्वस्थ थी पर मझले की शादी के समय व्हील चेयर पर थी। अब वह अपने रूम तक ही सीमित रह गयी। पूरा कमरा दवाओं की गन्ध से भरा था। दवाओं के प्रभाव से उसका शरीर बिल्कुल शिथिल पड़ गया था। वह

तीव्र पीड़ा महसूस कर रही थी। दिन-प्रतिदिन वह मौत के निकट जा रही थी। यह कैसे घातक रोग से उसका पाला पड़ा था। मनोबल टूटने की कोई अन्तिम सीमा होगी तो वह अब आ गयी थी।

"डॉक्टर, अब क्षण नहीं हो रहा"–वह कहती।

जो रेखा बड़े चाव से उत्तर प्रदेश के लोकगीत गाती, लगता था कि सुनते ही रहें, उसी रेखा का कंठ अब अवरुद्ध हो गया था। ठीक से बोल भी नहीं सकती थी। आँखें बन्द कर निश्चेष्ट पड़ी थी, महल में क़ैद राजकुमारी की तरह। कितनी रातें बिना सोये गुजरी।

"डॉक्टर, अब और कितने दिन?" वह पूछती, किन्तु डॉक्टर भला क्या जवाब देता। वह अब बिल्कुल निराश हो गयी थी। मृत्यु उसके मन में घूम रही थी। कान्ता बहुत देर तक उसके पास बैठकर हिम्मत बँधाती–"रेखा, तुम्हें ठीक होना ही पड़ेगा। राम भाई के लिए, बच्चों के लिए। सबको तुम्हारी बहुत जरूरत है। वह कहती–"बहन, मेरे बच्चों का ध्यान रखना"। रामजी भाई और बहू बेटों से कहती–"किसी बात की दुविधा हो तो कान्ता बहन से सलाह लेना" इतना कहते-कहते वह रो पड़ती। उसको चुप कराते-कराते कान्ता भी रो पड़ी।

रेखा की आँखों में निराशा, कुंठा और पीड़ा के भाव रहते। उसकी दृष्टि में खुद को मौत को सौंप देने की पूरी तैयारी दिखती। तीन वर्ष तक बिस्तर में रहने के बाद अन्तत: कालदेवता ने उसे मरण सागर के पार उतार दिया। राम जी भाई मेरे से एक वर्ष ही छोटे। शुरू में तो उन्हें शादी ही नहीं करनी थी पर रेखा को देखने के बाद शादी से इनकार न कर सकें इस तरह हमसे दस साल बाद उन्होंने विवाह किया। अब रेखा को गये 6 साल हो गये। उनका दाम्पत्य जीवन 32-33 वर्ष रहा। मेरे मन में रह रहकर यह विचार आता है कि मेरे परम प्रिय मित्र के जीवन में रेखा इतनी देर से क्यों आयी और जल्दी क्यों चली गयी?

हम यह नहीं पूछते हैं कि फलाँ पत्ता क्यों झड़ गया और फलाँ क्यों नहीं झड़ा? बावजूद इसके मन में यह बात तो आ ही जाती है कि जो पत्ता पीला होगा वह तो झड़ेगा ही, परन्तु हरा पत्ता?

इस प्रश्न का जवाब कौन दे सकता है?

गणित का डर निकाल देता हूँ

शशि भूषण लंगड़ा था। एक पैर छोटा और पतला था। लंगड़ाकर चलने के बावजूद वह साइकिल चला लेता था। शरीर से मजबूत। ईश्वर ने पैरों के दोष की कमी हाथों में पूरी कर दी थी। यदि वह हमारी कलाई पकड़ लेता तो छुड़ाना मुश्किल होता। कोई उसका मजाक़ उड़ाने की हिम्मत न करता।

अंग्रेजी में वह बहुत कच्चा था। एकवचन और बहुवचन में भेद न समझता था। यदि उसका बस चलता तो उस थर्ड पर्सन सिंगुलर नम्बर 'एस' को ठोकर मारकर व्याकरण से बाहर कर देता। उच्चारण के मामले में तो निरी अराजकता। लिखा कुछ जाता, बोला कुछ जाता! लिखा तीन जाए तो बोलो चार उसका तो ऐसा ही था! और स्पेलिंग तो तौबा! तौबा! उसके तो अठारह अंग टेढ़े! वह अंग्रेजी बोलने में डरता। कदम-कदम पर भूल करता। उच्चारण भी अशुद्ध। लेकिन, जो शशिभूषण अंग्रेजी में लंगड़ाता वह गणित में दौड़ता। उसका गणित हमारे गणित के शिक्षक से भी अधिक अच्छा था। हम जब तक सवाल के दूसरे या तीसरे क्रम तक पहुँचते, वह अन्तिम तक पहुँच जाता! अंकगणित, बीजगणित और रेखागणित-गणित की त्रिवेणी का वह प्रयागराज था।

उसकी जैसी दुर्गति अंग्रेजी में होती ऐसी ही दुर्दशा मेरी गणित में होती। गणित में मैं अनगिनत गलतियाँ करता। जोड़ घटाना, गुना, भाग में भी गड़बड़ाता। बीज गणित के बीज तो कभी दिमाग में उपजे ही नहीं। अंकगणित ने कभी अपने अंक में लिया नहीं। हाँ, रेखा गणित की रेखाओं में मुझे रुचि थी। जिस तरह कुम्हार मिट्टी से अलग-अलग आकार देता है उसी तरह मुझे रेखाओं से भिन्न-भिन्न आकृति रचना पसन्द था। मुझे बचपन से चित्रकला के

प्रति लगाव था शायद इसलिए भी ऐसा हो। रेखा गणित के भरोसे ही मैं गणित की वैतरणी पार कर जाता।

शशिभूषण की गणित अच्छी, मेरी अंग्रेजी। सो हम दोनों के बीच सहज मैत्री हो गयी। हम दोनों के बीच अंग्रेजी-गणित का लेन-देन हो सकने की सम्भावना थी। वह मुझे गणित देता मैं उसको अंग्रेजी! ज्ञान का बार्टर सिस्टम! वस्तु के बदले वस्तु! मैं उसे अंग्रेजी व्याकरण सीखता। उसे बताता-थर्ड परसन, सिंगुलर नम्बर, प्रेजेंट टेन्स की क्रिया में 'एस' लगाना चाहिए। वह प्रतिप्रश्न करता–क्यों? यह तो समझ में आया कि संज्ञा में एस लगाने से एकवचन का बहुवचन होता है, लेकिन यहाँ क्या होता है? मैंने कहा–यहाँ वह छबीला खिलाड़ी है! केवल दिखने के लिए। यहाँ वह करता कुछ नहीं पर उसकी उपस्थिति आवश्यक है।

वह केवल मुझे ही नहीं, कितनों को गणित सिखाता था। गर्मियों की छुट्टियों में हम सब शाम को एक मित्र के घर एकत्रित होते। वह गणित की पुस्तक उठता और एक के बाद एक सवाल हल करता। हमें जहाँ समझ में नहीं आता, समझाता। इसी तरह बीज गणित और रेखा गणित भी। जुलाई में स्कूल खुलती तब तक हम पूरा गणित पढ़ चुके होते। आगे चलकर शशिभूषण यहाँ के एक कॉलेज में गणित का प्रोफेसर बना। मेरा बेटा उसका विद्यार्थी था। वह अपने गुरु की खूब तारीफ करता।

बहुत सालों बाद अचानक उसका फोन आया–"अभी तुम्हारी नर्मदा परिक्रमा की पुस्तक पढ़ी। बहुत अच्छी लगी, मैं तो लंगड़ा आदमी। तुम्हारी तरह परिक्रमा तो नहीं कर सकता पर तुमने मुझे परिक्रमा करवा दी। कभी घर आओ न!" मैं गया। वह बहुत खुश हुआ। पुराने दिनों को खूब याद किया। मैंने अध्यापक के रूप में उसकी प्रशंसा की तो बोला–मैं गणित पढ़ाता थोड़े ही हूँ, मैं बस विद्यार्थियों के मन से गणित का डर निकालता हूँ। इसके बाद तो वे खुद ही सब कर लेते हैं। इस बात को भी कई साल गुजर गये। फिर एक बार उसका फोन आया–"एक बार आ जाओ न! आजकल मेरी तबीयत ठीक नहीं रहती। तुमसे मिलने का बहुत मन है"। किन्तु किसी-न-किसी कारण से उसके यहाँ जाना नहीं हो सका। एक महीने के बाद जाने के लिए निकला।

उसके घर की सड़क तक पहुँचा कि सामने से शव यात्रा आती दिखी। किसी अमंगल की आशंका से मन काँप उठा।

"यह किसकी शमशान यात्रा थी?"

"शशिभूषण गौर की"।

मेरा दिल बैठ गया। मैंने कल्पना न की थी कि इतनी जल्दी चला जायेगा। मैं उसके घर गया। उसके पिता को सांत्वना दी। कैसी विडंबना कि 91 वर्ष के पिता और 85 वर्ष की माता के सामने शशिभूषण चला गया। उसे सुबह अटैक आया और चल बसा। एक ओर उसकी शव यात्रा निकल रही थी और दूसरी ओर से उसके विद्यार्थी पढ़ने के लिए आ रहे थे।

अपने प्रमाद में मैं अपने मित्र की इच्छा पूरी न कर सका! मुझे देर हुई! हम उन्हीं लोगों से मिलने का समय नहीं निकालते हैं जो हमारे परम आत्मीय होते हैं।

हनुमान! कमल तो सफेद ही थे

उन दिनों भोपाल के भारत भवन का स्वर्ण युग था। कवि-प्रशासक अशोक वाजपेयी और चित्रकार स्वामीनाथन की जुगलबन्दी के दिन थे। पूरे वर्ष कोई-न-कोई गतिविधि चलती रहती। विशेष रूप से फरवरी में तो भारत भवन आयोजनों से खचाखच रहता। देश भर के कवि, कलाकार, मूर्तिकार, साहित्यकार और विद्वान एकत्रित होते। कला के विद्यार्थियों के लिए प्रिन्ट मेकिंग, सिरेमिक्स और पेंटिंग की वर्कशॉप होती, प्रदर्शनियाँ लगती।

लगभग बीस वर्ष पहले की बात है। भारत भवन में कलाकारों की एक विचार संगोष्ठी का आयोजन किया गया था। विषय था—कला समीक्षक को कलाकृति के साथ इनवॉल्व होना चाहिए, तादात्म्य अनुभव करना चाहिए, तभी उसकी समीक्षा में सजीवता होगी। देश के लगभग 30-35 कलाकार उसमें प्रतिभागी थे। कलाकारों की संख्या अधिक होने के कारण यह आयोजन दो दिन का रखा गया। कलाकार आमने-सामने बैठते, बीच में टेबल पर जगह-जगह माइक रखे थे, ताकि किसी को उठकर माइक के पास न जाना पड़े। संचालन स्वयं अशोक जी कर रहे थे। संगोष्ठी का माहौल संवादात्मक था। आपस में चर्चा का था। जो कलाकार बोलता उसे आस-पास के कलाकार ही सुनते और चर्चा करते, लेकिन दूर बैठे विद्यार्थी आपस में कुछ और ही चर्चा में लगे थे। इस तरह चर्चा के 3-4 केन्द्र बन गये। बाहर से आने वाले लगभग 80 विद्यार्थी को इसमें कोई रुचि पैदा नहीं हो रही थी।

सभी वक्ता एकमत थे कि समीक्षकों को कलाकृति के साथ जुड़ना चाहिए। मैं सबसे अन्तिम वक्ता था। मेरे पीछे विद्यार्थी बैठे थे। यद्यपि माइक मेरे सामने ही था पर मैं यदि वहीं बैठकर बोलता तो मेरे पीछे के विद्यार्थी

सुनने में ध्यान नहीं देते, इसलिए मैं उठकर सामने गया। कितनों को आश्चर्य हुआ कि यह कैसा मूर्ख है? सामने माइक होने के बाद भी बीच में आकर खड़ा हुआ। मैंने बोलना शुरू किया–"यह छलांग मैंने इसलिए लगाई कि मैं विद्यार्थियों को देख सकूँ और विद्यार्थी मुझे। मूल रूप से मैं शिक्षक हूँ और मेरा पहला कर्तव्य विद्यार्थियों के प्रति है"। इसके साथ ही पिन ड्रॉप साइलेंस।

मैंने कहना चालू रखा–"मैं केवल पाँच-सात मिनट ही बोलूँगा पर अपने तरीके से। किसी गाँव में एक पण्डित जी कथा वाचन कर रहे थे। प्रसंग था अशोक वाटिका का। पण्डित जी कह रहे थे–अशोक वृक्ष के नीचे सीता जी बैठी राक्षस स्त्रियाँ उन्हें चारों ओर से घेरकर बैठी हैं। बाजू में तालाब है जिसमें सफेद कमल के फूल खिलें हैं। तभी एक श्रोता बोला–

"पण्डित जी कथा ठीक से पढ़िए"

पण्डित जी ने कहा–"भाई, मैं ठीक से ही पढ़ रहा हूँ"।

"नहीं, कमल सफेद नहीं लाल थे।"

"कमल तो सफेद ही थे"

"आप जानते हैं मैं कौन हूँ? मैं हनुमान हूँ। (हमारे यहाँ ऐसी मान्यता है कि जहाँ रामायण का पाठ होता है वहाँ हनुमान वेश बदलकर कथा सुनने जरूर आते हैं।) मैंने खुद देखा है कमल लाल थे। मैंने जो देखा वह झूठ और आपकी किताब में जो लिखा वह सच?"

"भाई हनुमान, कमल तो सफेद ही थे पर आपकी आँखों में इतना क्रोध था कि क्रोध में तुमको कमल भी लाल दिखे।

सज्जनों, यदि समीक्षक कृति से तादात्म्य जोड़ेगा तो उसे सफेद की जगह लाल और लाल की जगह सफेद दिखाई देगा। कलाकृति के साथ इनवॉल्व होकर वह तटस्थ नहीं रह सकेगा और पूरी सच्चाई से न्याय भी नहीं कर सकेगा। समीक्षक अन्त में तो जज ही है, न्यायाधीश है। उसे निष्पक्ष रहकर प्रामाणिकता से न्याय करना है, इसलिए तटस्थ रहना जरुरी है। सर्जक भले ही इनवॉल्व हो, बल्कि उसके लिए तो इनवॉल्व होना जरूरी है, परन्तु समीक्षक को नहीं। एक उदाहरण और देता हूँ–अच्छे से अच्छा सर्जन भी अपने पुत्र का ऑपरेशन नहीं करता क्योंकि वह जानता है कि वह इसमें बिना इनवॉल्व हुए नहीं रह सकेगा, स्वस्थतापूर्वक शान्त चित्त से ऑपरेशन नहीं कर सकेगा

और कहीं अन्त में वह अपने पुत्र का अहित कर बैठेगा। समीक्षक का कार्य सर्जक जैसा नहीं सर्जन जैसा है। इसलिए, उसे इनवॉल्व नहीं होना चाहिए तभी समीक्षा समतोल रह सकेगी।

दो दिन के विचार-विमर्श के बाद कलाकार जिस निष्कर्ष पर पहुँचे थे उसे मैंने मूल रूप से रद्द कर दिया था। इसका श्रेय कमल वाले उदाहरण को जाता है। वह इतना सटीक था कि किसी को मेरी बात का विरोध करने का मन न हुआ।

2

जिनकी बात मैंने रद्द की थी उनमें से बहुत तो भारत के नामी कलाकार थे। कितने ही विदेश जाकर आये थे। कितनों के चित्र महँगे दामों पर बिकते थे। उनके सामने मेरी कोई हस्ती न थी फिर भी मैंने इन कलाकारों के विरुद्ध अपना मत रखा था। यह उनकी सदाशयता थी कि किसी ने मेरा विरोध नहीं किया। मुझे भी उनका मान रखना चाहिए, अपनी संस्कृति का ध्यान रखना चाहिए। उनकी बात का थोड़ा-बहुत तो समर्थन करना चाहिए, इसलिए आगे बोला–

"यह सच है कि समीक्षक यदि कलाकृति के रंग में रंगेगा नहीं, एकात्म भाव का अनुभव नहीं करेगा तो उसकी समीक्षा नीरस होगी। उसमें माधुर्य नहीं आयेगा। एक पंजाबी लोकगीत में नर्तकी कहती है कि जब मैं पटियाला में नृत्य करती हूँ तो उसकी धमक जालंधर में सुनाई देती है–"मैं नच्चा पटियाले, मेरी धमक जालंधर पैंदी"। सर्जक की धमक समीक्षा में सुनाई देनी चाहिए और यह बिना तादात्म्य के सम्भव नहीं। अब समस्या यह है कि यदि समीक्षक तादात्म्य अनुभव करता है तो वह निष्पक्ष नहीं रह सकता और तटस्थ रहता है तो समीक्षा निष्प्राण हो जाती है। इसका कोई उपाय?

इसका उपाय नर्मदा किनारे एक संन्यासी के पास है जो परिक्रमा के समय साथ हो लिया था। उसके पास केवल दो ही वस्तु थी-कन्धे पर चादर और हाथ में मिट्टी का कमंडल। सब उन्हें हांडी वाले बाबाजी कहते थे। हम पहाड़ के वन प्रदेशों से गुजर रहे थे। पास ही कल-कल करती नर्मदा बह रही थी। सहज ही बातचीत चल रही थी। उन्होंने मुझसे पूछा- बताइए भला स्वाद किसमें है, जीभ में या गुलाबजामुन में?

मेरे अनुरोध पर जवाब भी उन्होंने दिया-यदि गुलाबजामुन में स्वाद होता तो वह प्लेट में पड़े पड़े ही स्वाद देगा और यदि जीभ में स्वाद होगा तो फिर गुलाबजामुन खाने की क्या जरुरत? देखें तो स्वाद केवल न गुलाबजामुन में है न केवल जीभ में। स्वाद है दोनों के योग में। इसी तरह सार्थकता मात्र देह में नहीं, मात्र आत्मा में भी नहीं, किन्तु दोनों के मिलन में है"।

श्रोता मेरी बात को ध्यान से सुन रहे थे। उनके चेहरे पर प्रसन्नता के भाव स्पष्ट दिख रहे थे। मैंने आगे बोलना जारी रखा–"इसी तरह अच्छी समीक्षा तभी सम्भव है जब उसमें तटस्थता और तादात्म्य दोनों हो। तादात्म्य में जवानी का जोर होता है और तटस्थता में बुढ़ापे का चातुर्य। हमें दोनों की आवश्यकता है। तभी समीक्षा स्वस्थ और समतोल हो सकती है। आप अनुमति दें तो मैं दोनों के प्रमाण भी निश्चित कर दे सकता हूँ। जिस तरह पृथ्वी पर तीन भाग पानी और एक भाग जमीन है उसी तरह समीक्षा में तीन भाग ताटस्थ्य और मात्र एक भाग तादात्म्य होना चाहिए। इतना कहकर मैंने अपना वक्तव्य पूरा किया। किसी ने एक बार भी मेरा विरोध नहीं किया।

इस संगोष्ठी में शान्ति निकेतन से भी एक कलाकार आया था। कुछ वर्षों बाद मेरा शान्ति निकेतन जाना हुआ। वह मुझे देखते ही बोला–मुझे आपके दोनों उदाहरण आज भी याद है। यहाँ एक साध्वी की बात भी अनायास याद आ रही है। वह परिक्रमा के दौरान मुझसे मिलने लछमन मढ़वा आयी थी। यह स्थान मध्य प्रदेश में डींडोरी के पास है। मैं वहाँ उनके आश्रम में गया था। मैंने साध्वी को प्रणाम किया और बताया कि नौकरी के कारण मैं निरन्तर परिक्रमा नहीं कर सकता। छुट्टियों में टुकड़े-टुकड़े करता हूँ। तो वे बोली–बूँदी का लड्डू पूरा खाओ तो मीठा और चूरा खाओ तो भी मीठा। इसका रंज न करना मेरी पुस्तक 'सौन्दर्य की नदी नर्मदा' के मराठी अनुवाद में माधव गडकरी और मीनल फणसी ने इस कथन का उल्लेख किया है।

पहला संन्यासी और यह साध्वी–ये दोनों कोई बहुत बड़े ज्ञानी नहीं थे फिर भी यह बात उन्होंने सहज भाव से इस तरह कही कि आज 25 वर्ष बाद भी मैं उसे भूला नहीं हूँ। हमारे साधु-सन्तों और लोक कथाकारों के पास यह कला थी। अब भी होगी। वे कठिन-से-कठिन बात को किसी उदाहरण या उपमा के द्वारा ऐसे सरल कर देते कि सबको आसानी से समझ में आ जाता।

इसमें कभी काव्य, कभी हास्य-विनोद तो कभी ज्ञान होता। उनकी बातों की गणना साहित्य में न होती हो, किन्तु संक्षेप में धारदार तरीके से कहने की उनकी शक्ति बेजोड़ है। उसमें कभी सनातन और अमर तत्त्वों की झाँकी भी होती है। अब एक सन्त की बात और कहकर लेख समाप्त करूँगा।

एक सूफी सन्त सब्जी-भाजी बेचकर अपना गुजारा चलाता था। कई चालक लोग उसे वृद्ध और भोला समझकर खोटा सिक्का दे जाते थे। कितने लोग सिक्के बदलने आते यह कहकर कि यह आपके यहाँ से आया था। सन्त चुपचाप रख लेते। जब उनका अन्त समय निकट आया तो उन्होंने बन्दगी करते हुए कहा–"परवरदिगार, मैं जिन्दगी भर खोटे सिक्के क़बूल करता रहा। कभी किसी को खोटा सिक्का वापस नहीं किया। मैं भी एक खोटा सिक्का हूँ। आपके पास आ रहा हूँ। मुझे वापस मत करियेगा"।

कि शायर चल दिया बिना विद्रोह गाये

"जीवन में केवल दो ही प्रतिभाशाली विद्यार्थी देखे-एक जगमोहन दास दूसरा प्रभात कुमार तिवारी"। नागपूर में प्रोफेसर सन्तराम कटारे किसी को बता रहे थे। प्रभात का नाम सुनते ही मैं चौंका। प्रभात मेरा अभिन्न मित्र और गजब का बुद्धिशाली। उसी की बात होनी चाहिए। फिर भी मैंने पूछा-कौन प्रभात?

"जबलपुर के मॉडल हाई स्कूल के ड्राइंग शिक्षक सत्यदीन का पुत्र"। बस वही! प्रभात के पिता हमारे स्कूल में ड्राइंग शिक्षक थे, किन्तु उनका चित्रकला के साथ कोई घनिष्ठ सम्बन्ध न था। वे ज्योतिषी थे। हस्तरेखा और जन्मपत्री देखकर भविष्य आँकते। विपत्ति निवारण के लिए कीमती पत्थर देते। प्रभात को इन सब में जरा भी विश्वास नहीं था। वह इसे पाखण्ड समझता था और पिता से दूर रहता था।

कटारे इतिहास के वरिष्ठ प्रोफेसर, हिस्ट्री कांग्रेस के अध्यक्ष। भाग्य से ही किसी की प्रशंसा करते। जगमोहनदास मध्य प्रदेश शासन में उप शिक्षा मन्त्री था और मित्र प्रभात स्कूल में कामचलाऊ शिक्षक। मैनें प्रभात से कहा–पहले तुम एम.ए. कर लो कॉलेज में प्रोफेसर का पद आसानी से मिल जायेगा। फिर तुम्हें जितनी शायरी करनी हो करना। लेकिन वह नहीं माना। शायरी का नशा चढ़ गया और आज मारा-मारा फिर रहा है।

इंटर तक हम साथ थे। उसके बाद में शान्तिनिकेतन चला गया। वह बी.ए. प्रथम श्रेणी में उत्तीर्ण हुआ और संस्कृत में गोल्ड मेडल प्राप्त किया, पर एम.ए. की पढ़ाई बीच में छोड़ दी। वह कवि बन गया। कवि सम्मेलनों और मुशायरों में जाने लगा। शान्तिनिकेतन से पढ़ाई पूरी कर मैं जबलपुर आ

गया। हमारा फिर साथ हो गया। रोज शाम को वह अचूक हमारे घर आता फिर हम पास ही मदनमहल स्टेशन के प्लेटफॉर्म पर चक्कर लगाते। वह जब नयी रुबाई या कविता लिखता, सबसे पहले मुझे सुनाता। दुर्भाग्य से इसमें मुझे कुछ समझता नहीं, परन्तु मुझे सुनाकर ही उसे सन्तोष मिलता। घर के अन्दर कभी न आता। बाहर से ही हाँक लगाता–'अमरित!" वह कविता सुना रहा होता और मेरा बेटा जिसे अभी खड़े होकर चलना नहीं आता था, रोते-रोते मेरे पास आ जाता तो उसे बिल्कुल अच्छा नहीं लगता, इसलिए वह दरवाजे बन्द कर देता था। एक बार ऐसा भी हुआ कि मैं घर पर न होने के कारण छ: बार उसे नहीं मिला। वह जब सातवीं बार आया तब मैं सो रहा था, उसने मुझे जगाकर अपनी नयी रुबाई सुना कर ही गया।

वह कविता की दुनिया में मगन रहता। साहित्य के लिए ऐसा अशेष समर्पण नसीब से ही देखने को मिलता है। उसने कभी अपने कैरियर की चिन्ता नहीं की न ही उसे अपने स्वास्थ्य के प्रति कोई ध्यान था। व्यवहार चातुर्य भी न सीखा था। घर-संसार, पत्नी, पुत्र उसके लिए अनावश्यक ही नहीं, बोझ थे।

उसके लिए काव्य सत्य और जगत मिथ्या था। कविता पढ़ना, कविता के विषय में पढ़ना, कविता लिखना और उसकी चर्चा करना बस कुल इतने ही काम। वह कविता बिछाता और कविता ओढ़ता।

प्रभात प्रखर बुद्धि का था। बौद्धिक चर्चा के लिए उससे अच्छा व्यक्ति नहीं मिल सकता। चर्चा के दौरान उसकी तलवार की दर जैसी बुद्धि के कौशल देखने मिलते। तार्किक लड़ाई के लिए वह हमेशा तैयार रहता, लेकिन कम समझ रखने वालों से चर्चा न करता। बहुत ही स्वाभिमानी और सच के लिए लड़ने वाला। उसकी कभी मजेदार तो कभी तीखी टीका से लोग नाराज हो जाते। धैर्य की कमी और कठोर भी। शहर में यदि कोई साहित्यकार आता तो वह प्रभात से वाद-विवाद किये बिना नहीं जा सकता था। उनके पास पहुँच कर बिना किसी भूमिका के कहता– "मुझे आपके साथ कितनी फण्डामेंटल्स बातें करनी है"। बात करते हुए कभी उत्तेजित हो जाता। अगले दिन मित्र शिकायत करते तो कहता– "भूल तुम्हारी भी है। आपने मुझे रोका क्यों नहीं"।

कितनी ही बातों में मेरा भी उससे मतभेद होता। वह साम्यवादी मैं गांधीवादी, वह नास्तिक मैं आस्तिक, वह बुद्धिजीवी मैं भावनाजीवी। फिर

भी हम अभिन्न मित्र थे। उसके जीवन में भावनाओं का कोई स्थान नहीं यह बात उसकी कविताओं में भी आती थी। उसकी कविता बुद्धि की उपज होती। मैं कहता– प्रभात, कविता की गंगोत्री भावनाओं में होनी चाहिए, बुद्धि में नहीं"। एक बार हम दोनों ने अंग्रेजी फिल्म देखने का निश्चय किया। उसका घर रास्ते में ही होने के कारण मैं उसके घर गया। मैंने पायजामा पहना था। रोज शाम को पायजामा पहनकर ही उसके साथ घूमने जाता था पर आज की बात अलग थी। आज अंग्रेजी पिक्चर देखने जाना था। उस थिएटर में केवल अंग्रेजी फिल्में ही दिखाई जाती थी। वहाँ पायजामा नहीं चलेगा। मेरे साथ चलने से उसने साफ मना कर दिया और वह अकेला ही गया।

एक रात कवि सम्मेलन था। वह कवि मित्र श्रीबाल पाण्डे के घर गया। "चलो समय हो गया"। श्रीबाल का छोटा बेटा शाम से खो गया था। सब परेशान थे। दौड़-भाग चल रही थी। श्रीबाल ने कहा–"मैं नहीं चल सकूँगा, मेरा बेटा खो गया है"। प्रभात को यह घटना साधारण लगी। सहज भाव से बोला–"तो किसी को खोजने के लिए कह दो और तुम चलो"।

एक बार पृथ्वीराज कपूर उनके कुछ प्रसिद्ध नाटक लेकर आये थे। उस महीने किसी कवि सम्मेलन से उसे दक्षिणा मिली थी। सातों दिन नाटक देखने वह महँगी टिकट लेकर प्रथम पंक्ति में बैठा। उसका एक सिद्धान्त विचित्र था कि जिस महीने की कमाई हो वह उसी महीने में खर्च हो जानी चाहिए। रेवेन्यू स्टेम्प जितना ही बचना चाहिए, बस। धन संचय को वह बड़े से बड़ा पाप मानता। पैसा उसके पास एक्सपायरी डेट लेकर आता।

2

प्रभात कुमार तिवारी 'प्रभात' सदा 'युद्धम देही' की मुद्रा में रहता। दूसरों की कोई परवाह न करता। अकड़ू और घमण्डी भी था, किन्तु इन सब का भुगतान वह अपनी काव्य साधना से वाणी में देता। उसकी कविता का मूल स्वर था–विद्रोह, रूढ़ियाँ और खास रूप से वर्तमान सामाजिक व्यवस्था के प्रति असन्तोष।

हमारे सामाजिक और राजनीतिक जीवन में जो दंभ, दोगलापन और झूठ अपना रहें हैं उन्हें वह व्याकुल कर देता। वह विद्रोह का कवि था। वह चेन

स्मोकर था। चाय तो रात को सोते समय भी पी लेता। कुछ बातों में खूब फॉर्मल और कुछ में जरा भी नहीं। बैठने से पहले कुर्सी को रुमाल से झटकता फिर उसी रुमाल से मुँह पोंछता और चश्मे का काँच भी साफ करता। कितनों से उसे बहुत लगाव रहता और कितनों की परछाई से भी दूर भागता।

सामान्य लोगों पर उसकी विचित्रताएँ ही प्रकट होती, परन्तु जिसके साथ वह मिलता-जुलता, उठता बैठता, वे जानते थे कि वह कितना गहन अध्ययन करता है। समस्याओं पर जड़ तक जाकर विचार करता। हर दृष्टिकोण से जाँच करता फिर निर्णय पर आता। जिसको वह महत्त्वपूर्ण समझता, उसके विषय में खूब पढ़ता, विचारता। जिस बात पर अपने प्राण देता, दूसरे उसे गम्भीरता से न लेते, मजाक में उड़ा देते। वह एक सामान्य स्कूल में शिक्षक था। दुर्भाग्य से उसकी नौकरी छूट गयी और वह बेरोजगार हो गया। नसीब से उसे हमारी स्कूल में नौकरी मिल गयी। उसकी कुर्सी मेरे ही कमरे में इसलिए पूरे दिन का साथ हो गया। मैंने देखा कि उसे पढ़ाना बहुत अच्छा लगता था। पूरे दिल से बच्चों को पढ़ाता था। विद्यार्थी उसकी बुद्धि से प्रखर होते और वात्सल्य से भीगते। वह विद्यार्थियों के सर्वांगीण विकास में रुचि लेता। सत्र के शुरू में वह कहता–"वर्ष तुम्हारा है। चाहो तो इसका भरपूर उपयोग करो या अपनी मुट्‌ठी से फिसल जाने दो"। अक्खड़ और कठोर प्रभात का हृदय बच्चों को देख स्नेह से भर जाता। विद्यार्थी भी उसे दिल से चाहते थे।

प्रभात बी.एड. नहीं था इसलिए हमारी स्कूल से भी उसकी नौकरी छूट गयी। उसे बी.एड. करने का आदेश दिया गया। उसका मनपसन्द काम छूट गया। अनचाहा काम सिर पर आ पड़ा। वह तनाव में जीने लगा। तनाव जब बहुत बढ़ गया तो उसने आत्महत्या कर ली। जिस मदनमहल स्टेशन पर हम रोज घूमने जाते, उसी स्टेशन पर एक ट्रेन के सामने कूद कर उसने जान दे दी। 29 वर्ष की उम्र में ही उसकी जीवन लीला समाप्त हो गयी।

उसने गलत किया। जीने का कोई रास्ता खोजना चाहिए था। ऐसी मौत उन लोगों के इरादे कमजोर करती है जो जीने के लिए संघर्ष कर रहें हैं। यह रास्ता बिल्कुल गलत और त्याज्य है। वह इस दुनिया में अपनी जगह न बना सका। निराशाओं, मुश्किलों और दुखों के सामने बहुत देर खड़ा रहा और अन्ततः हार गया। मृत्यु के बाद उसकी जेब से एक पत्र मिला जिसमें लिखा

था–"पिछले 8-10 वर्षों से जीवन के संघर्षों से लड़ते-लड़ते मैं थक गया हूँ, टूट गया हूँ। यह मेरी अपनी हार है, कायरता भी है। मेरे साथियों मुझे माफ करना"।

आज प्रभात बहुत याद आ रहा है। कारण बना है पूना का मधु हातेकर। वह हम दोनों का विद्यार्थी था। उसका पत्र आया है। लिखा है–"नौकरी के कारण 30-32 वर्षों से जबलपुर के बाहर हूँ। जबलपुर की कितनी ही बातें भूल गया हूँ, लेकिन प्रभात जी को नहीं भूल सका। इतना अच्छा पढ़ाते थे कि उनका बोला एक-एक शब्द हृदय में अंकित हो जाता था। फ्री पीरियड मिलता तो दौड़ कर हमको बुला लेते। कितनी अच्छी-अच्छी बातें बताते। कभी अपनी तो कभी दूसरों की कविता सुनाते। पुस्तकों की बात करके पढ़ने की जिज्ञासा पैदा करते। हमें लिखने के लिए प्रोत्साहित करते और मार्गदर्शन देते। आज यदि मैं एक लेखक हूँ तो उनके प्रताप से"।

इस पत्र ने मुझे विचार करने पर विवश किया। एक शिक्षक के लिए, उसकी मृत्यु के 45 वर्ष बाद दूर रहकर एक विद्यार्थी के इस पत्र से बढ़कर सच्ची श्रद्धांजलि क्या हो सकती है? आज कवि के रूप में प्रभात शायद ही किसी को याद होगा, जिसने कविता के लिए जीवन की बूँद-बूँद निचोड़ दी थी, परन्तु शिक्षक के रूप में उसका एक विद्यार्थी कितनी उत्कटता से याद कर रहा है! यदि प्रभात कॉलेज में प्रोफेसर होता तो कृतज्ञता से उसे याद करने वाले सैकड़ों विद्यार्थी होते।

इंसान कितनी तरह की भूलें करता है। इसमें सबसे भयंकर भूल है उसका अपने स्वधर्म को न समझ पाना। ईश्वर ने उसे इस धरती पर क्यों भेजा है? प्रभात यदि यह समझ सका होता कि मध्यम स्तर के कवि होने से बेहतर कक्षा का शिक्षक होना है, तो कहानी कुछ और होती। इसके बाद भी अपने परम प्रिय मित्र के चले जाने पर अपार दुख हुआ था। ऐसे में रवीन्द्रनाथ की इन पंक्तियों से आश्वासन मिला–

"जीवने जात पूजा हल ना सर,
जानि हे जानि, ताओ हयनि हारा,
जे फूल ना फूटिते झरे छे घरनीते

जे नदी मरुपथे हारालो धारा,
जानि हे जानि, ताओ हयनि हारा"।

जीवन में जो पूजा पूरी न हो सकी, जानता हूँ वह व्यर्थ नहीं गयी। जोकली खिलने से पहले झर गयी जो नदी मरुस्थल में खो गयी, जानता हूँ वह व्यर्थ नहीं गयी।

पचहत्तरवाँ

3 अक्टूबर, 2003 के दिन मैंने आयुष्य के 75 वर्ष पूरे किये। आशा न थी कि इतना जिऊँगा। इसमें मेरा कोई हाथ नहीं है। साल-पर-साल बीतते गये और मैं यहाँ तक पहुँच गया। लगता है, पीछे मुड़कर देखूँ तो इस यात्रा में कैसे-कैसे उतार-चढ़ाव आये। हर्ष उल्लास या दुख-दर्द के कैसे-कैसे मुकाम आये। अतीत में झाँकने का मन हुआ है। विगत को देखना यानी समय की सुरंग खोदना। लेकिन, यह सुरंग नहीं कुआँ है। वक्त की खोदी छोटी सी कुंइ है। जीवन में 25-25 वर्षों के तीन हिस्से स्पष्ट दिखाई दे रहे हैं। शुरू के 25 वर्ष पढ़ाई करने में व्यतीत हुए। इसमें से अन्तिम पाँच वर्ष (1948 से 1953) मेरे लिए बहुत महत्त्व के रहे। इस समय के दौरान मुझे शान्ति निकेतन में आचार्य नन्दलाल बसु के चरणों में बैठकर चित्रकला के अभ्यास का अवसर मिला। उनसे सौन्दर्य देखने की दृष्टि मिली। शान्ति निकेतन की शिक्षा मेरी कला और साहित्य दोनों के लिए खूब लाभदायक रही।

वहाँ की शिक्षा समाप्त कर जबलपुर आया और चित्रकला का अध्यापक बन गया। चित्रकला का अध्यापन सरल कार्य नहीं, किन्तु मुझे बहुत पसन्द है। निष्ठा और दिल से पढ़ाने के लिए खूब पढ़ना चाहिए, विचारना चाहिए। रोज खुद चित्र बनाना चाहिए। पढ़ाना मुझे इसलिए भी अच्छा लगता है कि इससे नया-नया सीखने मिलता है। हम तब तक ही शिक्षक होते हैं जब तक हम प्रतिदिन सीखते भी हैं। मेरे भीतर शिक्षक के साथ विद्यार्थी भी होना चाहिए। शिक्षक होना यानी गीली मिट्टी को आकार लेने में मदद करना। विद्यार्थियों को अपनी नजरों के सामने विकसित होते देखना कितना आनन्ददायी होता है। जो काम मुझे खूब अच्छा लगता–पढ़ना और पढ़ाना,

इसका मुझे पगार भी मिलता। (अब पेंशन भी मिलती है) यह कितना बड़ा लाभ है। हो सकता है अन्य किसी व्यवसाय में मैं अधिक कमा सकता था पर उसमें मुझे खुशी न मिलती, विद्यार्थियों का प्यार न मिलता और विद्या (ज्ञान) से मेरा सम्पर्क भी न हुआ होता। मात्र धनवान होने का क्या अर्थ?

- 25 से 50 की उम्र तक मैंने पढ़ाने के सिवाय कुछ खास न किया। वैसे भी खास तो मैंने कुछ किया नहीं पर इस दौरान कुछ भी नहीं किया। यह मेरी सर्जनात्मक रिक्तता का काल है। बाल्यावस्था, युवावस्था और वृद्धावस्था स्वाभाविक क्रम है, लेकिन मेरे जीवन में ये अवस्थाएँ अपनी बारी के अनुसार नहीं आयी। बाल्यावस्था के बाद सीधे वृद्धावस्था आ गयी! 25 से 50 का समय वृद्धावस्था का रहा पर 50 से 75 का समय युवावस्था का। कभी काल भी आगे पीछे होता है!

50 वर्ष की उम्र में नर्मदा की पद यात्रा शुरू की। नन्दबाबू ने सौन्दर्य देखने की जो दृष्टि दी थी वह 25 सालों तक निद्रामग्न राजकुमारी की तरह निस्पंद पड़ी रही। पदयात्राओं के साथ ही अंगड़ाई लेकर जागी। यह यात्राएँ मैंने अपने चित्रों के नये विषयों और नये रंग संयोजन की खोज के उद्देश्य से की थी, लेकिन वहाँ से आने के बाद कोलाज तो बनने लगे ही, यात्रा वर्णन भी लिखे जा रहे थे। नर्मदा ने ही एक चित्रकार को लेखक भी बनाया। जबलपुर में रहने के कारण हिन्दी मातृभाषा जैसी हो गयी थी, लेकिन मातृभाषा को कैसे भूलता? वैसे मैं दोनों भाषाओं में लिखता हूँ। शिक्षक के रूप में जैसे मुझे विद्यार्थियों का प्यार मिला वैसे ही लेखक के रूप में पाठकों का असीम स्नेह मिला।

साठ वर्ष की उम्र में सरकारी नौकरी से सेवानिवृत हुआ। आज भी रोज काम करता हूँ। रविवार को भी काम करता हूँ। काम करता हूँ इसलिए अस्तित्व में हूँ। फिर छोटी-छोटी शिकायतें भी करता हूँ कि इस उम्र में तो आराम मिलना चाहिए। कब तक मेहनत करता रहूँगा? परन्तु जैसे ही काम करने लग जाता हूँ सब फरियादें भूल जाता हूँ और समय कहाँ बीत जाता है पता ही नहीं चलता। शुरू के 50 वर्ष प्रमाद में गये। उस प्रमाद के झोंके आज भी आते रहते है फिर भी एक तरह से में अधिक परिश्रमी हो गया हूँ। अच्छी बात यह है कि काम का आनन्द आज भी वैसा ही मिलता है, बल्कि अधिक हो गया है। मैं जानता हूँ मेरा समय अब सीमित है, इसलिए काम करने की गति अपने-आप बढ़ गयी। गाँव की सीमा पास आते ही जैसे गाड़ी के बैल तेज गति पकड़ लेते हैं न!

2

तो 75 वर्ष मेरे हाथ से निकल गये! अब मैं पुरानी पीढ़ी का हो गया हूँ। अब जीवन का चौथा और अन्तिम सत्र आरम्भ हो गया है यह सत्र सबसे छोटा रहेगा। 75 वें वर्ष में प्रवेश के साथ ही मैंने नर्मदा किनारे की पदयात्रा शुरू कर दी है। यात्राएँ हो रही हैं और वर्ण लिखे जा रहे हैं। मैं चित्रकार और लेखक दोनों हूँ, परन्तु मुझे साहित्य में जैसी सफलता मिली वैसी चित्रकला में नहीं मिली क्योंकि चित्रकला में मैं जमाने के साथ न चल सका। फिर मैंने यह भी देखा कि शब्दों के माध्यम से नर्मदा के सौन्दर्य का जितना प्रचार-प्रसार कर सका वैसा रंगों के माध्यम से नहीं। साहित्य का प्रभाव अधिक व्यापक होता है और इस तरह मेरा साहित्य की ओर झुकाव बढ़ता गया। मैं साधारण चित्रकार हूँ और लेखक भी साधारण ही हूँ। फिर भी मानता हूँ कि जीवन की ऊँचाई तक न पहुँच सकने वाले मेरे जैसे साधारण इंसानों की भी दुनिया जरूर है। मेरा संसार अब सीमित हो गया है। मेरी आवश्यकताएँ भी बहुत कम हो गयी हैं। भाग्य से ही बाजार जाता हूँ। भूख पहले जैसी नहीं लगती। पहले जैसा अब अधिक बोलता भी नहीं। बहुत देर से समझ में आया कि अधिक बोल कर मैं अपने भीतर की दरिद्रता ही प्रकट करता हूँ। हँसना-हँसाना मुझे पसन्द है। छोटे-मोटे कितने रोग मेरे साथ रहने आ गये हैं। उम्र के साथ जैसे-जैसे अपना शरीर शिथिल होता जायेगा वैसे-वैसे ऐसे चमगादड़ रहने आते जायेंगे।

थोड़ा पारिवारिक जीवन के विषय में। 27 वर्ष की उम्र में मेरा विवाह हुआ। कान्ता मेरे जीवन में उत्सव बन कर आयी। दादा-दादी तो हम कब से बन गये हैं, पर हमारी बातें खत्म ही नहीं होती। कान्ता मेरे हृदय की धड़कन को 300 किलोमीटर की दूरी से भी सुन सकती है। यह क्षमता मेरी खामी थी या उसकी खूबी। हमारे चार बेटे हैं। बेटी एक भी नहीं, लेकिन चार पोतियाँ देकर विधाता ने अपनी भूल सुधार ली। अब तो पौत्र वंशज भी आ गया है। उसके साथ खेलना मुझे बहुत अच्छा लगता है। प्रत्येक वृद्ध को अपने बचपन की तलाश होती है जो उसे दूसरी या तीसरी पीढ़ी में मिलती है। बहुओं से घर भरा-भरा लगता है। पोते-पोतियों के शोर से घर हमेशा गूँजता रहता है। घर की पूरी जवाबदारी बेटे-बहुओं को सौंप दी है। अब वे नायक और हम सहनायक हैं और यही उचित भी है।

हमारा संयुक्त परिवार है। हम तीन भाई। हमारे पाँच पुत्र और उनके बच्चे। छोटे-बड़े 21 सदस्य हम साथ रहते हैं। रसोई एक ही। संयुक्त परिवार के लिए आवश्यक शर्त है–आपस में प्यार। आपस में प्रेम न हो तो घर में कितने ही सदस्य क्यों न हों घर निर्जन होता है। भोजन के प्रति में अनासक्त हो गया हूँ। पहले खाते समय नखरे करता था–मिर्ची अधिक है, नमक कम है। अब ऐसा नहीं करता। अब चिड़ियाँ के चुगने जैसा मेरा भोजन हो गया है। पहले दूसरों की निन्दा भी करता था, अब लगता है ऐसा करके मैं अपना ही समय बर्बाद कर रहा हूँ। परनिन्दा करते-करते यही समय आत्मप्रशंसा में लगाओ न! मुझे दूसरों की आत्मप्रशंसा। सुनना भी अच्छा लगता है। लोग जब आत्मप्रशंसा करते हैं, तब हमें कितना अच्छा सुनने मिलता है! मैं ध्यान से सुनता हूँ और उसमें कुछ अच्छा लगा तो ले भी लेता हूँ। इस तरह मेरी आत्मप्रशंसा में नयी-नयी कोंपले फूटती हैं।

दुर्भाग्य से मुझे व्यायाम और खेल-कूद में कभी रुचि न थी। गीली-डण्डा तक नहीं खेला। इसके दुष्परिणाम भोग रहा हूँ। शरीर दुर्बल तो था ही अब पुराना भी हो गया। इसके बावजूद जिन्दगी के 75 वर्ष पूरे कर लिए यह आश्चर्य की बात है। इसका कारण शायद यह हो सकता है कि मैं पैदल खूब चलता हूँ। आज भी लगभग दस किलोमीटर रोज चलता हूँ।

कभी मौत का खयाल आ जाता है। क्या मृत्यु यानी अंधकार में विलीन हो जाना होता है? परन्तु अंधकार कोई बुरी चीज तो नहीं! अंधकार मतलब शान्ति-असीम शान्ति। कुछ दिनों पहले ही मैंने यह प्रार्थना की थी–मैंने नर्मदा की परिक्रमा पूरी कर ली है। परिक्रमा के चित्रों की कितनी एकल प्रदर्शनी भी हो चुकी है। हे यमराज! जब इच्छा हो जरूर आना!

हिन्दी और गुजराती में परिक्रमा की पुस्तकें भी लिख ली हैं। अंग्रेजी, बंगाली और मराठी में अनुवाद भी प्रकाशित हो चुके हैं। हे यमराज! चाहो तो पधारिए, स्वागत है! अब जितना भी समय मिलेगा उसमें प्रमाद नहीं करूँगा। परिक्रमा का कार्य पूरी निष्ठा से करता रहूँगा। हे यमराज! आप कभी न कभी आने वाले तो हैं ही, तो फिर थोड़ा देर से ही आइएगा न! क्यों न एक साल यहाँ ही पड़ा रहूँ!

आनन्द के पचास वर्ष

आमन्त्रण पत्र नहीं छपे थे। सबको प्रत्यक्ष या फोन पर कह दिया था "मेरी नयी पुस्तक 'स्मृतियों का शान्ति निकेतन' के विमोचन का कार्यक्रम है आप सादर आमन्त्रित है। कार्यक्रम के बाद स्वादिष्ट भोजन भी है"। यह अन्तिम वाक्य बहुत जरूरी था वरना कौन आता भला?

कार्यक्रम का आरम्भ रवीन्द्र संगीत से हुआ। किशोर बंगाली गायक ने 'पूरानो सेई दिनेर कथा' इतना सुन्दर गाया कि श्रोता झूम उठे। रामभाई ने पुस्तक का विमोचन किया। डॉ. अपरा तिवारी ने अपने संक्षिप्त भाषण में कहा–इंडो अमेरिकन स्टडीज नेटवर्क के एक सेमीनार में मैं मदुराई गयी थी। मुझे एक भारतीय लेखक और एक अमेरिकन लेखक की पुस्तक का तुलनात्मक अध्ययन प्रस्तुत करना था। मैंने मार्क ट्वेन की पुस्तक 'लाइफ ऑन द मिसीसिपी' और वेगड़ जी की पुस्तक 'सौन्दर्य की नदी नर्मदा' की चर्चा की थी। सबको बहुत आनन्द आया था। कितनों ने कहा था कि आप वेगड़ जी की पुस्तक का अंग्रेजी में अनुवाद क्यों नहीं करती? इस तरह मैंने उनकी पुस्तक का अंग्रेजी अनुवाद किया"। इसके बाद तपेन भट्टाचार्य जी का भाषण हुआ। उन्होंने इसी पुस्तक का बंगाली में अनुवाद किया था। फिर जितेन्द्र जामदार का शानदार भाषण हुआ। उन्होंने कहा एक बार मैं पूना गया। वहाँ सुप्रसिद्ध भागवत कथाकार श्री किशोर जी व्यास ने मुझसे कहा–मुझे वेगड़ जी की नर्मदा परिक्रमा वाली पुस्तक पढ़नी है। मैंने उन्हें पुस्तक भिजवा दी। जब दूसरी बार गया तो उन्होंने पुस्तक की मुक्त कंठ से प्रशंसा की। दूसरी पुस्तक तो मैं साथ ही ले गया था। पुस्तक देखकर वे बहुत प्रसन्न हुए। बोले–परन्तु वेगड़ जी दिखते क्यों नहीं? वे हाजिर होते तो मुझे बोलने का और आनन्द आता।

हमारे बंगले का बड़ा सा बरांडा मंच का काम करता था और सामने विशाल आँगन में कुर्सियों पर श्रोता-गण बैठे थे। मैं धीरे से अपने रूम में चला आया। कार्यक्रम का संचालन पौत्री नेहा कर रही थी। जैसे ही डॉ. जामदार का भाषण पूरा हुआ नेहा ने घोषणा की–"सज्जनों, कार्यक्रम का पहला भाग पूरा हुआ। अब दूसरा भाग शुरू होता है। जरा वहाँ देखिए..."आश्चर्य! एक कमरे से दुल्हन की सजकर, माथे पर पल्लू लेकर अपनी सखी मण्डली (यानी बहुएँ) के साथ कान्ता निकल रही थी। दूसरे कमरे से रेशमी धोती-कुर्ता पहने, कन्धे पर दुपट्टा और माथे पर बंगाली ढब का मुकुट पहने मैं निकल रहा था। (जरा कल्पना कीजिए, कैसा पावन और आनन्ददायक दृश्य होगा जिसमें बहुएँ अपनी सास को दुल्हन जैसे सजाकर मंडप में ला रही हैं!) ठीक इसी वक्त नेहा ने कहा–"हमारे दादा-दादी के विवाह की आज पचासवीं वर्षगाँठ है। वर्षगाँठ मनाने के लिए हम सब यहाँ इकट्ठे हुए हैं"। हम आमने-सामने आये। कान्ता पुराने जमाने की राजकुँवरी लग रही थी। हम दोनों ने एक-दूसरे को हार पहनाए। स्त्रियों ने शंखध्वनि की, बंगाली प्रथा के अनुसार मुँह से हुलु ध्वनि भी की और हमारा विवाह हो गया।

दर्शकों को हमारी वर्षगाँठ के विषय में कोई जानकारी न थी। अचानक हमें वर-वधू के रूप में देख सब आश्चर्य मुग्ध हो गये। तालियों की ध्वनि से हमारा स्वागत किया। मैंने कहा–"मैं अभी गायब था क्योंकि उस समय मैं ग्रीन रूम में था।। मेरी बहुओं ने कहा था–बाबूजी, आज आपका छोटा पायजामा नहीं चलेगा। हम आपके लिए रेशमी वस्त्र लाएँ हैं, वही पहनने पड़ेंगे। मुझे धोती पहनना नहीं आता। उसने ही पायजामे के ऊपर धोती पहनाई और खुल न जाए इसलिए ऊपर बेल्ट भी बाँध दिया। माँ जैसे बच्चें को तैयार करती है वैसे मेरी बहू माँ ने मुझे तैयार कर आपके समक्ष प्रस्तुत किया है। कान्ता के विषय में क्या कहूँ? एक ही बात कहूँगा–"आज तक मुझे अनेक पुरस्कार मिल चुके हैं, लेकिन मेरे जीवन का सर्वश्रेष्ठ पुरस्कार कान्ता है"। तालियों की गड़गड़ाहट हुई। "पर इसमें एक गड़बड़ हुई है। कान्ता तो नयी नवेली दुल्हन जैसी लग रही है और मैं बहुत पुराना दूल्हा लग रहा हूँ! उसका क्या? यह तो जैसे श्री राधा जी का विवाह सुदामा के साथ हुए हैं"। एक बार फिर हँसी के ठहाके और तालियाँ गूँज उठी।

तभी नेहा ने घोषणा की–"अब गौरी मासी दूल्हे के जूते चोरी करेंगी"। गौरी मेरी साली, कान्ता से दो साल छोटी। बेहद शरारती, इस उम्र में भी उतनी ही नटखट। वह तो मौके की राह देख रही थी। तुरन्त निकट आ गयी। जूते तो थे नहीं, इसलिए भरी सभा में मेरे चश्में चुराने लगी। मैंने बहुत बचाव किया पर इस मासी पूतना के आगे एक न चली। उसने झपट कर मेरे चश्में खींच लिये। इस छीना-झपटी में मेरा मुकुट नीचे गिर गया। वह बोली–आप चश्में नहीं देंगे तो मैं आपकी बत्तीसी निकाल लूँगी। बत्तीसी तो नहीं, लेकिन सामने के पूरे पाँच दाँत नकली हैं। यदि दाँत निकाल लिए तो बहुत मजाक उड़ाया जायेगा, इसलिए मैनें उसे चश्मा ही निकालने दिया।

हमारे जीवन से विस्मय का भाव लगभग चला गया है। हमें सब बातों की जानकारी पहले से ही होती है। गर्भस्थ शिशु लड़का है या लड़की, हमें पहले पता होता है। अपने जीवन से विस्मय खो गया है। यह गम्भीर क्षति है। विस्मय में आनन्द की झलक होती है, माधुर्य होता है। वह जीवन को रसमय बनाता है। दर्शकों के लिए हमारे विवाह की पचासवीं वर्षगाँठ सर्वथा आश्चर्यजनक थी। जितनी आश्चर्यजनक उतनी ही आनन्ददायक इसीलिए यह आयोजन उनके लिए अनोखा उपहार था।

हम कभी स्वजनों को सुखद सरप्राइज देते रहते हैं बीच-बीच में हँसी-मजाक का खेल करते रहते हैं, खुशहाली बिखेरते रहते हैं मेरी बहुओं ने यही किया था। हमारे बुढ़ापे की डूबती भोर को हास्य, आनन्द और प्रेम के रंग से रंगीला बना दिया था।

पारिजात के फूल की तरह झड़ गये

पुरस्कार पाने से अधिक रोमाँच विमान में बैठने का था। पुरस्कार मेरे लिए कोई नयी बात न थी, किन्तु विमान में पहली बार बैठूँगा! ऊँचे आकाश में चक्कर लगाती चील की तरह मैं भी आसमान में उड़ूँगा, अलबत्ता विमान में बैठकर। साथ में कान्ता होगी और विमान से हमें नर्मदा भी दिखेगी। एक मित्र ने बताया था कि यह छोटा विमान है। इसमें सीट नम्बर नहीं होते। चाहे जहाँ बैठ सकते हैं तो आप बायीं ओर बैठियेगा, तभी नर्मदा के दर्शन हो सकेंगे। हम उसी के अनुसार विमान में सावधान होकर बैठे। उसके इंजन की तेज घरघर आवाज सुनाई देने लगी, मन्द-मंथर गति से विमान ने दौड़ना शुरू किया। फिर जैसे लम्बी साँस के साथ दौड़ लगाई और एक झटके के साथ धरती छोड़ दी। मानों नवजात शिशु की नाल कट गयी और वह धरती माँ से अलग हो गया। (जिनको यह उपमा पुरानी लगे उनके लिए नयी उपमा- जैसे रनवे का घर खुल गया हो और पतंग उड़ गयी!)

विमान निर्मल- निरापद आकाश में उड़ने लगा। फिर एक ऊँचाई पर स्थिर होकर आगे बढ़ने लगा। मैं उड़ान का आनन्द लेने लगा। शुरू-शुरू में लगा कि विमान आगे बढ़ ही नहीं रहा, हवा में लटक रहा है पर जब छोटे खिलौने जैसे गाँव पीछे रह जाते तब लगता कि आगे जा रहें हैं। सुबह का समय था। सूर्य किरणों से नहाई धरती का सौन्दर्य देख चकित था। जब हम धरती पर होते हैं तब हम उसका एक अंश ही देख सकते हैं, लेकिन विमान से मैं दूर-दूर तक फैली विस्तृत धरा को देख रहा था। बारिश का मौसम अभी-अभी खत्म हुआ था। धरती का रूप निखर आया है।

अब तो नर्मदा दिखने लगी! प्रकृति के पंख से अंकित लहराती रेखा जैसी तन्वंगी नर्मदा! विमान नर्मदा के साथ-साथ जा रहा है। नर्मदा के पदयात्री आज नर्मदा के हवाई यात्री हो गये। नर्मदा यहाँ लाखों-करोड़ों वर्षों से बह रही है, उन्हीं किनारों के बीच, उन्हीं चट्टानों से टकराती, फिर भी नीट नूतन लगती है। करोड़ों वर्षों में नर्मदा में छोटे-मोठे परिवर्तन अवश्य हुए होंगे, पर उसका शाश्वत रूप तो वही रहा होगा।

बहुत वर्षों पहले नर्मदा की पदयात्रा करते समय सोचा था कि यदि हमें पंख लग जायें और हम आकाश में उड़ सकें तो कितना अच्छा होता। ऊपर से धागे जैसी पतली नर्मदा को देखकर लग रहा था जैसे पहाड़ों ने अपने वक्ष पर यज्ञोपवीत धारण किया है। नदिया धरती की यज्ञोपवीत हीं तो है। सचमुच नर्मदा ऐसी ही लग रही थी। कल्पना पहले की थी, प्रत्यक्ष आज देख रहा हूँ। नर्मदा दर्शन का सुख हमें लगभग बीस मिनट तक मिला फिर नदी दूर और दूर जाने लगी और अन्त में दिखाई देना बन्द हो गयी। थोड़ी ही देर में भोपाल आ गया। विमान नजाकत से नीचे उतरा। कितने यात्री उतरे और कितने ही चढ़े। विमान ने फिर उड़ान भरी। शुरू से ही आकाश में शरद ऋतु के सफेद बादल टहलते दिखाई दे रहे थे। नीलगगन में बादल ऐसे लग रहे थे जैसे समुद्र में बर्फ के टुकड़े तैर रहें हों।

इस साल यहाँ बरसात जरा कम हुई है। मैंने सोचा। नीचे से वृक्ष इन बादलों को बहलाकर पटाकर धरती पर क्यों नहीं उतार लेते और बूँद-बूँद निचोड़कर उसे खाली क्यों नहीं कर लेते? किन्तु, थोड़ी ही देर में अपनी भूल समझ में आयी। रुई के गोले जैसे ये बादल तो हाथी के दाँत की तरह केवल दिखाने के लिए है। इनमें पानी कहाँ है? कभी बाहर कुछ न दिखाई देता। वातावरण जैसे सफेद धुएँ से भरकर धुँधला सा लगता पर फिर से सब दिखने लगता। विमान छोटा है। बहुत ऊपर नहीं उड़ता, इसलिए हरियाली से ढकी धरती पानी से भरे खेत, जलाशय, वृक्ष, पहाड़ियाँ, गाँव, शहर सबकुछ दिख रहा था, पर मनुष्य कहीं नहीं दिख रहा था। विचार आया कि पृथ्वी पर नदी, नाले, झरने, पशु-पक्षी सभी होते, पर मनुष्य न होता तो पृथ्वी ज्यादा स्वच्छ, सुन्दर और शालीन होती, किन्तु हाँ मनुष्य नहीं होता तो वह उदास और गमगीन भी लगती। किसी निद्रामग्न राजकुमारी की तरह निष्प्राण और निस्पंद

पड़ी रहती। उसके माथे पर स्नेह-सुधा के छींटे देकर मनुष्य ने ही उसे सजीव किया है। उसमें प्राण प्रतिष्ठा मनुष्य ने ही की है। उसकी अनेक भूलों और मर्यादाओं के बाद भी पृथ्वी को सार्थकता तो मनुष्य ने ही दी है। चंडीदास ने ठीक ही कहा है–सबार उपरे मानव सत्य। सर्वोपरि तो मनुष्य ही है।

मनुष्य! लम्बे समय तक तुम्हारा वैभव कायम रहे।

विमान आगे ही आगे बढ़ता जा रहा था। यदि नीचे कोई मित्र दिख जाता तो कहता–बन्धु, अभी तुम्हारे और मेरे बीच जमीन आसमान का फर्क है। अब बड़ा शहर दिखने लगा। मुझे लगा कि यह आगरा या मथुरा होगा। विमान परिचारिका ने बताया यह दिल्ली है। इतनी जल्दी आ गया! उठने का मन नहीं हो रहा था। दिल्ली लम्बा-चौड़ा शहर है। कुछ देर तक शहर के ऊपर ही उड़ने के बाद जब विमान ने हमें नीचे उतार दिया तब लगा जैसे कि देखते-ही-देखते हम पारिजात के फूल की तरह विमान से झड़ गये!!

खेती करते गुप्त धन मिला

दिल्ली हवाई अड्डे से जब आयोजक हमको जवाहरलाल नेहरू यूनिवर्सिटी के गेस्ट हाउस की ओर ले जा रहे थे तब यह देखकर बहुत ख़ुशी हुई कि चारों तरफ वृक्ष-ही-वृक्ष! सप्तपर्ण की छटा तो जगह-जगह है। कितने रास्तों में बाग-बगीचे। सड़क के किनारों से पेड़ भी झाँकते दिखते। दिल्ली जैसे महँगे शहर ने वृक्षों को इतना महत्त्व दिया है और कितनी सारी जमीन वृक्षों के लिए बचा रखी है, यह देखकर भी आनन्द हो रहा था। नयी दिल्ली स्वच्छ, सुघड़, हराभरा शहर है। प्रकृति ने संस्कृति को जन्म दिया। अब संस्कृति का कर्तव्य है कि प्रकृति की रक्षा करे।

हिन्दी सेवी सम्मान योजना के तहत केन्द्रीय हिन्दी संस्थान आगरा, हर वर्ष हिन्दी के विद्वानों का सम्मान करता है। विविध विषयों के लिए विविध पुरस्कार हैं। जैसे कि हिन्दी प्रचार के लिए गंगाशरण सिंह पुरस्कार, पत्रकारिता के लिए गणेश शंकर विद्यार्थी पुरस्कार, वैज्ञानिक लेखन के लिए आत्माराम पुरस्कार, साहित्य सर्जन के लिए सुब्रमण्यम भारती पुरस्कार, महापण्डित राहुल सांकृत्यायन पुरस्कार, जॉर्ज ग्रीयर्सन पुरस्कार आदि। प्रत्येक पुरस्कार एक लाख रुपये का। इस बार दो वर्षों के पुरस्कार एक साथ दिये जा रहे हैं इसलिए लगभग तीस विद्वानों का सम्मान होना था। पुरस्कृत साहित्यकार जापान, इंग्लैंड, अमेरिका, जम्मू, केरल, कर्नाटक, आंध्र प्रदेश, तमिलनाडु, गोवा, नागालैंड, मणिपुर, पश्चिम बंगाल, उत्तर प्रदेश, मध्य प्रदेश, राजस्थान और झारखण्ड से आये थे। गुजरात, महाराष्ट्र और छत्तीसगढ़ के साहित्यकार नहीं थे। सबसे अधिक (10) साहित्यकार अकेले दिल्ली के थे।

गेस्ट हाउस में एक के बाद एक विद्वान आते गये। आज शाम तक सबको पहुँच जाना था। कल है 14 सितम्बर, हिन्दी दिवस। संस्था द्वारा प्रतिवर्ष इसी दिन पुरस्कार वि तरण का आयोजन निश्चित किया है। कार्यक्रम पहले राष्ट्रपति भवन में होना था पर बाद में विज्ञान भवन के विशाल सभागृह में आयोजित किया गया। बिना पास के प्रवेश नहीं मिल सकता था। फिर भी लगभग 350 लोग आ सकते थे।

गेस्ट हाउस का डाइनिंग रूम हमारा मिलन स्थल। वहाँ परिचय होते, बातें होती। विविध रंगी प्रतिभा वाले अपने-अपने क्षेत्र से चयनित विद्वानों में से यहाँ कुछ विद्वानों का ही परिचय दिया जा सकता है। टोक्यो, जापान से आये तोशियो तनाका वहाँ हिन्दी के प्रोफेसर थे। उन्होंने पाँच पुस्तकों का हिन्दी से जापानी में अनुवाद किया है। इसमें एक पुस्तक गांधीजी की 'हिन्द स्वराज' है। केम्ब्रिज यूनिवर्सिटी, इंग्लैंड से हिन्दी के प्रोफेसर डॉ रोनाल्ड थे। उन्होंने हिन्दी के प्राचीन और अर्वाचीन कवियों पर अनेक पुस्तकें लिखी हैं। न्यूयार्क से आये डॉ. जयरामन संस्कृत, हिन्दी और तमिल साहित्य के विद्वान हैं। वे हिन्दी अच्छी बोलते थे। उन्होंने 1981 में न्यूयार्क में भारतीय विद्या भवन की स्थापना की थी। वे 'साहित्य वाचस्पति', साहित्य भूषण' जैसे अनेक पुरस्कार प्राप्त कर चुके हैं। अमेरिका से प्रो. यमुना काचरु आये थे। भाषा विज्ञान पर उनकी कई किताबें हैं।

मेनेजर पाण्डे हिन्दी के यशस्वी अध्यापक एवं प्रसिद्ध आलोचक हैं। उनके लेखों के अनुवाद अनेक भारतीय भाषाओं में प्रकाशित हुए हैं। उनके मार्गदर्शन में 42 विद्यार्थियों ने पीएच.डी. प्राप्त की है। जयपुर से आये ॠतुराज हिन्दी के बड़े गजलकार हैं। उन्होंने चीन में कई वर्षों तक भाषा-विशेषज्ञ के रुप में काम किया है। गणेश शंकर विद्यार्थी पुरस्कार प्राप्त करने वालों में प्रमुख 'जनसत्ता' दिल्ली के सम्पादक ओम थानवी तथा अनेक पत्रिकाओं के सम्पादक रह चुके पंकज बिष्ट को, आत्माराम पुरस्कार प्राप्त करने वालों में प्रमुख अनुपम मिश्र को और परिक्रमा पर मेरी दो पुस्तकों के लिए मुझे महापण्डित राहुल सांस्कृत्यायन पुरस्कार मिला।

14 सितम्बर, 2006। कार्यक्रम तो शाम को पाँच बजे था पर हमको जल्दी ही ले जाया गया। साढ़े चार तक तो सभागृह खचाखच भर गया।

पुरस्कार वितरण महामहिम राष्ट्रपति अब्दुल कलाम के हाथों होना था, इसलिए कड़ी सुरक्षा व्यवस्था थी। कैमरा मोबाइल ले जाने की मनाही थी, परन्तु अधिकृत फोटोग्राफर की तो फौज थी। पाँच बजे राष्ट्रपति आये और पुरस्कार वितरण का कार्यक्रम शुरू हुआ। सर्वप्रथम जिनका नाम लिया गया दक्षिण भारत के 88 वर्ष के विद्वान थे। वे खड़े होकर जब मंच की तरफ जाने लगे, तभी राष्ट्रपति तुरन्त मंच से उतरकर उनके पास पहुँचे और वहीं उन्हें सम्मानित किया। राष्ट्रपति जी की विनम्रता लोगों के मन को स्पर्श कर गयी। पूरा सभागृह तालियों से गूँज उठा। राष्ट्रपति सबको ताम्रपत्र देकर, शाल ओढा रहे थे। यह करते हुए वे उनसे बात भी करते। इस दौरान पुरस्कृत विद्वानों का संक्षिप्त परिचय भी पढ़ा जा रहा था। राष्ट्रपति स्वयं इतने बड़े विद्वान वैज्ञानिक और उस पर इतने विनम्र, इसलिए उनके हाथों से पुरस्कृत होना सबके लिए आनन्द और गर्व की बात थी। उन्होंने अपना भाषण हिन्दी में दिया। एक घण्टे में पुरस्कार वितरण का कार्यक्रम समाप्त हुआ। उसके बाद स्वल्पाहार फिर इंडिया इंटरनेशनल सेंटर में डिनर।

मैंने न आगरा के केन्द्रीय हिन्दी संस्थान का नाम सुना था न राहुल सांस्कृत्यायन पुरस्कार के विषय में सुना था। पुरस्कार बिल्कुल अचानक सामने आया। खेत जोतते-जोतते जैसे अचानक गुप्त धन मिल जायें। जब संस्थान के डायरेक्टर का पत्र आया कि पुरस्कार स्वरूप आपको 50,000 रुपये दिये जायेंगे तब यह रकम खासी बड़ी लगी थी, लेकिन जब पता चला कि पुरस्कार तो लाख का है। दो लेखकों को संयुक्त रूप से देने के कारण आधा हो गया है। (ऐसे अर्ध पुरस्कार वाले हम आठ लोग थे) तब पचास हजार की खुशी, पचास हजार खोने के दुख में बदल गयी!

बाबा रामदेव ने मुझे गले लगाया

बाबा रामदेव ने योग और प्राणायाम का जो वातायन खोल दिया है उसकी लहरों में जगत खुशनुमा लगने लगा है। कोई तेज प्रवाह भारत के जन-जीवन में छा गया है। टी.वी. और अखबार उनकी गतिविधियों की घोषणा करते रहते हैं। देश के अलग-अलग भागों में उनके शिविर के आयोजन होते हैं। अभी हाल में ही उनके शिविर का आयोजन जबलपुर में किया गया। पहले दिन शाम को शहर के विशिष्ट नागरिकों के साथ उनकी अन्तरंग बैठक की योजना थी। पाँच सौ श्रोताओं की क्षमता वाला सभागृह 'तरंग' खचाखच भर गया था। दीप प्रज्वलन के बाद मुझे बाबा के स्वागत सम्मान में बोलने को कहा गया। मैं हिन्दी में ही बोला, जो बिल्कुल ज्यों का त्यों प्रस्तुत है–

पूज्य बाबा रामदेव जी, नहीं भाई, मात्र पूज्य कहने से काम नहीं चलेगा। पूज्य और प्रातः स्मरणीय बाबा रामदेव जी! (तालियाँ) ठहरिए-ठहरिए, अभी बात नहीं बनी। पूज्य प्रातः स्मरणीय और प्रातः अनुकरणीय बाबा रामदेव जी, भाईयों और बहनों! हमारे ऋषियों को तपस्या के लिए दो ही स्थान पसन्द थे–एक उत्तराखण्ड और दूसरा रेवाखण्ड। उत्तराखण्ड यानी हिमालय और रेवाखण्ड यानी नर्मदा। उत्तराखण्ड, हरिद्वार के बाबा रामदेव का रेवाखण्ड के जाबालिपुरम में भावभीना स्वागत है।

समुद्र मंथन से अमृत निकला था पर वह अमृत हमारे किस काम का? मेरा नाम अमृतलाल है फिर भी मैं कह रहा हूँ अमृत हमारे किस काम का? वह तो देवताओं के लिए था, लेकिन निराश होने का कोई कारण नहीं। एक मंथन और हुआ था और उसमें से भी अमृत निकला था। वह मनुष्यों के लिए था। महर्षि पतंजलि तथा उनके साथियों ने मिलकर वायुमंथन किया था। उसमें

से जो अमृत निकला उसका नाम था प्राणायाम। प्राणायाम धरती का अमृत है। योग और प्राणायाम की छड़ी मुबारक लेकर बाबा देश-विदेश में घूम रहें हैं और इसी क्रम में वे अपने शहर आयें हैं। उनका हृदय से स्वागत है।

सज्जनों! हम लोग तीन तरह के कुपोषण के शिकार हैं। पहला कुपोषण-पेट का, जो सन्तुलित आहार से दूर किया जा सकता है। दूसरा-फेफड़ों का। उसे पर्याप्त आहार नहीं मिलता। सीधी बात है–हम जब स्कूटर में हवा भरवाने जाते हैं तब पूरी हवा भरवाते हैं न कि एक-तिहाई। जो गलती हम साधारण स्कूटर के साथ नहीं करते, वह हम अपने शरीर के साथ करते हैं। एक-तिहाई यानी 33% मतलब थर्ड डिवीजन। हमारे फेफड़े थर्ड डिवीजन के फेफड़े है। वह जब थर्ड से सेकेंड और सेकेंड से फर्स्ट डिवीजन में आये, मेरिट में आये, मेरिट छोड़ो, जब फर्स्ट डिवीजन में ही आ जायेगा, उस दिन से सब रोग गायब।

> "कौन कहता है बड़ी से बड़ी बीमारी में, सुराख हो नहीं सकता
> जरा तबीयत से अपने फेफड़ों में हवा तो भरो यारों!"

तबीयत से फैफड़ों में हवा भरना–यही तो प्राणायाम है! प्राणायाम रोग को जड़ से उखाड़ता है। चलो, पेट का कुपोषण दूर हुआ, फेफड़ों का कुपोषण भी दूर हुआ तो क्या बाबा सन्तुष्ट हो जायेंगे? बाबा जरा टेड़े गुरु हैं। आसानी से सन्तुष्ट नहीं होते। बाबा कहते हैं–लरकीं आत्मा के कुपोषण का क्या? आत्मा का आहार है सत्य, प्रेम, मैत्री, परदुखकातरता, करुणा। क्या उसे यह मिलता है? या ईर्ष्या, द्वेष, निन्दा, हिंसा और स्वार्थ लिप्सा? सज्जनों! संसार में एकमात्र नर्मदा ही ऐसी नदी है जिसकी परिक्रमा होती है और संसार में प्राणायाम ही एकमात्र ऐसा व्यायाम है जो आँख बन्द कर किया जाता है, क्यों? जब बाहर की आँखें बन्द करेंगे तब भीतर की आँख खुलेगी। यदि आत्मा को उसकी खुराक मिलेगी तो लड़ाई-झगड़े और युद्ध नहीं होंगे। बाबा के सामने दो उद्‌देश्य हैं–तात्कालिक उद्‌देश्य है–हम स्वस्थ और निरोगी रहें। दूरगामी उद्‌देश्य है–युद्ध की समाप्ति और विश्व शान्ति की स्थापना। बाबा को यदि विश्वशान्ति का नोबल प्राइज मिले तो इसमें आश्चर्य नहीं। इससे बाबा कोई फर्क नहीं पड़ेगा। नोबल प्राइज की प्रतिष्ठा ही बढ़ेगी।

सज्जनों! अभी एक ब्रेकिंग न्यूज मिली है। कहा जा रहा है कि महर्षि पतंजली, वेश और नाम बदलकर इस देश में आयें हैं और अभी जबलपुर के 'तरंग' सभागृह के मंच पर विराजे हैं। बस इतना बोला था। चार मिनट के भाषण में आठ बार तालियाँ बजी। बाबा ने अपने प्रवचन में तीन बार 'अमृत जी' का उल्लेख किया। कार्यक्रम खत्म होने पर मैं तो बाहर निकल गया पर मेरा भतीजा अमित परिक्रमा की दो पुस्तकें बाबा को भेंट देने के लिए रूम में घुस गया। अवसर मिलते ही उसने बाबा को पुस्तकें दी। बाबा ने पूछा–अमृत कहाँ है? मैं तो बाहर था। किसी तरह मुझे यह खबर मिली तो मैं वहाँ गया। मुझे देखते ही बाबा बोले–"ओह अमृत जी! कैसे हैं? अभी मैंने आपके चित्र देखे, पुस्तकें देखी। बड़े ज्ञानी पुरुष हैं आप"। इतना कहकर उन्होंने मेरे दोनों हाथ पकड़ लिये, फिर एक हाथ मेरे कन्धे पर रखा। उनका स्नेह रोमांचक था। मैं हर्षातिरेक से बोला–"विश्वास नहीं होता कि मैं आपको इतनी पास से देख रहा हूँ"। यह सुनकर बाबा ने मुझे गले से लगा लिया। फोटोग्राफर से फोटो लेने को कहा। फिर बोले–"हरिद्वार आना, बाद में लोगों की हड्डियाँ आती है, उससे कुछ भला नहीं होता"। मैंने कहा–बुलायेंगे तो जरुर आऊँगा। वे बोले–जरुर बुलाऊँगा।

मुझे अत्यधिक आशावादी नहीं होना चाहिए। न बुलाये तो भी क्या? उस दिन मुझे उनका जो स्नेह मिला, वही पर्याप्त है। बाकी जो उन्होंने कहा–'आप तो ज्ञानी पुरुष हैं उसे मैं नम्रतापूर्वक अस्वीकार करता हूँ। अपने मन-मस्तिष्क पर छाये हुए अज्ञान की परत-पर-परत देखता हूँ तो छाती बैठ जाती है। ज्ञान की ज्योति शिखा जब जले तब ठीक।

मरने के साथ ही नहीं मरूँगा

शुरुआत रोने-धोने से करूँगा। आप सब स्नेहीजनों के सामने अपना दुख रो लूँगा तो हल्का महसूस करूँगा। तब मैं अपनी बात ढंग से कह सकूँगा। जब खबर मिली कि साहित्य अकादमी का 50,000 रुपये का प्रतिष्ठापूर्ण अवार्ड मिला है तो स्वाभाविक है बहुत खुशी हुई। लगा कि मैं गिलहरी से शेर बन गया हूँ, परन्तु जब कान्ता ने कहा कि इसमें से आधी रकम तो मेरी होगी क्योंकि मैं आपकी अर्धांगिनी हूँ और अभी की पदयात्रा में आपके साथ चल रही हूँ। जब उसने ऐसा कहा तो मैं सिंह से वापस गिलहरी बन गया! कल्पना न थी कि मेरा यह आनन्द क्षणभंगुर निकलेगा।

मेरी मातृभाषा गुजराती है। यह अवार्ड मुझे मेरी गुजराती पुस्तक 'सौन्दर्य नी नदी नर्मदा' के लिए मिला है, परन्तु मैं मध्य प्रदेश के जबलपुर में रहता हूँ, इसलिए हिन्दी मेरी दूसरी मातृभाषा है। यह पुस्तक मैंने दोनों भाषाओं में लिखी है और अपनी हिन्दी पुस्तकों के लिए मुझे प्रादेशिक एवं राष्ट्रीय पुरस्कार भी मिल चुके हैं। गुजराती भाषी लेखकों की हिन्दी-सेवा की एक लम्बी परम्परा रही है। हिन्दी का प्रथम व्याकरण ग्रन्थ गुजराती भाषी लल्लूलाल ने लिखा। यह ब्रिटिश ईस्ट इंडिया कम्पनी के दिनों की बात है। महर्षि दयानन्द ने अपना प्रसिद्ध ग्रन्थ 'सत्यार्थ प्रकाश' मातृभाषा गुजराती में नहीं, अपितु राष्ट्रभाषा हिन्दी में लिखा था। महात्मा गांधी तो हिन्दी के भगीरथ थे। हिन्दी के प्रचार-प्रसार के लिए उन्होंने जो प्रयास किये उसका कोई ओर-छोर मिलना मुश्किल है। हिन्दी के ज्ञानपीठ पुरस्कार विजेता नरेश मेहता गुजराती थे। हिन्दी के सुप्रसिद्ध उपन्यासकार अमृतलाल नागर, भोलाभाई पटेल भी गुजराती थे। रघुवीर चौधरी यूनिवर्सिटी में गुजराती के नहीं, हिन्दी के प्रोफेसर थे। आप चाहो तो इस सूची के नीचे फुटनोट में छोटे अक्षरों से मेरा भी नाम लिख सकते हैं।

हम जहाँ बैठे हैं, वहाँ कभी समुद्र था। आज जहाँ हिमालय है, गंगा-यमुना का मैदान है, करोड़ों वर्षों पहले वहाँ उथला समुद्र था। जब हिमालय नहीं था विंध्याचल और सतपुड़ा तब भी थे। जब गंगा नहीं थी नर्मदा तब भी थी। श्रेष्ठ भले ही गंगा हो ज्येष्ठ तो नर्मदा ही है। नर्मदा की दूसरी विशेषता यह है कि पूरी दुनिया में नर्मदा ही एकमात्र वह नदी है जिसकी परिक्रमा की जाती है। सैकड़ों वर्षों से श्रद्धालुओं ने उसकी परिक्रमा की है। मैंने भी की है पर मेरा तरीका अलग है और मेरे कारण भी भिन्न हैं। यह परिक्रमा मैंने एक साथ नहीं, बल्कि टुकड़ों-टुकड़ों में की। एक साध्वी से मैंने कहा कि नौकरी के कारण मैं एक साथ यात्रा नहीं कर सकता। छुट्टियों में थोड़ी-थोड़ी करके करता हूँ तो उसने कहा-बेटा! इसका दुख नहीं करना। बूँदी का लड्डू पूरा खाओ तो मीठा लगता है और चूरा खाओ तो भी मीठा लगता है।

यह पदयात्रा मैंने अपने चित्रों के लिए नये विषय, नये रूपाकार और नयी रंग संयोजना खोजने के लिए की। नर्मदा परिक्रमा के चित्रों की अनेक एकल प्रदर्शनियाँ की है और साथ-साथ यात्रा वृत्तान्त भी लिखता गया। उसकी दो पुस्तकें हो गयी। इस तरह नर्मदा ने एक चित्रकार को लेखक भी बना दिया, लेकिन कुछ अलग प्रकार का लेखक। देखिए लेखन में दिमाग और हाथ की जुगलबन्दी होती है। दिमाग जो कहता है हाथ वह लिखता है। मेरे लेखन में यह जुगलबन्दी दिमाग और पैरों के बीच थी। यदि पैर ढाई हजार किलोमीटर से अधिक चले न होते तो आँखें क्या देखती और हाथ क्या लिखते? मैं सिद्धहस्त लेखक तो नहीं पर आपादमस्तक लेखक तो हूँ।

वैसे मैं रहने वाला तो रंग के देश का हूँ पर शब्दों के मुल्क में आ गया हूँ। जब आ ही गया हूँ तो यह भी कह दूँ कि कई दृष्टियाँ लेकर आया हूँ। देखिए, एक है वन एक है उपवन और तीसरा है तपोवन। वन अव्यवस्थित होता है। उसमें झाड़-झँखाड़ होते हैं। मनुष्य उसे व्यवस्थित करके उपवन बनाता है और कितने ही साधक उसे अपनी तपस्या से तपोवन बनाते हैं। वन-उपवन प्रकृति के बाह्य सौन्दर्य के प्रतीक हैं। तपोवन उसके हृदय के भीतरी सौन्दर्य का परिचायक है। मेरी कोशिश है कि मैं अपने लेखन में दोनों सौन्दर्य को दर्शा सकूँ। कहाँ तक सफल हुआ, नहीं जानता पर एक बात अच्छी तरह जानता हूँ कि अच्छे काम में असफल होना भी अच्छा है। सीता का अपहरण करने

में रावण सफल हुआ था। जटायू का उसे रोकने का प्रयास असफल रहा, किन्तु उसकी असफलता रावण की सफलता से हजार गुनी श्रेष्ठ है।

कालिदास ने मेघदूत में मेघ के माध्यम से रामगिरि से लेकर अलकापुरी तक मार्ग का सुन्दर चित्रण किया है। कुछ ऐसा ही वर्णन नर्मदा के माध्यम से मैंने अमरकंटक से खम्भात की खाड़ी तक किया है। फिर मेघ तो केवल जाते हैं वापस नहीं आते। मैं तो वापस भी आता हूँ नर्मदा के उत्तरी किनारे से जाता हूँ और दक्षिणी किनारे से वापस आता हूँ और दोनों का वर्णन करता हूँ। कालिदास का यदि पोस्टकार्ड है तो मेरा रिप्लाई पोस्टकार्ड भी है! चाहूँ तो खुद को नर्मदा का कालिदास कह सकता हूँ पर नहीं कहूँगा।

कभी लगता है कि यह पुस्तक मैंने कब लिखी? नर्मदा ने जो मेरे कान में कहा वही मैंने कागज पर उतरा। नर्मदा कहती गयी और मैं लिखता गया। बहुत हुआ तो मैं खुद को नर्मदा का स्टेनो कह सकता हूँ और सज्जनों! इस देश में दो ही स्टेनो हुए हैं-व्यास के स्टेनो गणेश और नर्मदा का स्टेनो मैं। चाहूँ तो मैं खुद को नर्मदा का स्टेनो कह सकता हूँ। पर नहीं कहूँगा।

अंग्रेजी के एक बड़े विद्वान ने मेरी पुस्तक पढ़कर चॉसर के 'कैंटरबरी टाइल्स' का स्मरण किया था। उसमें जैसे विविध प्रकार के पात्र हैं वैसे मेरी पुस्तक में भी तरह-तरह के पात्र हैं। चाहूँ तो अपने आप को नर्मदा का चॉसर कह सकता हूँ। पर नहीं कहूँगा।

तू यह नहीं, तू वह वह नहीं तो सीधे-सीधे कहते क्यों नहीं कि आखिर तुम क्या हो? सज्जनों, सैकड़ों वर्षों से हजारों लोग परिक्रमा करते आये हैं। मैं भी उनमें से एक हूँ। उनसे विशेष जरा भी नहीं, बल्कि मैं तो उनके बराबर भी नहीं। क्योंकि नियमानुसार मैंने परिक्रमा नहीं की है, न तो नंगे पैर चला हूँ, न भिक्षा माँगी है। मैं तो अधकचरा परकम्मावासी हूँ।

सज्जनों! विगत 27 वर्ष से मैं नर्मदा सौन्दर्य की छड़ी मुबारक लेकर घूम रहा हूँ और आगे भी यही करता रहूँगा। दो वर्ष पहले उम्र के 75 वें वर्ष में प्रवेश करने के साथ ही मैंने नर्मदा की यात्रा फिर से शुरू की है। इस पदयात्रा में कान्ता भी मेरे साथ चल रही है। मैं जो कुछ उल्लेखनीय कर सका हूँ वह नर्मदा की पदयात्रा के बाद ही। यदि नर्मदा मेरे जीवन में न आयी होती तो मैं नौकरी करते रिटायर्ड हो गया होता और मर गया होता, परन्तु अब ऐसा नहीं

होगा। मरने के साथ ही मैं नहीं मरूँगा। केलेण्डर में भले ही मर जाऊँ, किन्तु परिक्रमा की पुस्तकों में जीवित रहूँगा। कम-से-कम कुछ वर्षों तक तो रहूँगा। अथवा ऐसा भी हो सकता है कि जब तक नर्मदा रहेगी तब तक मैं भी रहूँ!

(हिन्दी साहित्य अकादमी का अवार्ड लेते समय रवीन्द्र भवन के सभागृह में आयोजित लेखक–मिलन के अनर्गत 17/2/2004 को हिन्दी में दिया गया भाषण)

मानों मेरा नया जन्म हुआ हो!

1. प्रयास के लिए सतत प्रेरित करने वाला भीतरी बल क्या?

भ्रमण-लालसा, Wander lust. घुम्मकड़ी का आनन्द। बैठे-ठाले जीवन से निकलकर खुली हवा में नदी के साथ थोड़ा कल्लोल कर लेने की इच्छा। मूल रूप से तो मनुष्य यायावर था। शिकार की खोज में निरन्तर घूमता रहता था। जब खेती करना सीखा तो शिकारी से किसान बन गया। यायावरी छोड़ गृहस्थ बना। घर में रहने लगा, बावजूद इसके भटकने की प्रवृत्ति का थोड़ा अंश उसमें रह गया। आज वही तीर्थाटन और पर्यटन के रूप में है। इसलिए, हम जब-तब यात्रा पर निकल जाते हैं। हमारी जिन्दगी दिनोंदिन जटिल बनती जा रही है इसलिए हम सबको, चाहे थोड़े ही दिनों के लिए, प्रकृति के बीच जाना चाहिए। इसमें असीम सुख है। मुझे लगता है, नदी किनारे बैठना या हर-भरे मैदानों को निहारना उत्तम कोटि का सत्संग है। वहाँ से आने के बाद लगता है मानों मेरा नया जन्म हुआ हो!

कभी मैं खुद से पूछता हूँ कि मैं यात्रा क्यों करता हूँ? हर बार मेरा जवाब होता है—यदि मैं ये यात्राएँ न करता तो मेरा जीवन व्यर्थ हो जाता। जो व्यक्ति जिस काम के लिए बना हो उसे वह काम करना ही चाहिए और मैं नर्मदा परिक्रमा के लिए जन्मा हूँ। यदि मैं यह न करूँ तो करतार के सामने गुनहगार ठहरूँगा।

2. भारत की अन्य कौन-सी नदिया सौन्दर्य से मंडित है?

कम-अधिक सौन्दर्य तो सभी नदी में होता है। गंगा भी सुन्दर है, बहुत सुन्दर किन्तु हरिद्वार तक ही है। फिर आगे तो वह सपाट मैदान में नहर की तरह बहती है। कोई घुमाव नहीं, मोड़ नहीं, पहाड़ नहीं, जंगल नहीं, चट्टान नहीं, प्रपात नहीं। जबकि, नर्मदा तो उद्गम से लेकर लगभग संगम तक वनों और खाइयों से बहती है, कितने प्रपात हैं उसमें। इसलिए, मैंने एक परिक्रमा पर लिखी पुस्तक का नाम रखा–सौन्दर्य की नदी नर्मदा। यदि नदियों की सौन्दर्य स्पर्धा का आयोजन किया जाये तो सर्वोत्तम का पुरस्कार नर्मदा को ही मिलेगा। नदियों मे ब्युटीफूल क्वीन तो नर्मदा ही!

3. नर्मदा से पहले आपको प्राकृतिक सौन्दर्य का आनन्द देने वाले स्थान कौन-कौन से हैं?

मेरे माता-पिता बहुत ही प्रकृति-प्रेमी थे। रोज सुबह यहाँ मदन महल की पहाड़ियों में घूमने जाते। यह शौक मुझमें भी आया। शान्तिनिकेतन में आचार्य नन्दलाल बसु के चरणों में बैठकर पाँच वर्षों तक चित्रकला की शिक्षा प्राप्त करने का सौभाग्य मिला। प्राकृतिक सौन्दर्य को देखने की दृष्टि उनसे मिली। वहाँ रामकिंकर बैज और विनोद बिहारी मुखर्जी जैसे महान कलाकार थे। आचार्य क्षितिजमोहन सेन एवं पण्डित हजारीप्रसाद द्विवेदी जैसे मनीषी भी थे। उनसे बहुत सीखने मिला। वस्तुत: शान्तिनिकेतन का समस्त वातावरण ही सौन्दर्य से सराबोर था। परिक्रमा की प्रेरणा भी मुझे शान्तिनिकेतन से मिली।

4. नर्मदा के अतिरिक्त और कहाँ-कहाँ जाना पसन्द है?

कहीं नहीं! नर्मदा ही मेरा गोकुल और नर्मदा ही मेरा वृन्दावन। इसलिए ही 75 वें वर्ष की उम्र में मैंने नर्मदा की परिक्रमा फिर शुरू कर दी है। इस यात्रा में कान्ता भी साथ है। नर्मदा की परिक्रमा करते-करते उसकी सहायक नदियों की परिक्रमा भी कर रहा हूँ। पहले बुढ़नेर की और अभी 80 साल की आयु में बंजर की परिक्रमा पूरी की। दूसरी बार की यह पदयात्रा के 1200 किलोमीटर हो गये। इन यात्राओं का वर्णन अपनी तीसरी पुस्तक 'तीरे तीरे नर्मदा' में मिलेगा।

5. नदियों जैसा ही महत्त्व पहाड़ों का भी है, क्या कभी वहाँ जाने का मन हुआ?

पहाड़ तो नदियों का मायका है। पहाड़ मुझे हमेशा ध्यानस्थ ऋषियों जैसे लगते हैं। वहाँ जाना क्यों न पसन्द होगा? पंचमढ़ी के पहाड़ मुझे इतने अच्छे लगे कि मैं दो बार वहाँ गया हूँ। एक बार तो वहाँ आठ दिन रहा, नर्मदा तट की शूलपाण झाड़ी में। (अब तो उसका लगभग पूरा भाग डूब गया है) वहाँ पहाड़ ही पहाड़ है। दोनों किनारों पर उनमें से गुजरा हूँ। लेकिन, अब 80 की उम्र में पहाड़ों पर जाना सम्भव नहीं। इसलिए जितनी शक्ति उतनी भक्ति।

6. 80 की उम्र में भी आप नर्मदा यात्रा कर रहें हैं, किस कारण?

क्योंकि मुझे दूसरा कुछ आता नहीं! क्योंकि मुझे नर्मदा के सौन्दर्य-लोक से बाहर निकलना ही नहीं! इसलिए जहाज के पंछी की तरह उड़-उड़ कर फिर वहीं पहुँच जाता हूँ। घर पहुँचकर फिर नर्मदा पर ही काम करता हूँ। यात्रा वर्णन लिखता हूँ गुजराती और हिन्दी दोनों में उसके चित्र बनाता हूँ और सभाओं में उसके विषय में बोलता हूँ। नर्मदा मैया की कृपा से अभी शरीर साथ दे रहा है। अप्रैल 2008 की तेज धूप में बंजर की परिक्रमा करते समय हम 19 दिनों में 375 किलोमीटर चले। इतना तो जवानी में भी नहीं चला था। बंजर नदी कान्हा नेशनल पार्क से होकर गुजरती है जहाँ बाघ और बाइसन जैसे हिंसक पशु खुले घूमते हैं। रात को नदी में पानी पीने भी आते हैं। यहाँ आने के लिए मैंने भोपाल से विशेष अनुमति ली। खतरनाक जगहों पर तीन वनरक्षक हमारे साथ चले थे। एक दिन में 30 किलोमीटर से भी अधिक चलना पड़ता था।

7. पहले के वेगड़ और आज के वेगड़ में आप क्या अन्तर देखते हैं?

परिक्रमा के पहले के वेगड़ वृद्ध थे, परन्तु 50 की उम्र में जैसे ही नर्मदा की परिक्रमा के साथ ही यात्रा वर्णन लिखने लगा, कोलाज चित्र बनाने लगा, पुस्तकें प्रकाशित होने लगी, इसलिए मैं कहता हूँ कि पचास की आयु से मेरी युवावस्था शुरू हुई जो आज भी चल रही है।

8. अन्य कौन-सी जगह जाना चाहेंगे, दुनिया के किसी भी स्थान पर?

विदेश जाने मिले तो इजिप्ट के पिरामिड देखना चाहता हूँ, खासकर उसके भीत्तिचित्र और मूर्तियाँ। नाइल नदी देखना पसन्द करूँगा, पेरिस का लुव्र देखना चाहूँगा पर यह सब तो दिवास्वप्न है। सच्चा जवाब तो यह है कि अब तो श्मशान जाना पसन्द करूँगा पर वह भी नर्मदा किनारे होना चाहिए! किसी और जगह का श्मशान मुझे नहीं जमेगा!

❑❑